銀河英雄伝説10

落日篇

田中芳樹

新たな帝国の柱として激動の時代を乗り越えてきたラインハルトは，腹心の部下ヒルダを皇妃に迎え，世継ぎの誕生を前にしてようやく安定を手に入れたかと思われた。だが，旧同盟領に潜む地球教の残党の存在，フェザーン元自治領主《ランデスヘル》の暗躍など，不穏の火種は変わらず帝国に内在していた。そしてラインハルトを度々見舞う病の兆候は，確実に彼の健康を蝕んでいた。一方，共和政府の指導者となった“魔術師ヤン”の後継者ユリアンは，己から帝国に戦を仕掛ける決意を固める。最後の戦いは銀河の伝説の掉尾を飾り，新たな歴史が幕を開ける。日本ＳＦ史の道標となった宇宙叙事詩，正伝完結！

銀河英雄伝説10

落日篇

田　中　芳　樹

創元ＳＦ文庫

LEGEND OF THE GALACTIC HEROES X

by

Yoshiki Tanaka

1987

目次

登場人物

●銀河帝国

ラインハルト・フォン・ローエングラム……皇帝
ヒルデガルド……皇妃
パウル・フォン・オーベルシュタイン……軍務尚書。元帥
ウォルフガング・ミッターマイヤー……宇宙艦隊司令長官。元帥。〝疾風ウォルフ《ウォルフ・デア・シュトルム》〟
フリッツ・ヨーゼフ・ビッテンフェルト……〝黒色槍騎兵《シュワルツ・ランツェンレイター》〟艦隊司令官。上級大将
エルネスト・メックリンガー……大本営幕僚総監。上級大将。〝芸術家提督〟
ウルリッヒ・ケスラー……帝都防衛司令官兼憲兵総監。上級大将
アウグスト・ザムエル・ワーレン……艦隊司令官。上級大将
ナイトハルト・ミュラー……艦隊司令官。上級大将。〝鉄壁ミュラー〟
アルツール・フォン・シュトライト……皇帝主席副官。中将
フランツ・フォン・マリーンドルフ……国務尚書。皇妃の父

キスリング……………………………皇帝親衛隊長。准将
アンネローゼ…………………………ラインハルトの姉。大公妃
ハイドリッヒ・ラング………………内務省内国安全保障局長
ルドルフ・フォン・ゴールデンバウム……銀河帝国ゴールデンバウム王朝の始祖

†墓誌

ジークフリード・キルヒアイス……アンネローゼの信頼に殉ず
コルネリアス・ルッツ………………不屈の勇将、地上の銃撃戦にて戦死
オスカー・フォン・ロイエンタール……金銀妖瞳《ヘテロクロミア》の元帥、死す

●イゼルローン共和政府

ユリアン・ミンツ……………………革命軍司令官。中尉
フレデリカ・グリーンヒル・ヤン……イゼルローン共和政府主席
アレックス・キャゼルヌ……………後方勤務の達人。中将
ワルター・フォン・シェーンコップ……陸戦指揮官。中将
ダスティ・アッテンボロー…………艦隊司令官。ヤンの後輩。少将。退役
オリビエ・ポプラン…………………撃墜王。中佐

ルイ・マシュンゴ……………ユリアンの護衛役。少尉
カーテローゼ・フォン・クロイツェル……伍長。カリン
ウィリバルト・ヨアヒム・フォン・メルカッツ……老練の宿将
ベルンハルト・フォン・シュナイダー……………メルカッツの副官。中佐
ムライ………………………………ヤンの参謀長。少将

†墓誌
ヤン・ウェンリー…………………稀代の智将、不敗の伝説を残す

●旧フェザーン自治領《ラント》
アドリアン・ルビンスキー……………第五代自治領主《ランデスヘル》。〝フェザーンの黒狐〟
ドミニク・サン・ピエール………ルビンスキーの情人
ボリス・コーネフ…………………独立商人。ヤンの旧知。〝親不孝〟号船長

●地球教
ド・ヴィリエ………………………大主教

注／肩書き階級等は〔回天篇〕終了時、もしくは〔落日篇〕登場時のものです

銀河英雄伝説10

落日篇

第一章　皇妃《カイザーリン》誕生

Ⅰ

星々の光が青玉《サファイア》色の滝となって庭園にふりそそぐ冬の宵であった。新帝国暦三年、宇宙暦《SE》八〇一年が、一時間を閲《けみ》したとき、ラインハルト・フォン・ローエングラムは、大本営の中庭に参集した文武の高官たちにむかい、皇妃をむかえることを公表したのである。それを聞いたとき、高官たちは一瞬、沈黙の輪で若い美貌《びぼう》の皇帝をつつみ、ついで歓声をあげて彼を祝福した。ラインハルトが、女性ながら大本営幕僚総監の要職にあるヒルデガルド・フォン・マリーンドルフ、通称ヒルダの手をとったとき、誰かが熱っぽく叫んだ。

「皇妃《ホーフ・カイザーリン》ばんざい！」

その叫びは、まことに清新なものに感じられ、半瞬おくれて、無数の追随者を生んだ。

「皇妃《ホーフ・カイザーリン・》ヒルデガルド《ヒルデガルド》ばんざい！」

納得の気分が、おどろきを駆逐している。以前から、皇帝と伯爵令嬢との仲は、噂されており、その噂も、悪意にみちたものではなかった。

「皇帝ご夫妻に乾杯」

グラスがぶつかりあい、笑い声がはじける。夜の庭園に充満した陽気さは、ヒルダが六月初頭に出産の予定だと聞いて、さらに量をました。あらたなシャンペンが抜かれ、あらたな唱和が冬の夜気をかきまわした。

「皇太子殿下に乾杯」

「なんの、お美しい皇女殿下に乾杯」

「いずれにしても、めでたしめでたしだ」

昨年があまりにも多事多端《たじたたん》な年であっただけに、今年は平穏な吉《よ》き年であれ、との思いが強い。皇帝の婚約は、すべての吉事にさきがけて、平和と繁栄の年を象徴するかのように感じられた。これで皇子が誕生すれば、ローエングラム王朝は一代かぎりで終わることもなくなる。父母いずれに似ても、美しく聡明な御子が誕生することであろう。人々の歓声は、おとろえることを知らなかった。

年が明けて、ラインハルトの健康状態も良好なようにみえた。もともと医者ぎらいであるので、昨年の一〇月以来、宮廷づとめの侍医たちは、時間と技術の双方をもてあましている。彼らのあいだでは、皇帝《カイザー》の間歇《かんけつ》的な発熱と病臥《びょうが》にかんして、ひそやかな討議がかわされており、〃皇帝病《カイザーリッツヒ・クランクハイト》〃という仮称がその症状にあたえられていた。風邪と同様、それは病名というより病状名であって、〝変異性劇症膠原病《こうげん》〟という名称が確定するのは、ラインハルトの死の直前であった。

　医師たちとしては、むしろこの時期、懐妊中のヒルダの健康と胎児の発育にたいして、注意する必要があった。ラインハルト自身が、そう指示したことでもあった。胎児の発育は順調で、出産予定日は六月一日ということであるが、最初の出産は、しばしば遅れるものであるから、一〇日ごろまで延びるかもしれない。とにかく、このまま無事にいけば、この年のなかばには、宇宙でもっとも知名度と期待度の高い乳児が、うぶ声をひびかせるはずであった。

「私人として恋愛し、公人として結婚する」

　とは、専制君主が結婚するに際して、しばしば使用される表現である。ただ、ラインハルトの場合、ヒルダとの関係が恋愛と称しえるものであるか、当時においても後世においても、意地の悪い疑問が提出されている。誰ひとりとして否定しえない事実は、ラインハルト個人とローエングラム王朝にとって、ヒルダが必要な人間であった、という点であったろう。

「ローエングラム王朝を創ったのは皇帝《カイザー》ラインハルトであるが、それを育てたのは皇妃《カイザーリン》ヒルデガルドである」

　という評文については、後世の歴史家たちのあいだで〝最初に言ったのは自分だ〟という、次元の低いあらそいが生じた。いずれにしても、ラインハルトとヒルダの結婚に異議をとなえる者はいなかった。ヒルダの父であるマリーンドルフ伯フランツの温和な為人《ひととなり》が、人々の反感をかうものではなかったことも一因であろう。

花嫁の父となる国務尚書フランツ・フォン・マリーンドルフ伯爵は、一月三日に、皇帝にたいして辞意を表明した。皇帝《カイザー》ラインハルトは、わずかに眉をうごかしただけで、即答を避けた。義父となる人物の真意を、彼は洞察したが、後任もいないままに国務尚書の座を空席にするわけにはいかなかった。マリーンドルフ伯は、当分のあいだ、国務尚書の任をつとめるよう、皇帝に言いわたされ、花嫁の父として感傷にひたる余地をあたえられなかった。

ヒルダの結婚準備は、家令のハンス・シュテルツァーとその妻の手によってすすめられていた。あの小さかったヒルダお嬢さまが結婚なさる、しかも皇帝陛下の花嫁になられるのだ。ハンスとしては、感慨のあたたかい鉱泉に頭までつかっていたかったが、彼の主人と同様、そのような余裕はなく、右へ左へと走りまわって、準備をととのえなくてはならなかった。婚礼はまことにめでたいことだが、婚約発表から結婚式まで一カ月の期間もないとは、なんとあわただしいことであろうか。全宇宙を支配する覇者の婚礼にしては、余裕がなさすぎる。そうハンスは思うのだが、ヒルダがすでに懐妊している以上、挙式がいそがれるのは、しかたがないことであった。それにしても、皇帝《カイザー》も意外に手の早い御方《おかた》だったのだな、と、ハンスは思い、あわてて首をふった。不敬罪にあたる考えだったからである。

結婚式に参加するため、高官たちも新帝都フェザーンへ集まりつつあった。帝国元帥ウォルフガング・ミッターマイヤーもそのひとりであった。

ミッターマイヤー家の構成員は、現在四名である。夫のウォルフガング、妻のエヴァンゼリン、養子のフェリックス、そして被保護者のハインリッヒ・ランベルツ。後世、『ミッターマイヤー元帥評伝』を著述した歴史家が記したように、〝たがいにまったく血のつながりがない四人〟が、一軒の家で、いつのまにか違和感をともなわない家庭生活をいとなむようになっていた。

親友オスカー・フォン・ロイエンタールの死を悼《いた》む気分は濃厚に彼の精神の基底部をたゆたっていたが、宇宙艦隊司令長官として激務がつづき、今度は皇帝《カイザー》の結婚式である。帰宅した彼を迎えたのは、エヴァンゼリンの笑顔と、ハインリッヒの敬礼と、フェリックスの元気いっぱいな泣き声であった。

「子供がいるというのは、にぎやかなものだなあ。アイゼナッハ家もこんな感じなのだろうか」

〝沈黙提督〟と称される僚友の家庭生活を、ミッターマイヤーは想像してみたが、どうしても具象化できなかったので断念し、エヴァンゼリンがいれてくれたコーヒーの湯気をあごにあてた。そして不意に妻にむかって問いかけた。

「なあ、エヴァンゼリン、おれに政治家がつとまると思うかい」

思いもかけぬ質問をうけた夫人は、すみれ色の瞳に、かるいおどろきの表情を浮かべたが、すぐそれを消した。

「どういうおつもりでおっしゃってるのか、わかりませんけど、ウォルフ、あなたは公明正大な方ですわ。それは政治家でなくても、りっぱな資質だと思いますけど」

エヴァが彼をほめてくれるのはうれしいが、たとえそれが真実だとしても、公明正大だけで国家を統治することはできないのだ。ウォルフガング・ミッターマイヤーはそのことを知っていた。彼は自分の軍事的才幹には、事実にふさわしい自信をもっていたが、政治的なそれについては、自信以前に、そもそも考えたことさえなかった。

なぜ〝疾風《ウォルフ・デア・シュトルム》ウォルフ〟が、妻にこのような質問をするはめになったかというと、国務尚書マリーンドルフ伯爵の辞意表明に関連してのことである。皇帝《カイザー》ラインハルトの義父となる、この温和な帝国貴族は、自分の後任に、ミッターマイヤー元帥を推薦したのであった。

戦場では恐怖と狼狽《ろうばい》を知らない帝国軍最高の勇将も、この報を知ったときには、手にしたコーヒーカップに幻覚剤を投入されたかと疑ったものである。しかも、それを彼に告げたバイエルライン大将は、声をひそめてつけくわえたものだ——閣下がおひきうけにならないと、軍務尚書オーベルシュタイン元帥がその座につくかもしれませんぞ、と。

軍務尚書オーベルシュタイン元帥と、ミッターマイヤーとは、べつに政敵どうしというわけではなかった。ミッターマイヤーは軍務尚書をはっきりと嫌っていたが、その職務を妨害するようなことはしなかったし、オーベルシュタインのほうは内心はともかくとして、表面的には超然たる姿勢をたもっていた。昨年、いまひとりの元帥オスカー・フォン・ロイエンタールが健在であった当時は、三者の権限と心理とが、微妙な均衡の三角形を形成していたのだが、ロイエンタールの死後、ふたりは皇帝《カイザー》を支点とした天秤《てんびん》の両端に立つような関係であるかもしれなかった。ミッターマイヤーは、政治から極力、遠ざかろうとしていたが、いつまで純粋な軍人でいられるか、こころもとない状況になりつつあるようであった。

II

ヒルダことヒルデガルド・フォン・マリーンドルフが銀河帝国の皇妃として冊立《さくりつ》されることが正式決定したのち、宮内省と司法省とのあいだで、帝室法について、さまざまな討議がおこなわれた。つまり、ヒルダは皇妃となる、その皇妃という地位を、たんに〝皇帝の配偶者〟にとどめるかどうか、という問題である。

ヒルダが皇妃として皇帝《カイザー》の共同統治者としての地位に立つことは、ラインハルトが彼女に求婚した時点において、すでに決定されていたも同様であった。では、これを国法として明文化するべきであろうか、〝皇妃は皇帝の配偶者であるのみならず、帝国の共同統治者であり、帝位継承資格を有するものである〟と、帝室法に明記するべきであろうか。

きわめて解答困難な、これは命題であった。ヒルダはラインハルトさえ歎賞《たんしょう》するほど、明哲な女性である。彼女にかぎれば、皇帝の統治責任を分担する資格は、充分すぎるほどであった。だが、将来はどうであろうか。将来、なんらの識見も才能もない女性が皇妃となり、国政に干渉し、混乱を生ぜしめる危険はないであろうか。皇妃の発言権に枠をもうけ、それを制限すべきであろうか。議論は百出《ひゃくしゅつ》して、まとまる気配もなかった。

もっとも、共和主義者たちからみれば、そういった議論は、冷笑の対象でしかないであろう。そもそも、血統によって最高権力を継承することじたい、ありうべからざる制度なのである。皇妃よりまず皇帝が無能、惰弱《だじゃく》、愚劣であったら、国政は混乱するではないか、と。そうであるにはちがいないが、専制政治である以上、君主にたいする女性の影響力について、帝国の高官たちは配慮をおこたるわけにはいかなかったのである。

ヒルダと同様、あるいはそれ以上に、ラインハルトにたいして影響力をもつグリューネワルト大公妃アンネローゼが、弟であるラインハルトの結婚式に出席するため、惑星フェザーンに到着したのは、一月二五日のことであった。グローテヴァル大将の指揮する小艦隊が彼女を惑星オーディンから護ってきたのだが、五〇〇〇光年にわたるこの長い旅は、アンネローゼにとって生涯で最初の恒星間旅行であったのだ。これまで彼女は、惑星オーディンの地表を一歩も離れたことがなかったのである。

コンラート・フォン・モーデルをふくむ六名の近侍をともなっただけで、アンネローゼは無事にフェザーンの地表を踏んだ。この時点で、憲兵総監ケスラー上級大将が警護責任をうけつぎ、彼の麾下《きか》であるパウマン少将が、彼女たち一行を宿舎に送りとどけ、そのまま宿舎を警護する任にあたった。

宿舎では、意外な人物がアンネローゼを待っていた。皇妃となるべきヒルダが、表敬のため、すでにそこを訪問していたのである。

アンネローゼとヒルダが、直接に対面するのは、これが二度めであった。最初は、旧帝国暦四八九年、宇宙暦《SE》七九八年の六月に、惑星オーディンのフロイデン山中において、ヒルダがアンネローゼの山荘を訪問している。それ以来、二年半ぶりの再会となるわけだった。

「大公妃殿下、遠路、ご足労をおかけして恐縮でございます」

ヒルダのあいさつにはじまって、いくつかの儀礼が交換されたあと、ふたりは談話室に席をうつした。すでに暖炉では薪《まき》が炎をあげており、黄金色と薔薇《ばら》色の光がせめぎあいつつ、室内に暖気の流れを送りだしていた。フロイデンの山荘でも、これに似た光景と雰囲気があったようにヒルダは思うが、アンネローゼがわずかに端麗な唇をほころばせたのは、ヒルダと思い出を共有したためであろうか。

ふたりがむかいあってソファーに腰をおろすと、侍女がコーヒーをはこんできた。その香気がたゆたうなか、皇帝の姉が口を開いた。

「六月には、国母《こくぼ》におなりですのね、ヒルダさん」

「はい、順調にいきますなら」

頬を染めたヒルダの腹部は、まだそれほど目だってはおらず、また、ゆったりとした服によって、たくみに隠されていた。優美な身体つきと、軽快で律動的な挙措《きょそ》に、外見上は変化がないようであった。だが、少年っぽくひきしまった顔つきに、やわらかい曲線的な印象がくわわったことを、同性としてアンネローゼは看取《かんしゅ》しえたかもしれない。なかば母となりつつある女性の、それは内面からの変貌であっただろうか。アンネローゼが生涯、経験することのなかった境遇を、ヒルダは迎えようとしている。

「あらためて、弟のことをよろしくお願いします。わたしには、お願いすることしかできないのです。その結果、弟に献身してくれた人を不幸にしてしまいましたが、ヒルダさんは幸福になってくださいね」

それは故人となったジークフリード・キルヒアイス元帥のことであろうか。アンネローゼが沈黙しているので、ヒルダは推測するしかなかった。

この女《ひと》は、一五歳のときに権力者の一方的な要求によって家庭から拉致《らち》された。以後、一〇年にわたって、前王朝の皇帝フリードリヒ四世の寵愛《ちょうあい》をうけた、と、歴史資料はいう。どのような心情《きもち》で、彼女は自分の境遇をうけいれたのだろうか。聡明なヒルダにも想像がつかない。ただ、いくつかの明白な事実はある。彼女が皇帝の寵を拒否したとき、彼女の実家であるミューゼル家は地上から消えさっていたであろうこと。グリューネワルト伯爵夫人の称号をうけた彼女が、弟であるラインハルトを守るために心をくだいた、ということである。この女《ひと》がいなければ、ラインハルト・フォン・ローエングラムも、ローエングラム王朝も、存在しえなかったのだ。いわば彼女は今日の歴史状況を生んだ母体そのものであった。弟が前王朝の帝国宰相として独裁権をにぎると同時に、彼女は隠棲《いんせい》した。あるいは、自分は弟にとってもう必要でないと思ったのだろうか。ヒルダには、理解できるような気もするが、たんにそう思えるだけかもしれなかった。

ふと、ヒルダは、アンネローゼの顔になにかを感じた。漠然とした印象が、言語として輪郭をつくりあげるのに、数瞬が必要だった。アンネローゼの頬が白すぎる、と、ヒルダは思ったのだ。もともと弟に似た白晳《はくせき》の女《ひと》ではあるが、なぜか無機質なものを感じさせた。フロイデンの山荘では、感じたことのないものだった。ごく微量ではあるが、それは生気の不足につながるものであった。

もしかして、アンネローゼはなにか病に侵されているのではないだろうか。小さいがするどい不安の刃が、ヒルダの心をすべっていった。それによってもたらされた奇妙な痛覚が消えさらないうちに、近侍が報告にあらわれた。皇帝《カイザー》ラインハルトが、姉君にご面会になるため、大本営からおいでになった、というのであった。そう告げる近侍をおしのけるようにして、扉口にラインハルトが姿をあらわした。蒼氷色《アイス・ブルー》の瞳がなごんでいる。

「おひさしぶりです、姉上」

声が、なつかしさと、それ以上のものに震えていた。

かつてミューゼルという姓を名のっていた姉弟にとって、三年余の歳月をへての再会であった。若い美貌の皇帝の頬は上気して、より若々しくみえた。姉が結婚式に出席してくれないのではないか、と、ラインハルトは危惧《きぐ》していたのである。アンネローゼは、ラインハルトの戴冠式にも出席しなかった。巨大な権勢と栄華とを手中にしうる身分となっても、ひっそりとフロイデンの山中にこもり、ラインハルトの治世に干渉しようとしなかったのだ。それが、弟の結婚式に出席するため、長い旅をしてきてくれたのだ。

ヒルダは席をはずすことにした。姉弟の再会を異分子がさまたげるべきではない、と思ったのだ。ヒルダにとって、アンネローゼは、嫉妬の対象となるには高すぎる存在であった。

二〇分ほどして、ラインハルトは談話室からでてくると、ホールで彼を待っていたヒルダに歩みよって声をかけた。

「フロイライン・マリーンドルフ……」

「はい、陛下」

ヒルダが答えると、ラインハルトはなにかに気づいたように、一瞬、硬質の唇をとざし、苦笑めいた光を両眼にたたえた。

「いや、もうこの呼びかたはおかしいな。あなたと予とは結婚するのだし、そうなれば、あなたはもうフロイラインではない」

「はい、さようでございます」

これはかなり奇態な会話であるのだが、当事者のすくなくともいっぽうは大まじめなのである。いまいっぽうの当事者は、いくらか客観的な判断力をたもっていたが、相手を笑おうとは思わなかった。

「これから、あなたをヒルダと呼ぶことにする。だから、あなたも予を陛下などと呼ばず、ラインハルトと呼んでほしい」

「はい、陛下」

「ラインハルト」

「はい、ラインハルト……さま」

答えながら、ヒルダは確信にちかいものを胸の奥にはぐくんだ。これは、ラインハルトとアンネローゼのふたりきりの会話に関連があるにちがいない、おそらくアンネローゼがラインハルトにそう勧めたのだろう、と。ラインハルト自身の宣言にもかかわらず、のちにラインハルトはヒルダを〝皇妃《カイザーリン》〟と呼び、ヒルダも夫を〝陛下〟と呼ぶようになったが。

Ⅲ

こうして一月二九日、ラインハルトとヒルダの結婚式の日である。

マリーンドルフ家の家令ハンス・シュテルツァーは、前夜から大神オーディンに晴天を祈念したが、青灰色の空から小雪が舞い落ちる寒々《さむざむ》とした天候になってしまった。ハンスは、神の無情と無能について二四とおりの悪口をならべたて、〝お嬢さま〟のために歎いた。

だが、花婿と花嫁の優美さ華麗さは、天候の無彩性を圧してあまりあった。むしろ、青灰色にとざされた冬の風景のなかで、大元帥の正装をしたラインハルトと、処女雪の結晶を織ったような白いドレスのヒルダとは、神々が意図したよりはるかに美しく完成されたため、神々の嫉視《しっし》をかうにいたった造形物であるようにすらみえた。

マリーンドルフ伯は、大きな賞賛のため息をついた。

「綺麗だよ、ヒルダ、亡くなった母さんが見たら、さぞ喜ぶだろうな」

「ありがとう、お父さま」

父親の、個性的ではないがあたたかい祝福の言葉をうけて、娘は、父親の頰に接吻した。花婿のほうは、表情の選択に迷ったような微笑を、口もとに刻んでいた。

「マリーンドルフ伯、これからは卿《けい》を父上と呼ぶべきだろうな。今後ともよろしくお願いする」

全人類の皇帝に会釈《えしやく》され、今度はマリーンドルフ伯が表情の選択にこまった。

「私は陛下の臣でございます。どうぞこれまでどおり、マリーンドルフ伯とお呼びくださいますよう」

これは謙遜だけでなく、マリーンドルフ伯としては、ラインハルトに〝父上〟などと呼ばれると、違和感にたえがたい気分がするのである。

「皇帝陛下の義父になるというのは、どのようなご気分ですか、マリーンドルフ伯」

内閣書記官長のマインホフがささやいた。ラインハルトの閣僚たちのなかで最年少の三六歳、故人となった前任の工部尚書シルヴァーベルヒにつぐ能吏《のうり》といわれている。職務に忠実で、処理能力と判断力に富んでいるが、独創的な構想力の点で、故人におよばないと評されているのだった。マリーンドルフ伯は、この少壮の官僚政治家によく補佐してもらっており、ミッターマイヤー元帥がいなければ、マインホフを後任に推《お》したかもしれない。いずれ指導力と影響力を充分にそなえたとみられたとき、彼は内閣の首座につくことになるであろう。

マインホフのささやきに、マリーンドルフ伯は苦笑を返しかけたが、それが急速に萎《しぼ》んでしまったのは、軍務尚書オーベルシュタイン元帥と視線が交叉してしまったからである。オーベルシュタインにたいして、なんら弱みなどないはずであるのに、なぜか圧迫感を禁じえないマリーンドルフ伯爵であった。この場合、婿となった皇帝《カイザー》の威を借りて相手をにらみつけようとはしない伯爵なのである。

　ラインハルトとヒルダは、参列者のつくる人体の壁のあいだを歩んで、一段と高くなった壇上にのぼった。ヒルダの白いドレスは、たくみにデザインされて、懐妊五カ月の花嫁の腹部を隠しており、ヒルダの肢体と動作の優雅さは、いささかもそこなわれていなかった。壇上では、証人役が待ちうけている。旧王朝の慣習にしたがい、宮内尚書がその役をつとめることになっていた。

　ラインハルトの改革がそこまでおよばなかったというより、変更するのがめんどうであったということかもしれない。

「ここに宣言する。新帝国暦三年一月二九日、ラインハルト・フォン・ローエングラムおよびヒルデガルドは夫婦となった」

　過度の緊張が、宮内尚書ベルンハイム男爵の声と手を慄《ふる》わせ、結婚証書は上下左右に揺れて、一枚の紙とは思えなかった。参列者たちの視線が微量の非難をこめて、宮内尚書に集中する。

「おちつけ、ベルンハイム男爵、卿《けい》が結婚するわけでもあるまいに」

　皇帝《カイザー》にとって、これは最大限の冗談であったろう。宮内尚書は、微笑しようとする全身の意思を顔の筋肉にこめて、唇と頬の一部をわずかに慄わせた。

「皇帝ばんざい！　皇妃ばんざい！」

式場全体を圧する声量は、ビッテンフェルト上級大将の肺と声帯から生みだされたものであった。「あれは歓声というより怒号だ」と、後日、ケスラーが評したが、とにかくそれを最初の一弾として、式場にいくつも歓声の渦が爆発し、にぎわいが場内をみたした。ミッターマイヤー元帥が、同席の妻にささやきかけた。

「まことにお美しい花嫁であられるな。やはり皇帝のおそばには、フロイライン・マリーンドルフこそがふさわしい」

「あなた、もうフロイライン・マリーンドルフではありませんよ、皇妃ヒルデガルドさまでいらっしゃるんですよ」

腕のなかでフェリックスをあやしながら、エヴァンゼリンが笑った。うなずくミッターマイヤーの頭に、フェリックスが小さな手をのばして、おさまりの悪い蜂蜜《はちみつ》色の頭髪をひっぱろうとしていた。

ミッターマイヤー一家の周囲には、帝国軍の首脳たちが席をしめている。ヒルダが辞任したあとをうけて大本営幕僚総監に就任したメックリンガー上級大将、憲兵総監ケスラー上級大将、アイゼナッハ上級大将、ビッテンフェルト上級大将、ミュラー上級大将、それに大将級、中将級となると、幾人かかぞえきれない。

オレンジ色の髪をかきあげたビッテンフェルトが、僚友のひとりにささやいた。

「おれの本心を言うとな、ミュラー提督。皇帝《カイザー》は結婚式の花婿としては、おそれおおいことながら、ただの美青年にすぎぬ。だが、全軍の先頭に立つ大元帥としては、まことに、神々しいほどの御方だ。卿《けい》はそう思わんか」

ビッテンフェルトの述懐《じゅつかい》は、ミュラーを納得させた。砂色の瞳に同意の色をたたえて大きくうなずいたが、こうささやきかえした。

「私が思うに、花婿としても、充分、神々しくあられます」

ミュラーの反対側の席にいたアイゼナッハは、ちらりと彼らに視線をはしらせたが、口にだしてはなにも言わなかった。

ところで、この式によって、意外な幸運をえたかのようにみえる人物がいる。先年まで内務省次官兼内国安全保障局長として、帝国治安維持機構の頂点ちかくにいたハイドリッヒ・ラングである。彼は、ロイエンタール元帥叛逆事件およびフェザーン代理総督ボルテックの獄死事件の首謀者として、裁判をうける身であったが、極刑はまぬがれないとみられていた。それが、なにしろ皇帝の結婚に前後して処刑をおこなうのは不祥であるとして、判決が春以降にもちこされたのである。

フェリックスの小さな指に、蜂蜜色の頭髪をゆだねながら、ミッターマイヤーは、ハイドリッヒ・ラングのささやかすぎる幸運について考え、不快感をさそわれた。フェリックスが笑いかけてくる。その笑顔に、先年、生命を失った親友オスカー・フォン・ロイエンタールの表情がかさなった。思わず赤ん坊の顔を見なおしたが、その瞳は左右とも大気圏最上層の空の色をしており、黒と青の金銀妖瞳《ヘテロクロミア》ではなかった……。

ラインハルトは、ついに家庭をもつ身になった以上、これまでのように大本営の一角に私室を構えるというわけにはいかなかった。かつてミッターマイヤー元帥が官舎として使うはずであった三〇室の邸宅が、借り手がつかないまま放置されていたため、至急に手をいれてかりの皇宮とすることになった。この邸宅は、〝柊館《シュテッヒパルム・シュロス》〟と呼称された。いずれ〝獅子の泉《ルーヴェンブルン》〟が完工すれば、そこに移るという前提のもとにであったが、周知のように、その宮殿にラインハルトが足を踏みいれることはついになかったのである。

また、新婚旅行についてであるが、もともとヒルダは懐妊五カ月の身であるから、恒星間飛行など論外であるし、惑星間飛行にも危険がともなうことになる。したがって、新婚旅行といっても、惑星フェザーン上の景勝地にでも滞在するしかなく、いちおうフェルライテン渓谷《けいこく》という山紫水明《さんしすいめい》の地に山荘を借りて一週間、滞在することになっていた。これもまた、前王朝の皇帝たちにくらべて、あきれるほど質素な旅程であった。ラインハルトは、私生活で贅沢をすることに、ほとんど関心がなかったのである。

だいいち、挙式した場所からして、ホテル・シャングリラのパーティー会場であり、かつての平均的なフェザーン市民とことなるところがなかった。警備は厳重で、料理も上質ではあったが、参列者の国家的地位をのぞけば、絢爛《けんらん》たるものはなかった。参列者の半分以上が軍服であった。ことさら演出したわけではないが、ローエングラム王朝の軍人政権的な一面が強くあらわれていたといえるであろう。

　式が終わりかけた一五時四〇分のことである。

　軍務省軍事情報局から、ひとりの士官が式場へ駆けつけ、さまざまに手間どりながら、軍務尚書オーベルシュタイン元帥を呼びだした。無表情に席をはずした軍務尚書は、無表情に士官の報告をうけてもどってくると、肉づきの薄いあごに掌《てのひら》をあてて五秒半ほど考えこみ、それからためらいのない歩調で、ラインハルトの前に歩みよった。

「皇帝陛下、つつしんで報告いたします。軍務省よりの連絡によりますと、旧同盟の首都たる惑星ハイネセンにおいて、反国家的暴動が生じましたよしにございます」

　ラインハルトの蒼氷色《アイス・ブルー》の瞳を、熾烈《しれつ》な電光のきらめきがよぎった。傍にいたヒルダは、思わず、胸の花束をだきしめ、彼女の夫となったばかりの若者の表情を見まもっていた。やや離れた距離からその光景を見やった提督たちは、遅れてその事情を知ると、舌うちを禁じえなかった。発生した暴動にたいしてではなく、軍務尚書にたいしてである。

「せめて式が終わるまで待てなかったのか、卿《けい》は！」

　ビッテンフェルトがうなると、ミッターマイヤーがうなずいた。

「そうだ、この吉日に、不粋なことをするものではない」

　ひがんでいるのか、とは、さすがに、口にしなかった。僚友たちから非難の集中砲火をうけて、動じる色もなく、軍務尚書は冷然と応じた。

「吉事は延期できるが、兇事《きょうじ》はそうはいかぬ。まして国家の安寧《あんねい》にかかわりあること、陛下のご裁断がどうくだるかはともかく、お耳にいれぬわけにはいかぬ」

正論である。君主の堕落は、不快な情報を遮断して悦楽にふけるところからはじまることは、歴史が教えるところだ。「そのような話、予は聞きとうない」とは、亡国の君主がかならず口にすることである。それは列将《れっしょう》も承知しているのだが、皇帝にとって生涯にまたとない華燭《かしょく》の典ではないか。

「わが皇帝《マイン・カイザー》、そのようにささいな騒乱を鎮定するに、わざわざ玉体《ぎょくたい》をおはこびになる必要はございません。かの地には、ワーレン提督もおります。万が一にも彼の手にあまるときには、小官らが出征いたしますれば、陛下はどうぞ御心《みこころ》を安んじられますよう」

ミッターマイヤーが言上すると、ラインハルトは描いたようにかたちのよい眉をひそめた。傍にいたヒルダは、あえて沈黙していた。彼女が大本営幕僚総監の身分であれば、職分のうえからも、すすんで意見をのべたであろうが、つい先刻、彼女は正式にラインハルトの妻になった。それだけに、公衆の面前ですぎた言動におよぶことは、ひかえなくてはならなかった。

ラインハルトは一瞬、視線をうごかして、誕生したばかりの皇妃を見やった。

「よろしい、さしあたってはワーレン提督に一任しよう。だが、卿らも出征の準備をおこたらぬようにな」

Ⅳ

新帝国暦三年、宇宙暦《SE》八〇一年の初頭に生じた、一連の、いわゆる〝ハイネセン動乱〟は、当初それほど深刻な事態を惹起《じやつき》するものとは考えられていなかった。

そもそも、昨年一二月、新領土《ノイエ・ラント》総督オスカー・フォン・ロイエンタール元帥が叛逆者としての死をとげて以来、この地に駐留して軍を指揮統率していた人物はアウグスト・ザムエル・ワーレン上級大将である。人格的にも、手腕においても、兵士たちの信望においても安定した軍人で、ローエングラム王朝の創業時における名将のひとりに算《かぞ》えられている。

ロイエンタール死後の政治的・軍事的混乱が最小限度におさえられた一因は、ワーレンの事後処理が緩急《かんきゆう》と剛柔《ごうじゆう》の均整をえたという点にあるであろう。

ラインハルトとヒルダが婚約し、挙式の日がちかづきつつあったころ、惑星ハイネセンの一角に噂が流れた。それは奇怪きわまる噂であった。

「皇帝が死んだ」

その噂を耳にしたとき、アウグスト・ザムエル・ワーレンは、心臓と肺が氷結したような思いがした。それが解凍されたのは、皇帝と称される人物がラインハルトではなく、旧ゴールデンバウム王朝のエルウィン・ヨーゼフ二世であるむね、確認されたからである。

噂の核には、ひとつの事実が存在した。

ロイエンタール叛逆事件が終熄《しゅうそく》にむかいつつあった前年の一一月、惑星ハイネセンの辺境、クラムフォルスという町で、挙動不審の若い男が逮捕された。逮捕したのは、新領土総督府の官憲であったが、この若い男は、当初、共和主義者の残党であると疑われた。ところが、じつは彼は旧ゴールデンバウム王朝の貴族であり、幼帝エルウィン・ヨーゼフ二世の誘拐犯として手配されているランズベルク伯アルフレットであったのだ。

ランズベルク伯アルフレットは、ミイラ化した子供の遺体を毛布につつんでいた。何者の遺体かと問われて、アルフレットは落ちくぼんだ両眼に脂っぽい光をたたえ、ゴールデンバウム王朝の皇帝陛下であると答えたのである。むろん治安当局は驚愕した。アルフレットは克明な手記を所有しており、それを調べた結果、エルウィン・ヨーゼフ二世はその年の三月、拒食症で衰弱死したことが判明した。叛乱鎮定が一段落し、ロイエンタールらの葬儀もすむと、ワーレンのもとに報告がもたらされ、アルフレットは精神病院に送りこまれた。狂気の兆候が認められたからである。

こうして、前王朝時代の〝皇帝誘拐事件〟は、形式的には完全に落着したのである。ただ、これほど関係者にとって後味の悪い事件も、まれであった。すくなくとも、すすんでこの少年皇帝の生命をそこなおうとした者は存在しない。彼の敵でさえ、幽閉はしても殺害しようとまでは考えていなかった。ランズベルク伯アルフレットは、彼を〝ローエングラム派の魔手〞から守り、いずれの日にか銀河帝国の玉座を回復させようとしていた。だが、結末は、かくのごとしであった。五歳のとき、みずから望みもせず至尊の冠を頭上にいただいた男児は八歳で世を去ったのである。その遺体は、ハイネセンの公共墓地におさめられ、ゴールデンバウム王朝の正統は絶えた。

このときはそう思われた。

ワーレンにしても、このような後味の悪い事件は、はやく過去のものにしてしまいたかったであろう。また、無冠となった前王朝の遺児に、いつまでもかかずらわっている余裕もなかった。新帝国暦三年にはいると、惑星ハイネセンにおいて、生活物資の不足が目だちはじめ、そのほうが重要な問題となった。物資流通システムに、なんらかの妨害の手がくわわったらしく思われたが、一月末にいたり、惑星ハイネセン全土で暴動が発生し、軍需物資の集積地が爆破されるにおよんで、事態はいっきょに深刻化した。

前年九月一日、惑星ハイネセンにおいて、戦没者を慰霊する集会がもよおされ、それが暴動に発展して、多数の死傷者がでるにいたった。いわゆる〝九月一日事件〞、あるいは〝グエン・キム・ホア広場事件〞と称されるものが、これである。これは滅亡をしいられた民主共和政治の、発作にも似た暴発であった。ビッテンフェルト上級大将などは、「死体が痙攣した」と酷評したほどである。

それから一五〇日を経過して生じた動乱は、すると、死体の蘇生であったのだろうか。当時の人々には、判断がつかなかった。ワーレンにも判断はつかなかったが、彼は手をこまねくことなく、暴動の鎮圧にのりだし、すみやかに、的確に、それを成功させていった。

同時多発した暴動や騒乱のうち、七割まではその日のうちに鎮圧された。三日以内に、鎮圧された暴動は、九割以上に達した。それでも、いくつかの騒乱が、未解決のまま残り火をくすぶらせていた。

この段階で、ワーレンは軍需物資の一部を放出して人心の安定をはかるとともに、事情を新帝都フェザーンに報告した。その報をラインハルトがうけた直後、フェザーンでも、軽視しえぬ事件がおこった。一月三〇日の深夜、フェザーンの航路局に保管してあった膨大な航路データが、何者かの手によって消去されてしまったのである。

航路局は狼狽し、秘密のうちに事態を処理しようとしたが、隠しおおせるものではなかった。軍艦や商船からの問いあわせが、未処理のまま山積《さんせき》し、不審をかわれ、恥をしのんで事実を公表するしかなかった。

さすがに、ラインハルトは用兵家として、この事態がいかに深刻なものであるかを悟った。彼は激昂して、航路局長官の責任を問おうとしたが、さいわい、打撃は致命的なものとならずにすんだ。軍務尚書オーベルシュタイン元帥の指示により、航路局の保有していたデータは、すべて軍務省の緊急用コンピューターに、先年末にインプットされていたのである。

緊急用コンピューターの記憶容量は、それほど巨大なものではなく、航路局のデータをインプットしたことによって飽和状態に達した。そのため、これまで保有していたデータの一部を消去しなくてはならなかったほどであるが、その処置のおかげで、帝国は再起不能の損失をまぬがれることができたのである。

航路局のデータが消去されることを阻止したのは、ローエングラム王朝成立後において、オーベルシュタイン元帥の最高の功績である——後世の歴史家には、そう評価する者もいる。たしかに、オーベルシュタインの功績は巨大なもので、それを否定することができる者は、情報なしで戦争を遂行できると信じている者だけであろう。ラインハルトはそのような愚者ではなく、ゆえに強大な門閥貴族連合を打倒して宇宙の覇者たりえたのである。

ラインハルトは新婚旅行先から指示して、オーベルシュタインの功績を称揚するとともに、事件の全容を解明するよう厳命した。その任にあたったのは、憲兵総監ウルリッヒ・ケスラー上級大将である。彼は独身であったから、憲兵隊総本部に泊まりこんで、捜査指揮にあたった。

あるいは、フェザーンの残存勢力が意図的に物資流通を阻害しているのではないか。その疑惑は、帝国治安関係者の全員に共通していた。ケスラーは精力的に活動し、皇帝から指示をうけた翌々日には、航路局コンピューターのデータを消去した犯人を逮捕した。もともと犯人は航路局内部にいるものと考えられていたが、ケスラーは、架空の密告者をつくりあげるという方法で、真犯人の狼狽をさそい、逃亡をはかったところを捕えたのである。犯人の秘密口座から、二〇〇万帝国マルクの預金が発見された。苛烈な尋問が開始され、自白剤も用意された。犯人は逮捕後五時間で自白した。その自白内容は、憲兵隊を瞠目《どうもく》させた。犯人に大金をあたえ、犯行を使嗾《しそう》した者として、アドリアン・ルビンスキーの名があげられたからである。

V

「首魁《しゅかい》はアドリアン・ルビンスキーか⁉」

フェザーンにおける最後の自治領主《ランデスヘル》の名が、帝国軍の列将に不快な戦慄をもたらした。〝神々の黄昏《ラグナロック》〟作戦によってフェザーンが帝国軍の進駐を許して以来、ルビンスキーは地下に潜行して、ローエングラム王朝が建設しようとしている秩序に、ほころびを入れるべく、蠢《しゅん》動《どう》しているはずであった、そしていま、彼の活動の一端が地上にあらわれたのである。

「フェザーンの黒狐《くろぎつね》め、生皮をはいで軍靴の底に張りつけてやるぞ。毎日、やつの皮を踏みつけてくれる。おれの前にでてくるがいい」

ビッテンフェルトなどは、激昂して軍服の袖をまくりあげんばかりであったが、いかに彼が勇猛で献身的な艦隊指揮官であったとしても、経済・流通の攪乱《かくらん》行為にたいしては、なすすべがなかった。ミッターマイヤーが評したように、〝火山が噴火しても、冬が夏に変わるわけではない〟のであり、はでな軍事行動よりも、緻密で忍耐づよい司法捜査こそが重要であるはずだった。

「いっそラング次官の罪を大赦して、この事件の捜査と摘発に専念させてはどうか。ラングはルビンスキーに利用されたことを知って、彼を憎んでいる。功績をたてるためにも、私怨《しえん》を晴らすためにも、熱心にはたらくだろう」

そのような声まででたが、その提案にたいしては、強い反対意見が提示された。

「筋《すじ》がちがう。一方の罪を明らかにするため、他方の罪を免じるというのでは、そもそも法の公正がたもてないではないか」

厳格に主張したのは、憲兵総監ケスラー上級大将であった。彼の主張こそ、正論であって、しかも多くの人を感情的にも納得させるものであったから、以後、ラングの大赦を唱える者はいなくなった。捜査を指揮するうち、ケスラーは、ある疑問、不快で深刻な疑問につきあたった。

「ルビンスキーと地球教とは、あるいは地下茎でつながっているのではないか。奴らは協力して、新王朝に抗しようとしているのではないだろうか」

帝国において、最初にそう疑惑をいだいたのは、だが、じつは彼以外の人物であった。それは軍務尚書の地位にある、パウル・フォン・オーベルシュタイン元帥である。ローエングラム王朝における最初の軍務尚書が、その才幹と献身にもかかわらず、しばしば非難の対象とされる理由のひとつは、徹底した秘密主義にあるとされる。たしかに彼は広報活動を重視していたとは思われず、他者から理解や協力をえるために努力したとも思われない。ただ、かつての内務省次官ハイドリッヒ・ラングなどとことなり、彼が一部の情報を独占していたのは、私益をはかるためではなかった。彼は他人を信用していなかったようであるが、自分自身をそれほど評価しているわけでもなかったらしい。いずれにしても、彼は死にいたるまで、寡黙で非協調的であり、自分自身について語ることがなかった。

　ケスラーが捜査指揮をおこなうあいだにおいても、義眼に無機的な光をたたえたまま、オーベルシュタインは沈黙している。その表情から、他者がなにかをうかがい知ることは、かないそうになかった。

　旧同盟領における秩序の混乱は、意外な方角に波及した。この際、帝国軍の全能力をあげて、旧同盟領に徹底的な支配体制をきずきあげ、さらにはイゼルローン要塞《ようさい》に拠《よ》る共和主義者たちを掃滅《そうめつ》すべし、という声があがったのである。

　もしイゼルローン要塞に共和主義者たちが独立の地歩をたもっていなかったら、ハイネセンにおいて動乱が発生しえたかどうか、というのがその主張の根拠であった。

「向日葵《ひまわり》は、つねに太陽をあおぐ。この場合、旧同盟領の共和主義者たちが向日葵で、イゼルローンが太陽であることを、吾々《われわれ》は認めざるをえなかった。そして、その認識が直線となって伸びるところ、イゼルローンを撃つべし、という声が湧きおこるにいたった」

エルネスト・メックリンガー提督がそう記したのは、直線的な意見を主張する人物が、たしかに存在したからである、〝黒色槍騎兵《シュワルツ・ランツエンレイター》〟艦隊司令官にして、猛将の名が高いフリッツ・ヨーゼフ・ビッテンフェルト上級大将であった。

「イゼルローンを撃つべし！　あれこそ新帝国の統一と平和を阻害する、最大の要因ではないか。ルビンスキーなどが蠢動するのも、つまるところ、イゼルローンの武力をたよりにしているからだ」

ビッテンフェルトの論法は、しばしば単純だが事態の本質をつく。この場合も、奇妙な説得力がそなわっているように思われた。

「イゼルローンにたいして、陛下の御意は、いずれにあるか。徹底的な掃討？　それとも共存？」

もともと、その疑問は、列将の胸中に、雲となってわだかまっていた。ラインハルトの理性、知性、野心、そして戦略的識見とはべつに、イゼルローン要塞に拠る共和主義者たちにたいして、単純ならざる感情が存在することを、彼らは察していた。ヤン・ウェンリーという、かつて存在した偉大な敵将。その残影が、イゼルローンにたゆたっているのだ。

ラインハルトは、歴史上に空前の戦略家として、イゼルローン回廊を必要としない政治的・軍事的な統一体を、ほぼ完成させた。このまま彼の構想を推進すれば、イゼルローン要塞は、全人類を統合する社会的システムから疎外され、文明史のレベルにおいての辺境になりさがってしまうかもしれない。ゆえに、イゼルローン回廊の出入口を封鎖し、あとは放置しておいてもよいのだが、その処置に、ラインハルト自身が満足していないのである。

けっきょくのところ、武断にかたむくのが、ローエングラム王朝の創業時における心理的、行動的な傾斜であるにはちがいない。イゼルローンに拠る共和主義者たちを掃滅して、後年の憂患《ゆうかん》を断つにしかず。ビッテンフェルトに代表される強硬論が、軍部を中心に、帝国の枢要部《すうよう》で勢力を拡大しつつあった。それに対抗するというわけでもあるまいが、新領土《ノイエ・ラント》すなわち旧同盟領のほぼ全域にわたる交通・流通の混乱も、一日ごとに深刻になっていくようであった。ワーレン上級大将は、事態の収拾に全力をつくしているが、軍事力だけでは、完全な解決は望みえなかった。

「それはわかっているが、暴動を放置しておいては、あたらしい秩序にたいする軽侮《けいぶ》をまねくだけだ。一度けじめをつけておくべきだろう」

ビッテンフェルトの主張である。

だが、むろん、賛成論があれば反対論もある。武力のみによる鎮圧に異を唱える人々も多かった。

「武力は万能ではない。皇帝陛下の武威によって、領土はたしかに拡大された。だが、新領土で叛乱や紛争が絶えぬというのでは、拡大も空洞化にひとしいではないか」

民政尚書カール・ブラッケの批判は、辛辣《しんらつ》だが、けっして不当ではなかった。ブラッケは無責任な批評屋ではなく、帝国の社会政策の充実、民生面の向上に大きな貢献をなした開明派の政治家であった。皇帝《カイザー》ラインハルトにたいして批判をはばからない、という点においては、軍務尚書オーベルシュタイン元帥につぐであろう。

くわえて、兵士たちは戦乱に倦《う》みはじめているようにみえる。皇帝《カイザー》ラインハルトの改革、征服、統一によって、彼らは一世紀半にわたる不毛な戦争状態から解放されたはずであった。ところが、自由惑星同盟《フリー・プラネッツ》を滅亡させたのちも、イゼルローンに拠る共和主義者たちにたいして武力が発動され、ロイエンタール元帥の叛乱まで派生し、そのあいだに多くの将兵が戦没している。もういいかげんにしてほしい、という声もたしかに存在したのだ。

「民政尚書の意見も一理ある。それに出兵となれば陛下も親征あそばすかもしれぬが、そうなっては玉体にさわるかもしれぬな」

「仄聞《そくぶん》するところによると、かのヤン・ウェンリーは、結婚してわずか一年後に、妻を残して世を去った。しかも、軍服をまとわざること二カ月にすぎなかったそうな。それが名将たる者の命運というものだろうか」

だからといって、ラインハルトが敵手の例に倣《なら》う、という法則は、むろん成立するはずもない。だが、夭折《ようせつ》した歴史上の英雄たちを想起して、重臣たちが不快な予感に心臓の細胞をかまれたことは事実であった。即位後のラインハルトが、しばしば原因不明の高熱に襲われたことを、重臣たちは記憶の抽斗《ひきだし》から追放してしまうわけにいかなかった。彼らは皇帝の健康にいちだんと留意するよう、暗黙の合意をかわした。

当のラインハルトは、フェルライテン渓谷の山荘に新妻のヒルダをともなって滞在していた。この年三月に二五歳を迎える若い専制君主は、体力はともかく、気力においては無為の休息を必要としないようであった。つまり、のんびりと休養する気になれなかったのである。彼の関心はつねに軍事と政治から離れることがなかったし、さしたる趣味があるわけでもなかった。彼が王者ではなく覇者であったと評される理由のひとつである。

「川に釣糸を垂れていらっしゃるときでも、陛下は、鱒《ます》ではなく宇宙を釣りあげようとしておいでてでした」

とは、近侍のエミール・フォン・ゼッレ少年の証言であるが、崇拝者の証言である点を、割りびいて考えるべきであろう。黄金の髪をした覇王は、しょせん、風雅《ふうが》とは縁がなかった。

「フロイライン、いや、ヒルダ、予には支配者としての義務があって、それをはたさねばならぬ。すぐに予が親征することはないが、身重のあなたを残して征旅《せいりょ》に発《た》つ可能性は大いにある。赦してもらえるだろうか」

一夜、山荘の暖炉の前で、ラインハルトは、新妻にそう問いかけた。彼はヒルダにたいしては、結婚したのちも、言葉づかいを崩すことがなく、その点、かつてラインハルトの無二の腹心であったジークフリード・キルヒアイスにたいしたときと、あきらかな差違《さい》が認められるのである。

「どうぞ、陛下の御意《ぎょい》に」

皇妃の返答は短いが、ためらいはなかった。ラインハルトの心を地上につなぎとめておくことが不可能であると、ヒルダは知っていた。かつての彼女、気丈で犀利《さいり》なだけの彼女であれば、知ることができなかったかもしれない。蒼氷色《アイス・ブルー》の瞳の覇王につかえて四年、ヒルダはラインハルトにたいする理解を深めるとともに、彼女自身を成長させていた。

第二章　動乱への誘《いざな》い

I

全宇宙を征服したはずの覇王に、安息は許されないもののようであった。では、覇王にたいして蟷螂《とうろう》の斧《おの》をふるう叛逆者たちはどうであっただろうか。

皇帝《カイザー》ラインハルトの支配に、なによりも対等の政治思想と独立した武力をもって反抗の意思を明示しているのは、イゼルローン共和政府である。その軍事指導者は、ラインハルトより六歳の年少で、この年、宇宙暦《SE》八〇一年に一九歳を迎えようとしていた。ラインハルトが旧帝国において大将の階位をえた年齢である。いっぽう、かつて自由惑星同盟軍《フリー・プラネッツ》の最前線指揮官として智将の名をほしいままにしたヤン・ウェンリーは、一九歳当時はいまだ士官学校の凡庸な学生であった。

ユリアン・ミンツの経験と声望は、一九歳当時のラインハルトにおとり、ヤンにまさる。彼は一八歳で中尉となったが、これは同盟軍としては異例のことであった。だが、ユリアンが革命軍司令官の座に就任しえたのは、なによりもヤン・ウェンリーの養子であり、養父の軍事思想と軍事技能を忠実に継承する者とみなされていたからである。後世の人間は、その評価がほぼ正しいことを知ることができるが、同時代の人間にとっては、未知数の要素が大きすぎた。ゆえに、多くの人が失望してイゼルローンを去ったのである。

ヤン・ウェンリーが透視術師でなかったように、ユリアン・ミンツも時空をこえて人間界のすべてを見とおすことはできなかった。正確な判断をくだすには、豊富で多面的な情報を収集し、それを感情を排除して分析しなくてはならない。もっとも忌《い》むべきは希望的観測であり、勘と称して思考を停止することだった。

先年、ロイエンタール元帥叛逆事件に際して、ユリアンは、帝国軍メックリンガー艦隊の回廊通過を認めることで、その戦略的センスの一端をしめした。今回、ハイネセンおよび旧同盟領の各処で発生した動乱に際して、ふたたび、彼の判断力と選択力は、試練をうけようとしていた。彼らのもとめる救援の声に、いかに応じるべきであろうか。

惑星ハイネセンの動乱が、民主共和政治の復活をもとめるものであるとすれば、イゼルローン共和政府としては、座視《ざし》するわけにはいかない。手をこまねいて彼らの敗亡を見殺しにすれば、旧同盟の市民たちは、イゼルローン共和政府にたいする失望を避けえないであろう。

だが、戦うとして、勝算はあるのか。イゼルローンの軍事力をもって、強大な銀河帝国軍にたいし、勝利をおさめることは、可能なのだろうか。ユリアンが継承したヤンの軍事思想に、玉砕を美化する傾向は、まったくなかった。民主共和政治の小さな灯は、かかげつづけることにこそ意味があるのだ。

旧同盟領の共和主義者たちと連係することは、イゼルローンにとって、基本的な戦略かつ政略であったから、それを実現できるとすれば、喜ばしいことであるにちがいない。だが、政治的な要望と軍事的な欲求とは、しばしば背馳《はいち》する。その実例を、ユリアンは幾度となく経験していた。

「ヤン提督なら、どうなさっただろう」

その問いを、半年余のあいだに、ユリアンは一万回ほども自分自身に投げかけてきた。彼の保護者であり師である人物は、先年、三三歳で亡くなったが、ユリアンの目には、一度たりとも選択を誤ったことがないように映る。事実とはややことなるのだが、ユリアンはヤンの後継者であるより崇拝者である歴史のほうが長かった。そして、彼の傍にあって多くのことを学んだのだが、そのなかに敵を公正に評価する態度があった。

ユリアンにとって巨大すぎる、また偉大すぎる敵、銀河帝国皇帝ラインハルト・フォン・ローエングラム。彼を歴史の流れのなかで、どう評価すべきであろうか。

たとえば、兵士として出征する父親に贈られた、幼い息子の作文が、帝国軍の広報紙に掲載され、ユリアンたちの目にもふれたことがある。

「ぼくの父さんは、皇帝《カイザー》ラインハルト陛下の敵をやっつけるために、昨日、出征していきました。おれは陛下にしたがって、宇宙の平和と統一のために戦う、母さんと妹はおまえにたのんだぞ、と言って。ぼくは父さんとかたく約束しました」

　ローエングラム王朝は、すくなくともその創業の時期において、まぎれもなく軍国主義を体制としていた。そして、軍国主義というものは、民衆のレベルにおいては、熱情と共感の所在であることが、しばしばである。銀河帝国の民衆は、彼らをゴールデンバウム王朝の腐敗と不公正から救いだしてくれた金髪の若者を、熱狂的に支持していた。

「ローエングラム王朝の軍隊が強兵であった理由のひとつとして、皇帝個人の敵と、国家の敵と、民衆の敵とが、別個のものではなく、同一のものであることを信じていたことがあげられる。ラインハルト・フォン・ローエングラムは彼らにとって解放者であった」

　彼と敵対する立場にあったユリアン・ミンツが、のちにそう著述している。

「したがって、宇宙暦《SE》八〇〇年前後、銀河帝国軍とは、ラインハルト・フォン・ローエングラム個人の私兵集団と称しても過言ではなかった。彼らは国家というよりも皇帝個人に忠誠をつくしたのである。ラインハルト・フォン・ローエングラムが解放者であるという考えは、錯覚であるようにみえて、じつはそうではない。ゴールデンバウム王朝との対比において、それは事実であったのだ。かりに帝国軍の兵士たちが、自分たちの投票によって最高指導者を選定する権利を有していたとすれば、彼らは、圧倒的な支持をラインハルト・フォン・ローエングラムによせたであろう。ラインハルト・フォン・ローエングラムは、専制君主であり好戦的な支配者であるにもかかわらず、民衆の支持という一点において、民主政治の一面を具現する特異な存在であったのだ……」

そのような敵といかに戦うか、ユリアンが中央指令室で考えていると、ともに戦うべきたのもしい味方がふたり、間をおいてはいってきた。最初に〝永遠の撃墜王《エース》〟オリビエ・ポプラン中佐がユリアンに話しかけると、やや遅れてあらわれたダスティ・アッテンボロー中将が、いやに愛想よくポプランの肩をたたく。

「なにをうれしそうにしているんです。気色悪い」

「お前さん、今年、ついに三〇歳になるんだろう。いよいよお仲間だな」

悦にいった声を耳にして、オリビエ・ポプランは、陽光の踊るような緑色の瞳に皮肉っぽいきらめきをたたえて、僚友をながめやった。

「誕生日が来るまで、おれはまだ二〇代の若者ですからね」

「いつが誕生日だ」

「一五月三六日」

「せこい嘘をつくな！　悪あがきしやがって！」

たえきれず、ユリアンは笑いだした。会話だけ聞いていると、このふたりがかつて正規軍の中将と中佐であったとは、とうてい信じられないであろう。彼らほど有能で、彼らほど異端的な軍人は、〝自由の軍隊〟と自称する同盟軍にあってさえ、中核をしめることはできなかった。

イゼルローン要塞であればこそ、ヤン・ウェンリーの麾下であればこそ、彼らは才幹と個性を充分に発揮することができたのである。部下をしてそうあらしめるのが、指揮官の器量――将器というものであろう。自分にはそれがあるだろうか。

　アッテンボローとポプランが気づいたとき、ユリアンは姿を消していた。

「どこに行ったんだ、あいつ。考えごとならここですればよかろうに」

「朱にまじわって赤くなるのがいやなんでしょうよ」

「ふん、朱が自分で言うんだから、たしかだろうな」

　自覚のないいっぽうの朱が、にくまれ口をたたいた。

　カーテローゼ・フォン・クロイツェル、通称カリンは、その日のシミュレーションを終えたあと、アルカリ飲料の缶を片手に、森林公園へ足をはこんだ。途中、同年代の若い婦人兵のグループとであい、三言四言、会話をかわす。彼女たちはこれから青年下士官のグループと落ちあって踊りに行くのだという。イゼルローンの人口構成は、男性が多数をしめるから、若い女性は、男どもを品さだめして一番好ましい相手を選ぶ権利が充分以上にある。それでもやはり、ワルター・フォン・シェーンコップやオリビエ・ポプランといった歴戦の勇者は、複数の花を愛《め》でる機会にめぐまれているようだ。

「カリン、あんたもいっしょに来ない？　あんたに目をつけてる男どもが、大勢いるわよ。どんなタイプでも、よりどりみどりなんだけど」

婦人兵のひとりが誘うと、カリンが答える前に、べつの婦人兵が笑い声をあげた。

「だめだめ、誘ってもむだよ。カリンの好みは、亜麻色の髪で深刻ぶるのが絵になるタイプなんだから」

「ああ、そうだったわね、よけいなことを言っちゃった」

婦人兵たちは笑いさざめき、「そんなのじゃないわよ」というカリンの抗議を聞きながして、はなやかな鳥の群のように去っていってしまった。ひとり残されたカリンは、黒ベレーをかぶりなおし、薄くいれた紅茶の色の髪をひとゆすりすると、あえて北風にむかう鳥の表情で、反対方向へ歩きだす。彼女が予想していたとおり、〝亜麻色の髪で深刻ぶるのが絵になるタイプ〟の若者は、森林公園の一隅で、〝ヤン・ウェンリーのベンチ〟にすわり、なにやら考えこんでいた。カリンが傍に立っても、二秒半ほどのあいだは、それに気づかなかった。

「すわってもいい？」

「どうぞ」

ユリアンはベンチの上を掌ではらった。勢いよくすわって脚をくんだカリンが、青紫色の瞳を、若すぎる司令官にむける。

「またなにか深刻に考えこんでるの？」

「責任が大きいからね。なかなか考えがまとまらなくて」

「ユリアン、あんたを司令官として認めたときに、皆、決断してるのよ。あんたの判断と決定に、全面的にしたがうって。それがいやな連中は、でていってしまったじゃないの。いま、遠慮なしにあんたが決断することこそ、期待にこたえる唯一の道じゃないかしら」

あいかわらず気の強い口調で気の強いことを言うのだが、カリンの言動には、初夏の風を思わせる清爽《せいそう》さがともなっていて、ユリアンは、不快ではなかった。いつもそうだった。

責任をはたすことと、その重圧におしつぶされること、両者は天秤の両端で釣りあっているようにユリアンには思われる。髪の毛一本の加重で、天秤はいずれかにかたむくだろう。責任をはたす方向へ、薄くいれた紅茶の色の髪の毛が一本くわわるのを、ユリアンは自覚した。ユリアンが、しばしば義務としてのみ考えることを、カリンは権利におきかえてくれる。おそらく、彼女は自覚していないのだろうが、ユリアンの発想を転換させてくれるのだ。

II

銀河帝国上層部で、対イゼルローン主戦論が台頭するのに呼応するかのように、イゼルローンでも対帝国決戦の気運が上昇しつつある。冬眠の時期は終わった、といいたげであった。万事、慎重派のアレックス・キャゼルヌ中将も、続出する経済的・流通的混乱が帝国にとって〝蟻《あり》の一穴〟になる可能性を指摘した。

「ですが、皇帝《カイザー》ラインハルトは、すくなくともゴールデンバウム王朝の時代より善政をしいているじゃありませんか」

「善政の基本というやつは、人民を餓えさせないことだぞ、ユリアン」

キャゼルヌの論旨は明快で正確であったから、ユリアンは反論しえなかった。旧同盟軍で最高級の軍官僚といわれた男はこうつづけた。

「餓死してしまえば、多少の政治的な自由など、なんの意味もないからな。帝国の経済官僚たちは、さぞ青くなっているだろうよ。もしこれが帝国本土まで波及したら、と」

たしかにキャゼルヌの言うとおりであり、これが偶発でなく遠大な謀略であるとしたら、戦争において無敵である皇帝《カイザー》も、事態を収拾するのは容易ではあるまい。

「……旧フェザーン勢力の謀略でしょうか」

「充分ありうるな」

キャゼルヌはうなずいた。ユリアンはかたちのいい眉をしかめ、あらたな思案にとらわれた。

「だが、フェザーンの陰謀だとするなら、なぜ、この時機をえらんで、この挙にでたのか」

ユリアンは疑問を感じずにいられない。その疑問は、不安と双生児の関係にあった。もともとフェザーンに、銀河帝国に拮抗《きっこう》する武力があるはずはないのだから、経済の分野でゲリラ戦をしかけるのは、当然の術策ではあるだろう。

しかし、それならなぜフェザーンは、皇帝となる前のラインハルト・フォン・ローエングラムが〝神々の黄昏《ラグナロック》〟作戦を発動したとき、それにたいする対抗措置をとらなかったのだろうか。帝国軍の後方で、物資流通・交通・通信の体系が混乱すれば、帝国軍がいかに精強を誇っても、長距離にわたる遠征は不可能になる。そうなれば、フェザーンの自立は確保されていたであろうに。

あるいは、フェザーンにとって、フェザーン自身は重要ではないのだろうか。どこまでも、地球教団の利益が第一義ということだったのか。それとも、現時点にいたってようやく、謀略を実行にうつす準備がととのったのだろうか。

ユリアンは、亡き師父の姿を、網膜の上に思い浮かべた。シロン葉の紅茶にブランデーの細い滝を流しこんで、幸福そうに頰をほころばせている黒い髪の青年。

「ユリアン、陰謀だけで歴史がうごくことはありえないよ。いつだって陰謀はたくらまれているだろうが、いつだって成功するとはかぎらない」

芳香に顔の下半分をひたしながら、そんなふうにヤン・ウェンリーは語ったものだ。

「皇帝《カイザー》ラインハルトが当事者になると、悲惨であるはずの流血ざたでさえ、華麗な光彩をはなつようにみえるね」

ヤン・ウェンリーが、ため息まじりに敵手をそう評したことが、一再ではなかった。

「炎の美しさだ。他者を燃やし、みずからをも焼く。危険だと思うよ。だが、これほど燦然《さんぜん》たる炎も、歴史上にまれだろうな」

ヤンの述懐は、ユリアンの思考にとって、つねに暗夜の灯火であった。まだ二〇歳にも達していない経験不足の若者が、形式だけでも反帝国武力運動の旗手として存在し活動しえているのは、かかげた燭台《しょくだい》に、ヤンの名が明記されているからであった。その事実を、誰よりもユリアン自身が深く認識している。

自省と自制とは、ヤンの特徴でもあったが、それをユリアンはごくしぜんに継承していた。これが過剰に作用すれば、萎縮《いしゅく》と退嬰《たいえい》につながる危険もある。ユリアンの周囲の人々にとって、それもまた気にかかることであった。

「共和政府の黒幕としては、若すぎる指導者になにか助言をしてしかるべきじゃありませんか」

オリビエ・ポプラン中佐が人の悪い笑いとともに煽動した相手は、むろんというべきか、ダスティ・アッテンボロー中将である。〃戦闘的過激的急進派〃と自称する青年提督は、だが、このときめずらしく慎重にみえた。

「しかしハイネセンの連中も、迷惑なことをしてくれる。この時機に、むりに出撃するようなことになって、負けでもしたら、民主共和主義それじたいが致命傷をおいかねんからな」

「けんかが女より好きなアッテンボロー提督のお言葉とも思えませんね」

「負けるけんかは嫌いだ」

明快に言いはなつアッテンボローは、健全な過激派なのであった。

「お前さんだって、負けいくさは嫌いだろう。香水の匂いがする戦いではとくに」

「さあね、なにしろ負けたことがないから」

「このごろほらの質が落ちたじゃないか、中佐どの」

「おや、信用していただけないので？」

「お前さんはなにしろ、熱もないのに譫言《うわごと》をいう特技があるお人だからな」

「おほめにあずかって恐縮です」

　誰もほめとらん――と反論しかけて、アッテンボローは口を閉ざし、ポプランに負けないほど、思いきり人の悪い笑顔をつくった。

「いや、じつに羨望のいたりだよ。おれなんぞ、どんなに高熱にうなされても、思考が良識と羞恥心の台座から離れないものなあ」

「それは年の功ですな」

　ポプランがすまして断言し、アッテンボローは反論に窮した。

　ユリアンが決断をくだしえぬまま、二日ほどをすごすうちに、旧同盟領の混乱は、鎮静化と反対の方角へ、さらに速度をくわえつつすすんでいくようだった。

「旧同盟領から、すでに一〇本以上も、イゼルローンに、救援要請の連絡がはいっている。半分は悲鳴だ。自分たちを見すてないでくれ、と、要するにそういうことだな」

　イゼルローン要塞の情報主任幕僚であるバグダッシュ大佐が、皮肉まじりに報告した。この男も、奇妙な選択をかさねて現在の境遇を手にいれた人物である。本来、彼は宇宙暦《SE》七九七年に勃発した軍部クーデターに際して、ヤン・ウェンリーを殺害するため、イゼルローン要塞に潜入したはずであった。それが、ヤンが同盟政府に謀殺されかけたとき、シェーンコップやアッテンボローと行動をともにし、ヤンの死後もイゼルローンに残留して、情報の収集および分析という要務をあつかっている。もとフェザーンの独立商人であったボリス・コーネフとならんで、イゼルローンにとって不可欠な人材となりおおせてしまっていた。

アッテンボローが舌打ちしてみせた。

「やたらとたよられても、こまるんだよなあ。こちらにも戦略的な条件とか優先順位とかいうものがあるんだからな」

「ところが、今回、一〇〇の戦略的理論よりも一杯の水が必要なようでね」

バグダッシュの報告は、ユリアンと幕僚たちの意表をついた。旧同盟領の共和主義者たちの一部に、イゼルローン共和政府にたいする不信感と疑惑の花粉が流言の風にのって撒かれているという。その根拠とされているのは、先年のロイエンタール叛逆事件にかんし、イゼルローン共和政府が反帝国武力蜂起に加担するどころか、帝国軍メックリンガー艦隊の回廊通過を許可して、帝国軍とのあいだに一時的な修好状態を現出せしめた、その件であった。それが疑惑の温床となったのだ。イゼルローン共和政府は、ただイゼルローンだけの安泰と存続を目的としているのではないか。不干渉だの共存だのを口実として、旧同盟領における反帝国運動を見殺しにするつもりではないのか。

「たとえそうだとしても、怨まれる筋はないね」

オリビエ・ポプランなどはそう言明するが、ユリアンにとっては、突きはなしてすむ問題ではない。自分の線の細さを自覚しつつ、考えこまざるをえなかった。

政治的目的を達成するために軍事力が存在しているとしたら、それを使用するべき時機は、いまなのだろうか。旧同盟領の民主共和主義者たちの信頼をつなぎとめ、彼らを鼓舞《こぶ》するためにも、あえて帝国軍にたいする戦術的勝利を獲得するべきなのだろうか。もしここで戦闘を回避すれば、イゼルローンは生き残っても、民主共和主義は死滅してしまう、という結果を生じてしまうのだろうか。ひとたび帝国軍と戦端を開いたあとに、理性的な交渉をおこなう機会があたえられるだろうか。あるいは、ここで帝国と融和をもとめても、それがいれられる余地はあるのだろうか。

思考はユリアンの脳裏で錯綜した。だが、けっきょく、地下の伏流水はどこかで地表に湧《ゆう》出《しゅつ》せざるをえない。沈思《ちんし》のすえに、ユリアンはついに決断した。イゼルローン軍は、民主共和政治を守護するために戦う軍隊であることを、どこかで表明しておくべきであった。

「一戦まじえましょう、帝国軍と」

「そうか、それもいいさ。おれたちは変化を待っていた。いま変化がおこった。これに乗じて、変化の幅を大きくするのも、りっぱな戦略だ」

ワルター・フォン・シェーンコップが、若者の決断にそう賛意を表すると、オリビエ・ポプランが拍手しつつ笑った。

「時きたるというわけだ。果物にも、戦いにも、女にも、熟《う》れごろがあるものさ」

ユリアンは小さく笑いかえした。

「ぼくは皇帝《カイザー》ラインハルトという人の為人《ひととなり》について、ずいぶん考えてみました。そして、考えついたことがあります」

「戦いを嗜《たしな》む、か」

「その点です。これはぼくが考えているだけで、かならずしも唯一の正解とはいえないかもしれません。ですが、こう考えたからこそ、ぼくは帝国との戦いを決意したんです」

ユリアンの両眼には、亜麻色をした〝真摯〟の肖像画がかかっていた。戦いによってもたらされる犠牲を承知して、なお目的を達しようとするか、その手前であきらめ、現実と妥協し、さらには現実にひざを屈し、自力で状況を改善する努力をおこたるか。どちらが人として認められる生きかたか。

そのあたりに、皇帝《カイザー》ラインハルトの価値基準、すくなくともそのひとつが存在するのではないか。ユリアンはそう考えるようになっていた。貴重なものであるなら生命がけで守れ、あるいは奪ってみろ、と、単純化すればそのような主張になるであろう。それはけっきょくのところ、人類社会に流血を絶やさぬ要因となるのかもしれない。だが、皇帝《カイザー》ラインハルトの二五年の人生は、第一歩から、戦うこと、勝ち獲《と》ることだったのではないか。ラインハルトが、民主共和政にたいして敬意を表するとすれば、それはヤン・ウェンリーという偉大な敵手が、身命《しんめい》を犠牲にしても守りぬこうとした対象だからではないか。もし、遺されたユリアンたちがそれをおこたれば、けっきょくは皇帝《カイザー》の軽侮をかい、平等に交渉する機会を永遠に失うのではないか。そう結論をえたとき、ユリアンの決意はおのずとさだまったのだ。

つぎは、戦術レベルにおける勝算をたてる課題にうつった。

「ひとつあるにはあるのです。ワーレン艦隊を、イゼルローン要塞まで誘いこむ方法がです」

それはユリアンの独創ではない。ヤン・ウェンリーが遺した膨大なメモワールのなかから、ユリアンが抽出《ちゅうしゅつ》し、整理した作戦案であった。

「よし、司令官閣下の作戦案を拝聴しよう」

ダスティ・アッテンボローが、席にすわりなおし、ほかの幕僚たちもそれにならった。

Ⅲ

帝国新領土《ライヒス・ノイエ・ラント》、すなわち旧同盟領における混乱は、一時間ごとに深刻の度を深めるようにみえた。軍需物資の放出も、一時的な応急処置以上の効果をもたらさなかった。故ロイエンタール元帥の総督府の権限をうけついだ民政府が、対策に奔走したが、物流滞貨の状況はいっこうに改善されなかった。倉庫の収容能力をこえて物資を腐敗させる物流基地があるいっぽうで、物資をもとめてさまよう船団がある。

イゼルローン要塞に、不穏の気配あり。

銀河帝国軍上級大将アウグスト・ザムエル・ワーレンにもたらされた報告は、さほど驚きをもっては迎えられなかった。もともとイゼルローンは〝不穏と危険の集積地〟なのであり、平和に眠りつづけていたのでは、歴史上に存在する価値がないではないか。そもそも、ロイエンタールの死後、ワーレンが艦隊をひきいて旧同盟領に駐留しているのは、イゼルローンにそなえてのことなのだ。

だが、驚愕はなくとも、不快は存在する。旧同盟領内に頻発する暴動、騒乱の鎮圧だけでも、充分に心身をわずらわせるにたりるのだ。それに、帝国にとってほとんど唯一の公敵であるイゼルローン共和政府に対処するには、軍事力だけでは不充分であるし、だいいち、後方の安全が思いやられる。

「惑星ハイネセンをはじめとする新領土各地の暴動は、政治的要求と物質的要求と、双方の要素による。前者はともかく、後者は、武力のみによって鎮静化させることは不可能にちかく、物資の流通を正常に復させる以外に解決法はなし。政府の善処を請う」

ワーレンの具申《ぐしん》は、新帝都フェザーンにとどき、皇帝《カイザー》ラインハルトはそれを是《ぜ》として、工部省に対策を命じていた。また、ワーレンの要請に応じて援軍を送るべく、〝影の城《シャーテンブルク》〟周辺宙域に大軍を集結させつつあったのである。

この当時、帝国財務省では、五年間をかけて新帝国全領土の通貨統一を達成する計画をたてていたが、この混乱では、それを実施するまでに日数を要するであろう。全宇宙の統一から、一年半ほどしか経過していないことを思えば、万事、いそぐ必要もないはずなのだが、予定の変更は、ラインハルトが有する完璧主義の精神的側面に、こころよいものではなかった。

ワーレンは公私混同や未練とは縁どおい男であったが、遠く帝国本土に残してきたわが子のことも気にかかる。一日も早く、帝国の宇宙統一を完璧なものとして、家郷《かきょう》に帰りたいと願う心理を排することはできなかった。

ビッテンフェルトの主戦論を、ワーレンは知る立場になかったが、現在、宇宙で生じる策動のほとんどすべてが、イゼルローンの存在を要素としていることは疑問の余地がなかった。究極のところ、イゼルローンは討つべき存在であった。

こうして、ワーレンは、惑星ハイネセンとイゼルローン要塞とを結ぶ航路の中間宙点《ポイント》に艦隊を布陣し、旧同盟領における暴動を牽制しつつ、イゼルローンにたいする監視と即応能力を強化する体制をととのえた。ワーレンがハイネセンに駐留する帝国軍の責任者となってから約二カ月、表面的な平穏の日がすぎて、本格的な兵乱が彼を迎えようとしていた。ワーレンの麾下には、艦艇一万五六〇〇隻が配置されている。これはイゼルローン全軍を凌駕《りょうが》する兵力のはずであった。

この年、六三歳を迎えるウィリバルト・ヨアヒム・フォン・メルカッツ提督は、おそらくイゼルローンでもっとも規則正しい生活を送っている人物であろう。イゼルローンの各部署では、この初老の旧帝国軍人の姿を見て時計の針をあわせるともいわれている。

アッテンボローやポプランに代表される陽気な〝朱色の絵具〟たちも、この亡命の客将には敬意をはらい、からかうどころか軽口をたたこうともしない。なんといっても、故人となったヤン・ウェンリーが賓客として礼遇をつくしたほどの人であるし、年齢差もある。アッテンボローが産声《うぶごえ》をあげるより一〇年以上も前から、宇宙の戦場を往来していたと思えば、頭《ず》の高い連中でも、おのずと居ずまいをただしてしまうのであった。

そのメルカッツが、ヤン・ウェンリーの死後、はじめて艦隊の指揮をとることになった。リップシュタット戦役のとき、名目的にとはいえ、彼は一〇万隻単位の艦隊をうごかしたのだが、今回はそれより二桁すくない。この状況の変化を、凋落《ちょうらく》とみなす者もいるであろうが、メルカッツは意に介したふうもなく、黙々として司令官ユリアン・ミンツのもとめに応じ、作戦をたて、艦隊運用の計画をねり、部隊を指揮して出動していった。とはいえ、まったく感慨がないわけではない。

「巨象が薄氷をふむようなものだ」

ウィリバルト・ヨアヒム・フォン・メルカッツは、そう思わざるをえない。今回の軍事行動だけにとどまらず、イゼルローン共和政府のおかれた立場が、である。フレデリカ・G《グリーンヒル》・ヤンを代表とするこの小さな小さな政治勢力は、自分自身を守るだけでなく、民主共和政治という、傷つきやすい繊弱な花の芽を守らなければならないのだった。

二月七日。

「イゼルローン軍、動く」

索敵艦隊からの報告は、超光速通信《FTL》にのって、ワーレン上級大将のもとに達した。ワーレンにとっては、いまさらおどろくべきことでもない。ただ、ロイエンタール元帥叛逆事件に際して、好意的中立を維持したイゼルローンが、いまうごくとは、という意味での意外性はある。

「回廊出口への到達日時の推定は？」

「それが、こちらの方面へむかっているのではありません」

「すると、どちらへうごいたのだ？」

問うたあと、ワーレンは、ややばかばかしさを覚えて苦笑した。イゼルローン軍のうごきえる方角は限定されているのだ。前方でなければ後方、ほとんど二次元の世界である。

「イゼルローン回廊の、帝国本土がわの出入口へむかってです。奴らは帝国本土への侵攻をめざしているようです」

幕僚たちがざわめき、カムフーバーという名の少将が興奮ぎみの声をはりあげた。

「閣下！　イゼルローンの奴らめ、焦慮と混迷のあげく、自暴自棄になったとみえます。ただちに回廊に侵入し、奴らをして、帰るべき家を失わせてやりましょう」

　部下たちの積極論に、ワーレンは、すぐには同調しなかった。彼は一流の用兵家であるから、敵を過小評価しようとは思わなかった。また、イゼルローン軍の司令官は、弱年ながらヤン・ウェンリーの薫陶《くんとう》が篤《あつ》い人物だと思われる。なにか策をめぐらせているのではないか。そう考えたが、イゼルローン軍が要塞をでて帝国本土側に移動したとあれば、ワーレンが回廊に侵攻して敵の後背をおびやかすことは、帝国軍にとって既定の戦略構想であった。手をこまねいて傍観しているわけにはいかない。彼もまた、イゼルローン共和政府の人々とおなじく、自分自身以外のものを背負ってうごかねばならないのだった。

　二月八日、ワーレン軍はうごきだす。

　敵をして、その希望がかなえられるかのように錯覚させる。さらに、それ以外の選択肢が存在しないかのように、彼らを心理的においこみ、しかもそれに気づかせない。

　ヤン・ウェンリーの用兵学の真髄が、そこに存在する。生前、魔術師の異名をほしいままにしたヤンは、敵の心理を正確に洞察し、その思考の軌跡を絵に描かれたように把握したのだ。しかも、これはヤンの本意ではなかった。戦術レベルで奇略を駆使したのは、ヤンが戦略レベルで優位を確立することが不可能だったからである。ヤンは独裁者ではなく、同盟軍の最高司令官ですらなく、イゼルローン方面における前線総指揮官でしかなかった。その権限は、戦術レベルの課題を処理する範囲にとどまらざるをえなかったのだ。

いくつもの仮定が、ユリアンの思考に、沈痛な翳《かげ》りを投げかける。もしヤン・ウェンリーが、すくなくとも統合作戦本部長の座に就いていたら、もしアムリッツァの惨敗がなく、同盟軍の戦力と一線級指揮官たちが健在であったら。おそらくその後、歴史はべつの方角へ展開していったのではないか。

「そうしたら、もっと楽ができただろうにねえ」

ヤンの声を、ユリアンは心の聴覚神経にうけとめた。若者は赤面した。かつての彼は、ヤンの述懐が意味するところを、充分に理解できなかったのだ。「提督は、ほんとに、働くことがお嫌いなんですね」などと評して笑っていた。まさしく無知の笑いだった。

三世紀の過去、無名の共和主義者アーレ・ハイネセンは、危険と苦難にみちたこの回廊を、わずかな数の同志とともに踏破していったのだ。その〝長征一万光年《ロンゲスト・マーチ》〟から創られた自由惑星《フリー・プラ》同盟《ネッツ》の歴史は、宇宙暦《SE》八〇〇年に終焉を告げた。だが、アーレ・ハイネセンと彼の理想にたいする記憶を失ってはならない。それは政治の義務を他者に白紙委任し、〝すぐれた人物に治めていただく〟社会体制を強化することにつながるのだから。

Ⅳ

宇宙暦《SE》八〇一年二月。イゼルローン革命軍は、その名をえてから最初の戦闘にのぞむ。だいそれた作戦ではあるにちがいない。あるいは、銀河帝国とのあいだにかかりかけた修好の橋を、みずからの手で破砕する愚挙であるかもしれない。ことに、後者にたいする懸念が、ユリアンには強い。せっかく先年、ロイエンタール元帥叛逆事件に際して、無原則に反帝国武力蜂起に加担しないことをあきらかにし、メックリンガー艦隊に回廊を通過させて、いわば好意的中立を印象づけたにもかかわらず、今回、先制攻撃にでようというのだから。

ユリアンの旗艦は、歴戦の戦艦ユリシーズであった。艦長も、同盟軍解体時には大佐に昇進していたニルソンである。両者の老練と強運とが、大いに期待されるところであった。これで故エドウィン・フィッシャーが艦隊運用をつかさどってくれていたら、と、ユリアンはつい考えてしまう。

最後の戦いにのぞんで、フィッシャー中将はヤンとのうちあわせをおこない、別れるまぎわに、めずらしく冗談を口にしたという。おだやかな表情と無器用な口調で。

「私もこのごろ、ようやく艦艇のうごかしかたに、すこし自信がもてるようになりました。平和になったら、えらそうに本など書いてみましょうか。アッテンボロー提督にばかり印税をかせがせることもありますまいし」

　エドウィン・フィッシャーは、もうこの世に存在しない。寡黙で、忠実で、自分の存在意義と責任とを完璧に把握していた艦隊運用の名人は、もう生きていないのだ。彼の才能を最大限に活用してきた司令官も、記録と、人々の記憶に残るだけの、肉体を欠く存在と化してしまった。この両者を失って、なおイゼルローン軍は戦わなくてはならない。しかも最大動員数は、艦艇一万にみたないのである。

　無謀なことを、と思ったのは、イゼルローン回廊の帝国本土方面出入口を警備していたヴァーゲンザイル大将であった。敵の動向について報告をうけた彼は、部下にむかって放言した。

「イゼルローンの捨犬《すていぬ》どもが、遠ぼえしているうちに自分を狼だと錯覚してうごきはじめたぞ。犬を躾《しつけ》るには鞭《むち》が必要だ。二度と自分たちの実力を忘れぬよう、厳しく調教してやれ」

　ヤン・ウェンリー以外の敵に敗れたことを知らぬ帝国軍の指揮官には、しばしば豪語の悪癖がある。〝驕兵《きょうへい》をいましめよ〟とは、皇帝《カイザー》ラインハルトが語り、宇宙艦隊司令長官ミッターマイヤー元帥も強調するところであったが、いわば勝者の活力が飽和した結果であったから、容易にあらたまるものではなかった。

　さらには、グリルパルツァー大将が、先年、栄達欲の罠におちてロイエンタール元帥にたいする背信行為をおかしたように、乱を望む精神的風土がある。イゼルローン軍に充分な兵力が存在しないという情報も、もたらされている。

　ヴァーゲンザイルは八五〇〇隻の艦隊をうごかしはじめた。その状況はイゼルローン側にもたらされ、ついでに〝捨犬〟うんぬんの発言も聴こえてきたから、ユリアンの旗艦ユリシーズの艦上で、アッテンボローが舌打ちすることになる。

「イゼルローンの捨犬だと。言ってくれるじゃないか。おれたちをなんだと思ってるんだ、奴らは」

「宇宙の恥さらし。平和と統一の敵。血迷った叛逆者。首に縄をかけて白刃《はくじん》の上でダンスしている血まみれのピエロ。明日の死を考えもしない楽天主義の純粋培養物……」

　ポプランが勢いよくならべたてる。

「よくそれだけ自分の悪口が言えるな、お前さんは」

「なんです、それは。おれには自虐趣味はありませんが」

「いま言ったのは、おれたちの悪口だろう」

「ええ、あなたたちの悪口ですよ」

　ここで、時機をみはからったように、スーン・スール少佐が、上官であるアッテンボローに決裁書を差しだした。すばやく視線をはしらせ、サインして返す。敬礼して立ち去るスール少佐の後ろ姿を見送りながら、アッテンボローがつぶやく。

「ま、いずれにしても明日、死ぬことができるのは、今日、生きのびることができるやつだけさ」

「そのとおりですよ。せいぜい、明日以降に死ぬ資格をもちこすことにしましょうや。おたがいに」

二月一二日四時二〇分。イゼルローン回廊の帝国側出入口に近い宙点《ポイント》で、帝国軍とイゼルローン軍は対峙する。帝国軍八五〇〇隻に対し、イゼルローン軍は六六〇〇隻。人工的な光点の群は、たがいに接近し、二・九光秒、八七万キロの距離をへだてて一時停止した。緊張の水位が両軍の胸郭《きょうかく》で急激に上昇し、それが臨界に達したのは、同三五分のことである。

「撃《ファイエル》て！」

「撃《ファイヤー》て！」

両軍の通信回路を、指令が疾走する。ユリアンにとっては、生まれてはじめての開戦指令であったが、感慨をあじわう余裕などなかった。瞬時にして、戦艦ユリシーズ艦橋のメイン・スクリーンは、爆発光が咲き乱れる、死と破壊の花園と化していた。中央部隊の前方第一〇列に位置するユリシーズに、熱と光の波濤《はとう》がうちよせてくる。

〝雷神《トゥール》のハンマー〟の威力を知りつくしている帝国軍を、いかにしてその射程内にひきずりこむか。それが戦術レベルにおいて、イゼルローン革命軍が腐心《ふしん》する点であった。必殺の武器というものは、しばしば過剰な依頼心の対象となり、戦術的判断力を誤らせ、それを使用しえぬまま敗北に追いこまれることがある。五年前に、それは魔術師ヤン・ウェンリーによって、真紅のゴシック文字で実証された。

実証された命題を、ユリアンはあらためて検証しなくてはならない。

ユリシーズの艦橋は、メイン・スクリーンから放たれる光芒《こうぼう》によって、虹色に染めあげられた。脈動し炸裂する光の一閃《いっせん》ごとに、数隻の艦艇が消失し、数千の人命が熱と炎のなかで葬られていく。ユリシーズの前方に位置した僚艦が砲門を開き、おしよせるエネルギーの波がユリシーズの艦体を、ゆっくりとローリングした。

皇帝《カイザー》ラインハルトには、むろんおよびようもないが、ユリアンも戦いに慣れており、軍事力の効果というものを、限定つきながら信じていた。だからこそ、ヤンにむかって、軍人になりたいと言明し、実践したのである。だが、それがあくまで〝ヤンの下で〟であったことを、先年来、ユリアンは思い知らされていた。現在、彼の胸中には、これまでとことなる志望の芽が育ちつつある。

五時四〇分、一進一退でつづいていた攻防に、微妙な変化が生じた。帝国軍の攻勢の波は、進んだ距離をそのまま確保し、イゼルローン軍はそれとおなじ距離を後退すると、砲火以外に反撃しようとせず、やがてみずからさらにしりぞきはじめる。

帝国軍の陣形はくずれはじめた。真空に吸いだされるように、前へ前へと無秩序に進んで、イゼルローン回廊の内奥部へとひきこまれていく。開戦後二時間余、六時三〇分のことである。

イゼルローン艦隊から突出して交戦していた空戦隊も、母艦に帰投した。

オリビエ・ポプラン中佐の指揮する単座式戦闘艇スパルタニアンのチームは、接近格闘戦史《ドッグ・ファイト》上に特筆されるであろう戦果をあげていた。スパルタニアン二四〇機のうち、帰投せざる者一六機。それにたいし、帝国軍の単座式戦闘艇ワルキューレは一〇四機を失った、と、戦闘記録に明記されている。

カリンことカーテローゼ・フォン・クロイツェル伍長は、二機のワルキューレを撃墜し、二機の破壊にアシストをつとめた。反射能力と判断力と視覚認識能力の鋭敏さは、どうやら天性の所産であったようだ。それは彼女が両親のいずれからうけついだものであっただろうか。

空戦隊指揮官オリビエ・ポプラン自身は、五機を撃墜し、飛行学校卒業以来の彼の獲物《スコア》は、トータルで二五〇機をこえた。撃墜王《エース》の名に恥じぬ戦果であって、一世紀半にわたる銀河帝国と自由惑星同盟《フリー・プラネッツ》の戦いにおいて、生涯撃墜数の十指にはいる。五機のうち一機は、クロイツェル伍長を左後方からねらった敵をたたき落としたものだが、それを彼はべつに宣伝もしなかった。

帝国軍のヴァーゲンザイル大将は、自軍がやや無秩序に敵を追って回廊内奥へ流入するのを見たが、それほど危機感をいだかなかった。

彼が企図《きと》したのは、並行追撃であった。敵と味方との艦艇が混在すれば、イゼルローン要塞が主砲〝雷神のハンマー《トウール》〟を発射することはできない。かつてイゼルローン要塞が帝国軍にとって貴重な財産であった当時、同盟軍のシドニー・シトレ提督は、その戦法によって、〝イゼルローンの厚化粧を、一部だけだが、ひっぺがした〟のである。けっきょくのところ、その戦法は最終段階で失敗に帰するのだが、後進者にあたえた教訓は小さなものではなかった。ヴァーゲンザイルもまた、敵将の智略に学んだのである。

そのことは、だが、ユリアンの予見の範囲内にあった。この二月一二日の戦いで、ユリアンが展開した詭計《きけい》は、ヤン・ウェンリーの愛弟子の名に恥じぬものであった。彼は、回廊の旧同盟領側出入口から、ワーレン上級大将の艦隊がイゼルローン要塞周辺宙域へ到達する時機を、正確に測っていたのである。一時間ごとに、彼のもとに報告はとどき、それに応じて、ユリアンは艦隊を後退させていった。ヴァーゲンザイルに、並行追撃の可能性をみせびらかしつつ、二日間にわたる退却戦を展開した緻密さと精神的スタミナは、師父のそれを思わせた。

こうして、帝国軍が気づいたとき、彼らは、〝雷神のハンマー《トゥール》〟の射程内に完全にひきずりこまれていたのである。

認識は、恐怖に直結し、それが弾《はじ》けたとき、恐慌の飛沫が全軍をつつんだ。ヴァーゲンザイルも、自分の作戦案が不成功に終わったことをさとり、必死になって退却をはかった。そのときまさに、ワーレン艦隊が戦域に姿をあらわしたのである。報告をうけたユリアンは、われ知らず乾ききった唇をなめた。

ワーレンの為人《ひととなり》をしめすように、重厚で隙のない布陣である。彼は、遠くフェザーン経由で、ヴァーゲンザイルが開戦したことを知らされ、回廊に突入したのだった。イゼルローン軍にたいして、前後呼応して挟撃の態勢をととのえることは帝国軍の基本戦略であった。

かつて、ヤン・ウェンリーは、偽装した補給部隊を戦闘部隊の前方に配置するという奇略で、ワーレンに敗北の苦杯をなめさせた。ヤンであればこそ、それが可能だったのであり、この充実した力量を有する歴戦の用兵家を、正攻法で敗北させることは容易ではなかったのだ。まして現在、ユリアンが保有する兵力の絶対数はすくない。それをおぎなうことが可能であるとすれば、兵力の急速移動と、なによりも〝雷神《トゥール》のハンマー〟の存在が不可欠であった。そして、とくに後者を使用するためには、帝国軍に、前後からイゼルローン軍を挟撃する可能性の高さを信じこませなくてはならなかった。このため、ユリアンは、艦隊運動の制御に腐心した。ヤンにはフィッシャーがいたが、ユリアンは自分でそれをおこなわねばならない。それがどうやら成功しえたのは、皮肉にも、ヤンの時代より兵力がすくなく、ユリアンの視線が行き届いたからであろう。

嵐におびえた羊群さながら、無秩序に逃げまどうヴァーゲンザイル艦隊には目もくれず、イゼルローン軍はワーレン艦隊とのあいだに砲火をまじえた。だが、長くは、敵の鋭鋒《えいほう》にたえきれず、後退を開始する。

あと一時間、戦闘がつづいていれば、ワーレンは包囲態形を完成させ、イゼルローン革命軍を完敗においこんでいたにちがいない。だが、むろんユリアンには、戦闘をつづける意思がなかった。ヴァーゲンザイルらの艦隊と同様、ワーレン艦隊をも〝雷神《トゥール》のハンマー〟の射程内にひきずりこむのが、作戦の眼目《がんもく》であった。

敵の意図を、ワーレンは洞察したが、ヴァーゲンザイルの撤退を支援するため、あえて危険宙点《ポイント》に侵入した。

「エネルギー充填《じゅうてん》の間隙《かんげき》に、イゼルローン要塞に肉迫することができれば……」

ワーレンはそこに一縷《いちる》の望みを託した。そして、彼の意図は成功するかにみえた。指令に応じて急進した先頭部隊は、〝疾風《ウォルフ・デア・シュトルム》ウォルフ〟ことウォルフガング・ミッターマイヤーも舌をまく迅速さで〝雷神《トゥール》のハンマー〟の死角にもぐりこもうとした。

その瞬間に、帝国軍戦列の左側面を、数百本の光条が突き刺したのだ。

爆発光が戦列に沿って連鎖し、あたかも、巨大な光の竜が虚空にうねったかのようにみえた。戦艦が引き裂かれ、巡航艦が火球と化し、駆逐艦が四散する。「九時方向より敵襲！」というオペレーターのむなしい叫びに、旗艦〝火竜《サラマンドル》〟の艦橋上で、ワーレンは声もなくうめいた。

この別動隊は、メルカッツ提督が指揮するもので、ワーレン艦隊の索敵システムから死角になる、イゼルローン要塞の至近宙域に隠れていたのだ。これはヴァーゲンザイル艦隊の索敵システムにはとらえられていたのだが、彼らは後退に必死で、ワーレン艦隊に警告をあたえるどころではなかった。通信妨害も激烈で、警告しても無益であったかもしれない。だが、ワーレンが、ヴァーゲンザイル艦隊の安全地帯への離脱を全力で援護したことにくらべると、友軍にたいする配慮の絶対量がすくなかったことは、否定しえないであろう。

ワーレンは沈着に指揮をとり、くずれかけた艦列を再編し、激烈な攻撃にたえながら全軍の瓦解《がかい》を防いだ。だが、これ以上の戦闘行為は断念せざるをえなかった。彼の艦隊は、〝雷神《トゥール》のハンマー〟のむきだした牙の前に、身をさらしていたのだ。

〝雷神《トゥール》のハンマー〟の射程から、最大速度で脱出するよう、ワーレンは指令した。これほど真摯な反応をもってむくわれた指令も、まれであったにちがいない。各艦は、恐怖に耐えながら、必死で方向を転換し、逃走にうつった。

だが、すでに〝雷神《トゥール》のハンマー〟はエネルギー充塡を完了していた。二〇時一五分、防御指揮官シェーンコップ中将が、高くあげた右手をふりおろし、手刀で空気を裂いた。

数瞬のあいだ、帝国軍の将兵は、死神がマントをぬぎすてて巨大な鎌をふりかざす、その光景を幻視したかもしれない。その幻視は、すさまじいほど強烈な、白い光の塊によって、音もなく撃ちくだかれた。漂白されたスクリーンのなかで、帝国軍の艦艇は、黒い小さな影絵の大群と化し、たちまち光の濁流にのみこまれた。瞬時の蒸発に、数秒にわたる爆発がつづき、光球が虚空に飛散し、さらにその外周では、エネルギーの波状攻撃に破損した艦艇が、恐怖の揺動をくりかえした。

第一次の砲撃から、二〇〇秒の時間をおいて、またしても〝雷神《トゥール》のハンマー〟が咆哮する。無音の咆哮は、無限の闇を光の柱となってつらぬき、数千の艦艇を破砕した。爆発した火球が、後方の僚艦にぶつかって、それをまっぷたつに引き裂く。引き裂かれた艦体は、別々の方角へ舞い飛んで、あらたな僚艦を道づれに炸裂して火球となる。死と破壊の、めくるめく乱舞が虚空を埋めて拡大していった。

「逃げだせ、逃げてくれ」

戦艦ユリシーズの指揮シートにすわったユリアンの心臓に、冷たい汗がしたたった。彼の神経網はワイヤーで織られたものではなかったから、大量の死を前にして、微動だにしないというわけにはいかなかった。もし彼が、即死をまぬがれた帝国軍将兵の姿を透視しえていたら、動揺と自己嫌悪をさらに強めることになっていたであろう。火災が生じた艦内を、閃光で視力を失った兵士たちがよろめき歩き、あらたな爆発で腹部を引き裂かれ、血と内臓を流しだし、母親を呼びながら苦痛にみちた死をとげる光景を見たとしたら。

二〇時四五分。ワーレンは後退を指令する。

帝国軍最高幹部としての判断力は、不本意な戦況展開のなかで、健全さをたもっていた。勝算が完全に消えたこと、ヴァーゲンザイル艦隊が戦場からの離脱に成功したこと、それを確認すると、恐慌状態の味方を収拾し、艦隊秩序を再編して、みずからも離脱に成功したのである。

「ある意味で、宇宙の法則は公正にはたらいた。敗北は、それを毅然として受容することができる者にあたえられたのだ。すくなくとも、この戦いにおいては」

のちにユリアン・ミンツ自身がそう記している。彼は敵将であるワーレンに敬意をいだいていた。敵にたいする敬意とは、それじたいが矛盾であり、偽善であるかもしれない。それをもつ者が、もたない者より称揚されるのは、軍人にたいする人格的な評価基準それじたいが、矛盾と偽善の産物であることの証明かもしれなかった。

二一時四〇分、敵の完全撤退を確認して、ユリアンはイゼルローン要塞に帰投した。

「皇帝《カイザー》のむこうずねに蹴りをいれてやったぞ!」

誰が叫んだのか不明だが、その叫びに応じて歓声が爆発し、白く五稜星《ごりょうせい》を染めぬいた黒ベレーの大群が、宙を乱舞した。イゼルローンはお祭り騒ぎであった。ヤン・ウェンリーの死後、はじめて民主共和勢力が帝国軍に軍事的勝利をおさめたのだ。帝国軍の戦死者は推定四〇万。量的にはささやかな勝利であった。四〇万人が死んでも、ささやかな勝利にすぎない。そこが、軍事というものの救われざる側面であった。

ユリアンは、勝利の女神の媚笑《びしょう》に、無邪気な笑顔をかえすことができない。戦術的にはたしかな勝利だった。政治的にも効果はあっただろう。旧同盟の共和主義者たちに、イゼルローンの健在を知らせることができる。バグダッシュやボリス・コーネフは、はりきって、宣伝工作にとりかかったところである。

戦略的にはどうであろう。弱者の戦術的勝利は、強者の報復の母胎である。〝むこうずねを蹴とばされた〟皇帝《カイザー》ラインハルトが、柔和に敗北を受容するとは思えない。蒼氷色《アイス・ブルー》の瞳に雷光をみたして、全軍に出撃を指令するであろう。それをユリアンは待っている。かつてヤンが待っていたように。だが、ヤンが手にしえた不敗の伝説を、ユリアンは手にしえるであろうか。

一度の勝利は、つづけての勝利を、勝者に要求するのだ。彼の死にいたるまで貪欲《どんよく》に。

「ユリアン、なにを考えているの?」

薄くいれた紅茶の色の髪が揺れて、カリンが、若者のブラウンの瞳を覗きこんだ。ユリアンは、いささかどぎまぎした気分をおぼえた。シェーンコップの娘であるこの少女と、先日初対面したわけでもないのに、会うたびに新鮮に情感を刺激されるのだ。

「いや、勝ったことは勝ったけど、これからどうなることやら、と思ってね。ちょっと苦労性かな」

「いいじゃない。負けてたらそれっきりだけど、勝ったんだから、また戦えるわ。今度は皇帝《カイザー》の心臓に蹴りをいれてやりましょうよ」

カリン自身が意図しているかどうかはべつとして、この少女はユリアンにとって精神的な賦《ふ》活剤《かつざい》となっているようであった。ユリアンは半分だけ笑ってうなずき、ある人の姿をもとめて視線を動かした。カリンが、心えたような表情をつくって、若者の無言の疑問に答えた。

「フレデリカさんなら、勝利をヤン提督に報告にいらしたわ。もうすぐ帰ってらして、お祝いを言ってくださるわよ」

カリンの父であるシェーンコップは、べつの場所で、アッテンボローおよびポプランと、祝杯をかかげていた。

「シェーンコップ中将、今回は出番がほとんどなくてお気の毒ですな」

「同情するふりをしてもらわなくてけっこうだ。エキシビション・ゲームは二流俳優にまかせて、名優は皇帝陛下の御前興行に出演するさ」

「御前興行?」

「むろん、惑星ハイネセン奪還作戦に決まっている。そう遠くのことでもあるまい」

不敵に断言するシェーンコップの顔を見やりながら、アッテンボローとポプランは、ライトビアーを飲みほし、異口同音につぶやいた。

「そいつは、ぜひ出演したいものだ」

第三章　コズミック・モザイク

I

「皇帝《カイザー》の為人《ひととなり》、戦いを嗜む」

　ラインハルト・フォン・ローエングラムを評するこの表現は、当時においても後世においても、当然のものとみなされていた。ラインハルト自身の言動も、つねにその評を肯定するものであった。ために、〝軍国主義に、はでな金メッキをほどこすと皇帝《カイザー》ラインハルトの影像ができあがる〟と酷評する歴史家も存在する。

　ただ、公正を期するためには、ラインハルトがおかれた歴史的な状況を確認する必要があるであろう。ゴールデンバウム王朝は、不公正な収奪を社会組織化した体制であり、幾人かの名君によって是正がはかられたものの、すでに腐敗と衰弱は回復不可能なまでに進行していた。行手には崩壊があるのみだったのである。

　多くの歴史家の意見が一致するところだが、もしこの時期にラインハルト・フォン・ローエングラムという偉大な個性が登場しなかったとしたら、銀河帝国は有力貴族を核とするいくつかの小王国に分裂し、民衆蜂起が続発して、再分裂をうながし、収拾のつかない動乱状態においこまれていたであろう。再統一の日は、はるか遠く、孤立した諸惑星は文明を退化させていったかもしれない。それを防いだのはラインハルトであったし、旧体制が五世紀にわたって蓄積した汚泥《おでい》は、武力によって吹きとばすしかなかったのだ。

新帝国暦三年二月、私人としてのラインハルトは、ヒルダの夫であり、ヒルダの胎内で誕生の日を待っている胎児の父親である。その事実を自覚しようとしているのだが、認識と実感とのあいだには、霧深い大河が流れているようであった。

皇　妃《カイザーリン》にたいするとき、ラインハルトは、夫としてふるまおうとして成功せず、いまだに、信頼する幕僚総監に政治や軍事にかんする相談をもちかけてしまう。それはラインハルトにとっては、人生すべてにかんして相談するも同様なことではあるのだが。

「今回はイゼルローンの共和主義者どもからさきに手をだしてきたか。意外ではあったな」

声にだして、ラインハルトは胸中の思いを語るのだった。昨年、イゼルローンに拠る民主共和勢力が、ロイエンタール元帥との武力共闘を否定したとき、今後しばらくは彼らと争闘する機会はないように思ったのだが。

妊婦用のゆるやかな服をまとったヒルダは、皇帝の覇気をなだめるような微笑をつくった。

「陛下、彼らにたいしてまず外交使節を派遣なさってはいかがでしょう。この時期、解決をあせる必要は、こちらにはないと存じます」

「皇妃《カイザーリン》の忠告はもっともだが、寝台の端に蚊が一匹ひそんでいては、安眠もできかねる。戦いは共和主義者どもが望んだことだ、望みをかなえてやろうではないか」

大本営で話すようなことを、〝柊館〟の居間でヒルダにたいして語るラインハルトであった。彼は情操が欠如しているわけでは、けっしてないのだが、その表現がなんとも散文的なのだった。もっとも、ラインハルトに責任のすべてを帰するわけにはいかないであろう。ヒルダも、いまだに皇妃という自分の立場にとまどっている一面があった。世にも美しく、聡明で、しかも不器用な若夫婦だった。


銀河帝国軍の最高幹部たちにとって、ワーレンの敗勢は、自分たちの出征を意味する。親征あるを予期して、彼らは、大本営の一室に顔をならべた。ミッターマイヤー、ミュラー、ビッテンフェルト、ケスラー、メックリンガー、アイゼナッハの六名である。

「これほどの用兵は……革命軍司令官とやらの手腕だとすれば、あなどれんな」

光ディスクに記録された戦闘のありさまを画面に見て、ビッテンフェルトが感歎すると、ミッターマイヤーがかるく首をふった。

「それもあるが、おれが思うに、この側面攻撃の老練さは、おそらく、メルカッツ提督だろう」

「そうか、メルカッツがいたか！」

「心してかかれよ、ビッテンフェルト。亡きヤン・ウェンリーが賓客として遇したほどの、練達の用兵家だぞ」

「だが、メルカッツも、皇帝《カイザー》におつかえしていれば、いまごろわが帝国軍の重鎮として地位と名誉をほしいままにできただろうに。選択をあやまったな」

「それもそうだがな」

ミッターマイヤーは、くんでいた両腕をほどき、蜂蜜色の髪をいじった。

「能ある者が味方ばかりでは、戦う身としてはりあいがなさすぎる。まして、ヤン・ウェンリーを失って、宇宙は寂寥《せきりよう》を禁じえぬところだ。メルカッツ健在と聞けば、おれはむしろうれしさを感じる。卿《けい》らはそうは思わないか」

「たしかにそう思うが、救いがたい性《さが》だな」

大本営幕僚総監に任じられたエルネスト・メックリンガーが苦笑すると、ミュラーとケスラーがそれに倣《なら》い、アイゼナッハは顔の細胞ひとつうごかさず、指先で作戦用デスクの表面をたたいた。ビッテンフェルトは、なかば納得したように、なかば気分をそこねたように、

「ふん」

とだけつぶやいた。

「だが、それにしても、ワーレンは最善をつくしたが、帝国本土の残留部隊は、いささか醜態

だったな。このまま放置しておくわけにいくまい」

帝国軍実戦部隊の第一人者たる〝疾風《ウォルフ・デア・シュトルム》ウォルフ〟としては、その件を看過するわけにいかなかった。元帥および上級大将クラスの指揮官と、大将クラスの指揮官とのあいだに、とかく格差が目だつように思えるのである。年少の大将たちのうち、もっとも期待されていたグリルパルツァーは、僚友たちの期待と、自分自身の抱負《ほうふ》とに、ともに背《そむ》いて死んだ。トゥルナイゼンも、バーミリオン星域会戦での失敗後閑職にうつり、いちじるしく精彩を欠く。バイエルラインも、なお経験をかさね、視野を広くし、識見を養う必要があるであろう。それまでは、元帥および上級大将が、第一線を強固に守りぬく必要があった。一面、彼らはなお戦い疲れてはおらず、むしろそれは彼らの鋭気にとっては喜ばしいことであったが。

同時に、帝国本土における軍事力を強化するために、ミッターマイヤーは、〝三元帥《ドライ・グロスアドミラル》の城《スブルク》〟級の軍事拠点を、イゼルローン回廊の帝国本土側入口に建設することを考えてもいる。そして彼自身が、その建設を担当してもよいと思っていた。

「皇帝《カイザー》ラインハルトと麾下の提督たちほど、宇宙をあまねく旅してまわった一団は、歴史上に存在しない。文字どおり、彼らは星々の海を駆けめぐった。ウォルフガング・ミッターマイヤー元帥などは、歴史上、最長距離を踏破した軍司令官として、永く未来に名を残すことになろう」

後世の歴史家たちの評など、ウォルフガング・ミッターマイヤーの知るところではなかった。

この年三三歳を迎える彼は、まだ若く剽悍《ひょうかん》で、デスクワークに専念する意思などなかった。宇宙艦隊司令長官という地位は、彼の才幹と志向とを、ともに充足させるものであったから、マリーンドルフ伯が国務尚書の地位をミッターマイヤーに譲ろうとすることにたいして、謝意以上に、困惑をおぼえずにいられなかった。親友オスカー・フォン・ロイエンタールが生きてあれば、ミッターマイヤーは彼を皇帝のもっとも貴重な補佐役として推したにちがいない。その私心のなさこそ、彼がマリーンドルフ伯に後任として推される要因であるのだが。

二月一八日、皇帝《カイザー》ラインハルトは、大本営において、惑星ハイネセンへの親征の意思を表明した。

だが、この親征計画は、当面、延期されることになった。理由は、皇帝《カイザー》の健康であった。二月一九日、ラインハルトはこの年にはいってはじめて発熱したのであるが、それは過去にないほどの高熱で、一時、侍医団を蒼白にさせた。二一日に熱はさがり、皇帝《カイザー》は皇妃《カイザーリン》の手から蜂蜜いりの林檎《りんご》のジュースを飲んだ。

II

「姉君をお呼びいたしましょうか、陛下」

皇妃《カイザーリン》ヒルダが、病床のラインハルトにそう言ったのは、二二日の夕暮である。ラインハルトは小さく頭をふった。白皙の頬がわずかに赤みをおびているのは、血の色がすけているのではなく、発熱の余波であった。

「いや、皇妃《カイザーリン》が傍にいてくれればいい。わざわざ足をはこんでいただくにはおよばぬ」

その言葉は嬉しかったが、意識しての結果であることはあきらかであったから、ヒルダとしては唯々諾々《いいだくだく》としたがうことはできなかった。

「やっぱりお呼びしましょう。フェザーンにいらっしゃるのですから」

額ににじむ汗を拭いてやりながら、ヒルダが言うと、若い美貌の病人は、かすかに口もとをほころばせた。

ラインハルトの姉アンネローゼは、まだ新首都フェザーンに滞在している。旧同盟領における混乱が、とくに交通・通信におよんで、帝国にも波及する懸念があったからである。もっとも、多分にそれは口実であって、ラインハルトが姉のフェザーン永住を望んでいることは、なにびとの目にもあきらかだった。

ラインハルトの発熱を知らされると、アンネローゼは一度、柊館を訪れたが、弟には会わず、ヒルダを慰め、励まして、宿舎に帰っていたのである。二二日の夜、あらためて皇妃の使者が彼女のもとを訪れ、翌二三日、アンネローゼは病床のラインハルトに面会した。ヒルダは席をはずして、三〇分ほど姉弟をふたりきりにした。病室をでたアンネローゼは、ヒルダ専用の小さなサロンで、義妹とお茶のテーブルをかこんだが、そのとき、真摯にヒルダに語りかけた。

「皇妃《カイザーリン》ヒルデガルド、皇帝《カイザー》はあなたのものです。あなたおひとりのものです。どうかお離しにならないよう。そして見捨てないでやってくださいましね」

「アンネローゼさま……」

「お心づかい、ほんとうに感謝します。でも、弟がわたしのものだったのは、ずっと昔のことです」

木洩《こも》れ陽が風にゆれるような微笑だった。

「三年半前、弟は、わたしに見離されたと思ったかもしれません」

アンネローゼの表情も声も静かだった。激流よりも、静かな淵《ふち》のほうがはるかに水深が深いことを、凡庸な人間は、けっして知ることはないであろう。

「そんな、アンネローゼさま……」

「いえ、きっとそう思ったでしょう。わたしは弟が慰めを欲していることを、むろん知っていました。でも、同時に、べつのこともわかっていたのです」

当時まだ大将であったパウル・フォン・オーベルシュタインから、キルヒアイスの死を知らされたとき、アンネローゼの意識は、暗い水底に放りこまれた。一五歳のとき、彼女は恋も知らぬまま皇帝フリードリヒの後宮に納められたのだ。それ以後、弟とその親友が高みをめざして翔けあがるのを見まもり、ときにはささやかな援助の手をさしのべるのが、彼女の生のささえであった。それが一一年にわたってつづき、帰結するところがこれであった。

風にのって光が舞い、歴史を構成するひとつづきの分子の列を照らしだす。日ごとに身長が伸び、顔だちの秀麗さと気質の鋭敏さが増大する弟。そのするどさと烈しさをうけとめる行為を分担してくれた赤毛の少年。少年の青い両眼が、憧憬から、さらに深く、さらに真剣なものに変わりつつあることを、アンネローゼは感じとっていた。いつまでも、少年は少年でありえない。その事実にたいする、とまどいと畏《おそ》れが彼女の裡《うち》に育《はぐく》まれた。

それは、キルヒアイスがもはや永遠に年をとらなくなったことがあきらかになる日までつづいたのだ。そして、以後、貴族とは名ばかり、特権階級の栄華と無縁な社会の一隅で、ささやかな生活を営《いとな》んでいた帝国騎士《ライヒスリッター》ミューゼル家が、人類の歴史そのものを掌握する覇者の実家として知られるにいたる。弟の才華は、極限にまで咲き誇った。それをアンネローゼは願っていたのか。彼女の願いはかなえられたのか。

アンネローゼは、ヒルダの両手をとった。彼女は、彼女にわかっていたことを義妹に伝えた。

「ね、ヒルダさん、おわかりいただけるでしょうか。弟は、過去をわたしと共有しています。でも、弟の未来は、あなたと共有されるものです。いえ、あなたたちと……」

アンネローゼの言葉の意味を知って、ヒルダは頰を染めた。複数形二人称は、若い母と胎児の双方を指しているのだ。そして、いまひとつヒルダが気づかざるをえないことがあった。皇帝の美しい姉君は、わが子を産むことも育てることもなかったし、これからもないのだという事実がそれであった。

親征は中止されたが、新領土《ノイエ・ラント》における混乱や、イゼルローン革命軍にたいする処置を放任しておくわけにはいかなかった。二月二五日、ラインハルトは軍務尚書オーベルシュタイン元帥にたいし、皇帝の全権代理として惑星ハイネセンへ赴《おもむ》き、現地の秩序破壊行為に対処するよう命じた。

軍務尚書オーベルシュタイン元帥は、軍官僚あるいは参謀としての名声は高いが、実戦指揮官としては経験も声望も不足している。すくなくとも、実戦指揮官たちは、そのような認識を共有していた。オーベルシュタイン元帥の麾下には、当然ながら、実戦指揮官が配属されることとなる。何者がその任にあたるのか、諸将をおちつかせなかった人事が発表されたのは、翌二六日であった。

「なんでおれが、オーベルシュタインの指揮を戦場でうけねばならんのだ。おれは自分の失敗には責任をとるが、奴の失敗までひきうける気はないぞ。奴は軍務省のデスクの前で生きてきたのだから、死ぬときもデスクの前で死ねばいいのさ」

つねにもました大声で、そう慨歎《がいたん》する境遇におかれた人物は、フリッツ・ヨーゼフ・ビッテンフェルト上級大将であった。彼とおなじ運命にさらされながら、小さなため息をついただけでそれを受容した人物の名は、ナイトハルト・ミュラーという。こうして、オーベルシュタイン元帥は、二名の上級大将と、三万隻の大艦隊を統率して、惑星ハイネセンへおもむくことになった。

「もしジークフリード・キルヒアイスが生きていれば、こんな不愉快な人事とも無縁でいられたろうよ。いい奴ほど早く死ぬ」

　腹だちまぎれ、というにはいささか深刻な台詞《せりふ》を、ビッテンフェルトは吐きだした。後日、この発言は、すくなからず予言的な性格をおびて想起されることとなるのである。

　ウォルフガング・ミッターマイヤーは、惑星フェザーンと、〝影の城《シャーテンブルク》〟周辺宙域とを往復して、軍務に精励《せいれい》していたが、〝二月末人事〟を耳にして、つぎのように、麾下のバイエルライン大将に言った。

「オーベルシュタインが新領土へ⁉　そうか、勅命とあらば、おれが口出しする筋ではないな」

　二度と帰ってこなければよい、とは、さすがに口にしなかった。彼はまず新領土の住民たちに同情したあと、実戦指揮経験にとぼしい軍務尚書を、なにびとが補佐するのか、と問うた。ビッテンフェルト、ミュラーの両上級大将であることを知ると、〝疾風ウォルフ《ウォルフ・デア・シュトルム》〟は、おさまりの悪い蜂蜜色の髪をかきまわし、バイエルラインにむかって肩をすくめてみせた。

「さてさて、誰が一番、気の毒な役まわりだろうかな」

「むずかしいところです。ビッテンフェルト提督を使う立場の軍務尚書も、楽ではないでしょうな」

若いバイエルラインは、そう人が悪い青年でもなかったが、このときは皮肉の酸味を充分にきかせていた。いずれにしても、元帥と上級大将をあわせて八名となる帝国軍最高幹部のうち、新帝都フェザーンに残る者は、ミッターマイヤー、アイゼナッハ、メックリンガー、ケスラーの四名となった。ちょうど半数が、惑星ハイネセンに集結することとなる。軍務尚書とはともかく、ほかの三名、ミュラー、ビッテンフェルト、ワーレンとは再会を期したいものだ。ミッターマイヤーは、やや深刻に、そう願った。

Ⅲ

宇宙暦《SE》八〇一年、新帝国暦三年の二月。歴史は巨大な高速の車輪となって宇宙を縦断し、こぼれ落ちた不幸な人々を轢殺《れきさつ》しようとしているかにみえる。

皮肉な観察を身上とする一部の歴史学者によれば、自由惑星同盟《フリー・プラネッツ》の施政が終熄し、新銀河帝国の新領土《ノイエ・ラント》総督府が解体されたこの時期ほど、各惑星の自治能力が試されたときはない、ということになる。だが、その認識を当時の人々のすべてに強制することはできない。人々は、激流のなかで、溺死をまぬがれるのに必死であった。ダスティ・アッテンボローの口調を借りていえば、〝明日死ぬためには、今日生きていなくてはならない〟のである。

そのような状況で、ハイネセンの市民たちの価値観も混乱していたはずだが、彼らがひとしく熱狂するにいたったのは、その月の下旬であった。

イゼルローン軍が帝国軍にたいして勝利をおさめた、との情報が、帝国軍の報道管制の網を食い破って、ハイネセンの市民たちのもとにとどけられたのだ。それは、油田の火事のように、たちまち拡大した。歓声が各地で爆発した。

「自由と民主共和政治とヤン・ウェンリーばんざい！」

故人が聞けば、閉口して肩をすくめたことであろうが、ハイネセンの市民たちは真摯であった。ヤン・ウェンリーが三分の一世紀という長からぬ生涯において確立した〝不敗の名将〟という事実は、彼の死後、伝説から神話へと、急速に結晶作用を生じ、〝ヤン・ウェンリー〟の名を借りた地下抵抗組織が、この当時、四〇以上も存在したと推定される。これらの状況のため、イゼルローン回廊から撤退したワーレン提督は、興奮した市民との衝突を警戒して、ガンダルヴァ星系にとどまり、フェザーンからの派遣部隊が到着するのを待つことにしたほどであった。

イゼルローン要塞は、一時の勝利から、すでに酔いをさましている。局地的な戦闘の帰結に、いつまでもいい気でいられるほど、彼らの境遇は甘美なものではなかった。皇帝ラインハルトの蒼氷色《アイス・ブルー》の瞳が、灼熱した光をイゼルローンにむけているにちがいないのだ。

それでも、難局に立つとかえって鼻歌がとびだすのは、イゼルローンの気風である。

カリンことカーテローゼ・フォン・クロイツェル伍長は、ある日、フレデリカ・G《グリーンヒル》・ヤンに声をかけられた。

「カリン、この前はおめでとう。戦果にではなくて、生還したことによ」

「ありがとうございます、フレデリカさん」

礼を述べつつ、カリンはヤン未亡人の表情を観察した。この年、フレデリカはカリンよりちょうど一〇歳年長の二七歳になる。二二歳でヤンの副官になり、二五歳でヤンと結婚し、二六歳で夫と永別した。表面的な事実だけみれば、不幸な未亡人だ。だが、カリンは知っている。彼女に同情することは、彼女を侮辱することだ、と。カリンがフレデリカを応援するのは、彼女の幸福に寄与したいからであって、彼女の不幸をおぎなってやりたいからではない。

「それにしても、わたしが一七歳になるときは、士官学校の下級生でね、カリキュラムをこなすのに夢中だったわ。あなたみたいに実戦の経験もなかったし、ほんとうに子供だったと思うわ、あなたとくらべたら」

「あたしだって子供です。自分でよくわかってます。他人に言われると癪《しゃく》だけど、自分ではわかってるんです」

カリンは頬に血の色をのぼらせていた。フレデリカにたいして素直になれるように、ほかの幾人かの人物にたいしても、そうなれればいいと思うのだ。イゼルローンに来たころは、そんなことを考えもしなかった。心境が変化したのは、彼女の成長であるのか、妥協であるのか、それも彼女にははっきりとはわからないのだった。

ところで、フレデリカが夫の遺体を宇宙葬に付せず、冷凍カプセルに収容したままにしている点について、その日、キャゼルヌ夫人が夫に語ったものである。

「フレデリカさんは、ご主人の遺体をハイネセンに埋めたいと思っていらっしゃるのよ」

自宅の居間で、下の娘を夫のひざにゆだねながら、キャゼルヌ夫人はそう説明したのだった。上の娘シャルロット・フィリスは、図書室兼談話室で、おとなしく本を読んでいた。

「ハイネセンに？」

「イゼルローンは、ヤンさんが生きて眠ってた場所であって、死んで瞑《ねむ》る場所じゃない、と、そう思っていらっしゃるんでしょう。むりもないことですよ」

「それはまあ、彼女の心情《きもち》はわかるが、ハイネセンにヤンを埋葬するなんて、いつのことになるやら見当もつかんぞ」

「そうですか？」

「……おい、オルタンス、お前、またなにやら予言でもしようっていうんじゃあるまいな」

キャゼルヌの声が甲冑をまとった。夫人の予言能力について、彼には警戒心をいだくべき過去の経験があったのだ。

「予言ってなあに、父さん」

「うむ、それはなんだ……」

旧同盟軍最高級の軍官僚が、説明にこまっていると、その妻が娘に教えた。

「たとえば、こうよ。あなたが大きくなったとき、男の人に、わたしはあのことを知ってるわよ、と言っておやりなさい。みんなかならずぎくりとするでしょう。これが母さんの予言よ」

「あのな、おい……」

キャゼルヌは夫人に呼びかけたが、その声には支配力が欠けていた。夫人は有能きわまる家庭経営者の表情でキッチンへと歩きながら、

「今日の夕食は、チーズ・フォンデユですよ。ガーリック・ブレッドとオニオン・サラダをそえますからね。お酒はビールとワイン、どちらにします？」

ワインがいい、と答えてから、キャゼルヌ家の当主は、娘をひざにだいたまま考えこんだ。夫人の発言で、いささか触発されるところがあったのだ。

たしかにイゼルローンは難攻不落の要塞都市であるが、孤立して恒久的な政治体制を維持する地として、ふさわしいかどうか。ひとつには、人口構成の男女比率がバランスを欠くという事実もある。なによりも、帝国本土と旧同盟領とをつなぐ回廊の中心に位置する以上、それだけで過剰な期待と警戒心とをよせられることになる。生前のヤン・ウェンリー自身が言明したように、イゼルローンに拘泥《こうでい》しすぎることは、共和政府と革命軍との首それじたいに鎖の輪をはめることになりかねない。そのあたりを、ユリアンはどう切りぬけるであろうか。容易に結

論を出しえないキャゼルヌの鼻先に、チーズを煮こみはじめる匂いがただよってきた。

動乱鎮圧の責任者として、軍務尚書オーベルシュタイン元帥がフェザーンから派遣された。ハイネセンから地下道経由でもたらされたその情報は、イゼルローンのエアダクトに、寒風を送りこんだ。

「オーベルシュタイン元帥というのは、なかなかに冷徹な軍官僚で、権謀にも長《た》けている。彼が来たからには単純な力業《ちからわざ》でかかってはこないだろう。なにをしかけてくるか、見当もつかんな」

シェーンコップの意見に反対する者はいない。

〝帝国印、絶対零度の剃刀〟とは、シェーンコップがオーベルシュタインを評した台詞である。むろん、シェーンコップはオーベルシュタインとのあいだに面識などないはずだが、

「そういえば、おれが帝国にいたご幼少のみぎり、母親《おふくろ》と街を歩いていたら、むこう側から、目つきの悪い陰気そうながきが歩いてきたので、思いきり舌をだしてやったことがある。思えば、そいつがオーベルシュタインだったかもしれんな。あのとき石でもぶつけといてやればよかった」

などとウイスキーグラスを片手にもっともらしく語り、カスパー・リンツ大佐は、手もとのスケッチブックになにやら描きこみながら、つぎのように応じた。

「そうですね、たぶん相手のほうも、似たような感想をもったんじゃありませんか」

「……どうしてそう思う？」

「いえ、私だって、母親《おふくろ》の腹のなかにいたときは、帝国の人間でしたからね」

返答になっていないことを、画家志望の青年士官は口にした。

さて、成長したオーベルシュタインは、イゼルローン一党にむかって、どんな石を投げつけてくるであろうか。

たんに戦略的必然性で考えるなら、帝国軍としては、あえて惑星ハイネセンを確保することに拘泥しなくともよい。一度、敵の手にゆだねたあと、圧倒的な戦力をもって奪還すればよいのだ。イゼルローンのような強大な軍事拠点でもなく、周辺を危険宙域に囲まれているわけでもない。それに、もともとイゼルローン革命軍には、イゼルローン要塞と惑星ハイネセンとの双方を確保するに充分な軍事力はないのだ。

もしオーベルシュタイン元帥が、ハイネセンを放棄してみせたら、ユリアンには、いかに抵抗すべきか判断がつかない。ハイネセンの住人たちは、狂喜して、イゼルローン革命軍を呼びよせるだろう。それに応じてでかけていけば、要害とてない宇宙のただなかで、圧倒的優勢の帝国軍に包囲撃滅されてしまうかもしれない。かといって、拒絶すれば、ハイネセンを恒久的に帝国軍の支配下に放置することになりかねない。

ユリアンは、ふと思いだしたことがあった。彼が地球から生命がけでもたらした、地球教とフェザーンとの関係を証明する記録のことである。

それは、人間の負方向への思念をつづった記録だった。見終わったあと、陽気な表情をしている者は、ひとりもいなかった。シェーンコップも、ポプランも、アッテンボローも、毒酒を飲んで吐きだした直後であるようにみえた。彼らは鋼鉄の神経と強化セラミック製の胃腸をもっているはずなのに。

ユリアン自身、このような情報をもってきたことに、なんら喜びを感じなかった。せっかく生命がけで地球におもむき、地球教団の本部に潜入したすえにえた情報であるのに。だいいち、その後ヤン・ウェンリーの生命を救う役にすらたたなかったではないか。

この情報を知っているということは、銀河帝国にたいするイゼルローン共和政府の優位を意味するのだろうか。戦略的思考からいえば、そう意味するように、情報を生かすべきであろう。だが、ユリアンには、その自信がなかった。ヤン・ウェンリーが健在であれば、かならず壮麗で緻密な戦略構想のジグソー・パズルに、その一片をはめこんだであろうけど。

「それにしても、地球には、ぼくの心を惹くものはなにもなかった。あそこにあるのは過去であって未来ではないと思った。未来が存在する場所は、すくなくとも地球ではなくて……」

ユリアンは、自分自身に言いさして、心の唇を閉ざした。かるい困惑が、彼をとらえた。人類の未来は、フェザーンにあるのだろうか。むろんそれは旧来のフェザーン自治領《ラント》ではなく、新銀河帝国の首都としてのフェザーンである。それはつまり、ラインハルト・フォン・ローエングラムと彼の王朝とに、人類の未来が託されるということだろうか。それはそれで、ユリアンにとって納得しかねることではない。フェザーン遷都の一件だけをとっても、ラインハルトが歴史の創造者であることはわかる。だが、時代に冠絶《かんぜつ》した一個人によってのみ、変革がおこなわれるとすれば、人民とはいったいなんであるのか。人民とは英雄に守られ救ってもらうだけの、無力で無為な存在にすぎないのだろうか。そう考えることは、ユリアンにはつらかった。ヤン・ウェンリーにとってつらかったように。

フェザーンと地球教とのあいだに張りめぐらされた陰謀の糸について、ユリアンは、その存在を知っていることを、多少もてあましてもいる。

「皇帝《カイザー》ラインハルトに、このことを教えてやるか？　教授料として惑星一個よこせ、ということで」

アッテンボローがそう言って笑ったことがある。冗談そのものの口調であり、そう解釈してユリアンも笑ったのだが、考えてみると、〝惑星一個〟とは、なかなか示唆《しさ》的な表現ではなかったか。むろん、皇帝《カイザー》ラインハルトが、そのような情報ひとつと惑星とを交換するわけもない。ただ、政治とくに外交というものが、取引の一面をもつ以上、誇り高い皇帝《カイザー》に融和ないし譲歩をもとめるには、それ相応の取引材料が必要であった。そして、それは軍事力による一定の勝利ではないか、と、このときユリアンは考えていたのである。

それにしても、と、ユリアンは思いをはせた。それにしても、八〇〇年の怨念におしつぶされるどころか、それを利用して、自己の野心と才幹を顕在化させようとした男、アドリアン・ルビンスキーは、いまどこにいるのだろうか。どこかの惑星の地下深くで、いまも帝国と皇帝にたいする陰謀の爪に、やすりをかけているのだろうか。おそらくその爪には、毒がたっぷりと塗りつけてあるのだろうが……。

この時期、ユリアンだけでなく、帝国内務省や憲兵隊総本部も、アドリアン・ルビンスキーの所在を正確に知ることができずにいる。

フェザーン最後の自治領主《ランデスヘル》であった彼は、広大な宇宙のある一室にいた。スーツを着たまま、ソファーに横になっていたが、額に汗の粒が浮きあがっているのは、部屋の空調設備のせいではなく、彼自身の体調のためであった。傍のテーブルで、情婦のドミニク・サン・ピエールが、ウイスキーグラスを片手に、ルビンスキーを見ている。観察とも見物ともつかぬ視線であった。

「お前がそれほど感傷的な女だとは思わなかったな」

ルビンスキーが言ったのは、エルフリーデ・フォン・コールラウシュという女性にたいして、ドミニクがしめした好意のことであった。ドミニクはエルフリーデと彼女が出産した乳児のために、医師をつけ、彼女に子を生ませた男に会わせるため、自分の所有する商船で、惑星ハイネセンへ送りとどけてやったのである。

「あの女は、現在《いま》どこにいるのだ?」

「さあ、どこかしらね」

ドミニクは冷淡に、グラスの縁を指ではじいた。わざとらしく澄明な音波が、ルビンスキーの耳もとまで、ただよってきた。ドミニクはべつの話題を口にした。

「あんたが焦る理由は、わかっているわ。健康に自信がなくなってきたものね。だからといって、いま一部の流通や通信を混乱させたところで、どんな効果があるのかしらね」

フェザーン航路局のデータを消去させたルビンスキーの工作が、けっきょく、失敗に帰したことを、彼女は皮肉っているのだった。

「切札《トランプ》がなくても勝負しなけりゃならんときがあるんだ。今年がそのときだ。お前はどう思っているか知らんが……」

「たしかに、あんたは衰弱しているわね。そんな陳腐な台詞を吐く人間じゃなかったのに、表現力が貧しくなったわ。以前はもうすこし気のきいたことが言えた人なのにね」

辛辣な口調のなかに、憐憫《れんびん》の微小な断片がふくまれていたかもしれない。現在にいたるまで、ルビンスキーと彼女とのあいだには、もつれあいながら蓄積されてきた、ささやかな歴史が実在している。もう何年になるだろうか、と、ドミニクは記憶の細い糸をたぐった。彼女が彼と出会ったとき、ふたりとも若く、実績より野心が先行していた。過去を回顧する余裕などなかった。ルビンスキーはフェザーン自治領主府《ラント》の一書記官であるにすぎず、ドミニクは歌と踊りの才能だけで、社会の最上層へよじ登るつもりだった。

不意にルビンスキーの声が、彼女の回想のドアをとざした。

「ルパートを売ったように、おれも売るつもりか」

ドミニクは、かるく眉をあげて情夫を見やった。醒めきった観察の視線が、かつてはたしかに心身双方で結びついていた男の全身をまさぐった。けっきょく、彼女が確認しえたのは、過去と現在とのあいだに横たわり、しかも一瞬ごとに拡大していく亀裂の存在であった。

「ルパートは彼なりに正面から戦って死んだわ。あんたはどうかしら。皇帝《カイザー》ラインハルトと正面から戦う気があるの？」

ドミニクは問いかけた。むしろ、亀裂のむこうに立つ男の残影にむかって。

「あんたが死んだあと、あんたが皇帝《カイザー》ラインハルトにたいしてどうふるまったか、戦ったのか、それとも足をすくおうとしただけか、他人が決めてくれるわ。そして、あんたは、その評価に抗議することもできないのよ」

返答はなかった。

Ⅳ

新帝国暦三年三月二〇日。

惑星ハイネセンの地表を足で踏みつけたとき、銀河帝国軍務尚書パウル・フォン・オーベルシュタイン元帥は、べつに感慨めいた心理的成分を表情に浮かべたわけでもなかった。不本意のきわみ、軍務尚書と同行してハイネセンの地を踏んだビッテンフェルト上級大将は、その背中にむかって毒づいた。

「死ぬことなど、すこしもこわくはない。だが、オーベルシュタインのまきぞえになるのは、ごめんこうむる。奴と同行して天上《ヴァルハラ》へ行くことにでもなったら、おれは奴をワルキューレの車から突き落としてやるからな」

声が大きすぎます、と、幕僚のオイゲン少将がたしなめると、オレンジ色の髪をした猛将は、目と眉をいからせた。ビッテンフェルト家には、代々の家訓がある、他人をほめるときは大きな声で、悪口をいうときはより大きな声で、というのだ、おれは家訓を守っているだけだ。そう言ってから、二度つづけてくしゃみをした。ハイネセンは、季節が三週間ほど逆行したような寒気のなかにあった。

当の軍務尚書は、黒色槍騎兵《シュワルツ・ランツェンレイター》艦隊司令官の悪口行進曲を冷然と聞きながし、民事長官エルスハイマーの出迎えをうけて、かつて故ロイエンタール元帥が使用していた総督府の建物にむかった。ビッテンフェルトとミュラーは、中央宇宙港付近のホテルに、それぞれの司令部を設置して、艦隊および兵員の配置に専念し、軍務尚書に同行しなかった。オーベルシュタインに同行したのは、軍務省官房長のフェルナー准将と、秘書官のシュルツ中佐、護衛隊長のヴエストファル中佐ら数名だけである。ビッテンフェルトとミュラーが同行しなかった件について、彼らには正当な理由があったわけではあるが、万難を排して軍務尚書に同行しようという積極的な意欲がなかったことも事実である。いっぽう、オーベルシュタインのほうでも、とくに両提督の同行をもとめはしなかった。彼が早急に手をつけようとしていた問題は、両提督の作戦指揮能力を必要とするたぐいのものではなかったのである。むしろ、現在なお獄中にあるハイドリッヒ・ラングのような才能こそが必要であったろう。

翌三月二一日から、ハイネセンは急激で苛烈な変化にさらされた。軍務尚書直属の陸戦部隊が出動して、ハイネセンに居住する〝危険人物〟を強引に連行しはじめたのである。

かつて同盟政府の人的資源委員長をつとめたホワン・ルイ、もと第一艦隊司令官であったパエッタ中将、ヤン・ウェンリー元帥の司令部で参謀長の要職にあったムライ中将、その他、五〇〇〇人をこえる人々が、いっきょに収監されてしまった。およそ自由惑星同盟《フリー・プラネッツ》において、重要な公職にあった人々は、根こそぎ虜囚の身となったわけで、〝オーベルシュタインの草刈り〟と称される事件がこれである。

そのありさまを耳目《じもく》にしたビッテンフェルトが、ミュラーにむかってただした。

「軍務尚書はなにを考えているのやら、おれには理解できん。卿《けい》にはわかるか？」

「いや、わかりません」

「おれが思うにだ、民主共和主義者とかいう奴らには、言いたいことを言わせておけばいいのさ。どうせ口で言っていることの一パーセントも実行できるわけではないからな」

ミュラーはうなずき、砂色の瞳に、考え深げな表情をたたえた。

「政治犯や思想犯を獄にくだせば、そのぶん、一般刑事犯を収容する能力が低下します。かえって、この惑星の治安をそこなうおそれもあるでしょうな」

ミュラーもビッテンフェルトも、軍務尚書の高圧的な治安維持手段を、にがにがしくは思ったが、異議をとなえる権限もなかったし、なんといっても彼らの任務は、イゼルローン攻略にあるはずなので、ひたすら戦いの準備をととのえていた。この間、ガンダルヴァ星系で軍を再編していたワーレン上級大将も、許可をえてハイネセンに到着し、帝国軍の陣容は四万隻に達した。補給体制もほぼ完全に整備され、数日のうちに、イゼルローン征討の準備は完了しつつあった。

こうして三月末日にいたるまで、軍務尚書と三人の艦隊司令官とは、おなじ惑星上にありながら、ろくに顔をあわせることもなく、たがいの責務をはたしていた。それが、四月一日午前のことである。三人の提督が、そろって軍務尚書のもとを訪れたのだ。

「軍務尚書に、うかがいたいことがある」

そう朗々と告げたのはビッテンフェルトである。オーベルシュタインは、書類を決裁する間、四〇分ほど彼らを待たせた。

「うかがおう、ビッテンフェルト提督、ただし手みじかに、かつ理論的に願いたい」

待たせたあげくの、その返答に、ビッテンフェルトは赫《かっ》としたが、全身の努力で自制して、歯ぎしりをまじえた声をおしだした。

「では単刀直入にうかがおう。わが軍の内外に流れる噂によれば、軍務尚書が多数の政治犯、思想犯を収監する理由は、奴らを人質にして、イゼルローン軍に開城《かいじょう》を迫るためだという。戦力にまさるわが軍が、そのような卑劣な手段に訴えるとは信じたくないが、この際、軍務尚書ご自身の口から、真偽のほどをうかがいたい。如何《いかん》？」

オーベルシュタインは冷静だった。

「噂にもとづいて批判されるとは心外だ」

「では事実ではないのだな」

「そうは言っておらぬ」

「すると、やはり人質の生命を盾にして、イゼルローンの開城をもとめるとおっしゃるのか」

ワーレンがうめいた。彼の顔は、ビッテンフェルトと反対に、青白んでいる。無言のミュラーも、胸が悪くなったような表情で、オーベルシュタインを凝視していた。ビッテンフェルトが、ふたたび口を開きかけたとき、軍務尚書が彼の機先を制した。

「軍事的浪漫主義者の血なまぐさい夢想は、このさい無益だ。一〇〇万の将兵の生命をあらたに害《そこな》うより、一万たらずの政治犯を無血開城の具にするほうが、いくらかでもましな選択と信じるしだいである」

ビッテンフェルトは、そうは信じなかった。

「常勝不敗の帝国軍の名誉はどうなるか」

「名誉？」

「イゼルローンごとき、おれの艦隊だけで陥してみせる。ましてミュラーもワーレンもいる。四万隻の大軍だ。そのような手段をもちいずとも、実力をもってイゼルローンを開城させうること、万にひとつも疑いない！」

ビッテンフェルトが燃えあがるほど、オーベルシュタインは冷厳の気をくわえた。名高い義眼から、冬の霜を気体化したような視線が、三人の提督にそそがれる。

「実績なき者の大言壮語を、戦略の基幹にすえるわけにはいかぬ。もはや武力のみで事態の解決をはかる段階ではない」

「実績がないだと⁉」

ビッテンフェルトの顔は、頭髪の色を映したような朱色に染まった。僚友たちの制止を無視して、大股に一歩踏みだす。

「皇帝《カイザー》ラインハルト陛下のおんもとにあって、戦場を往来し、陛下のおんために雄敵《ゆうてき》のことごとくを斃《たお》してきた吾《われ》らだ。なにをもって実績なしと放言するか」

「卿《けい》らの実績とやらは、よく知っている。卿ら三名あわせて、ヤン・ウェンリーただひとりに、幾度、勝利の美酒を飲ませるにいたったか。私だけでなく敵軍も……」

オーベルシュタインは、最後まで言い終えることができなかった。

「きさま！」

と怒号を発したビッテンフェルトが、床を蹴って軍務尚書に躍りかかったのである。室内にいた人々の聴覚は複数の叫び声にみたされ、視界では人影がいり乱れた。上級大将が元帥の身体にのしかかって襟首をしめあげるという前代未聞の光景は、数秒で終わりを告げた。ミュラーとワーレンが、ふたりがかりで、背後からビッテンフェルトのたくましい長身にくみつき、オーベルシュタインからひきはがしたのである。軍務尚書は機械的というより鉱物的な平静さで立ちあがると、黒と銀の制服についた微量の埃を、片手ではらった。

「ミュラー提督」

「は……？」

「ビッテンフェルト提督が謹慎しているあいだ、黒色槍騎兵《シュワルツ・ランツェンレイター》の指揮監督は、卿にゆだねる。よろしいな？」

「お言葉ですが、軍務尚書」

ミュラーの声が、抑制可能限界ぎりぎりの激情にうねった。

「小官はよろしいのですが、黒色槍騎兵が承知しますまい。彼らにとって司令官とはビッテンフェルト提督ただひとりのはずですから」

「ミュラー提督らしからぬ不見識だ。黒色槍騎兵は帝国軍の一部隊。ビッテンフェルト提督の私兵ではあるまい」

反論に窮したミュラーであったが、なお納得せず、肩で息をしているビッテンフェルトと、彼の腕をつかんでいるワーレンを見やって、

「軍務尚書はご自信をお持ちのようだが、人質を盾に開城をせまるような手段を、誇り高い皇帝《カイザー》がご承知になるでしょうか。吾らに艦隊をひきいさせ、この地まで派遣なさったからには、皇帝《カイザー》の御意は堂々たる正面決戦にあること、あきらかではありませんか。軍務尚書は、あえてそれを無視なさると？」

「その皇帝の誇りが、イゼルローン回廊に数百万将兵の白骨を朽《く》ちさせる結果を生んだ」

「……！」

「一昨年、ヤン・ウェンリーがハイネセンを脱してイゼルローンに拠ったとき、この策《て》をもちいれば、数百万の人命が害《そこな》われずにすんだのだ。帝国は皇帝の私物ではなく、帝国軍は皇帝の私兵ではない。皇帝が個人的な誇りのために、将兵を無為に死なせてよいという法がどこにある。それでは、ゴールデンバウム王朝の時代と、なんらことならぬではないか」

オーベルシュタインが口をとざしたとき、室内は鉛を気体化したような重い沈黙に支配された。豪胆な提督たちも、軍務尚書の皇帝批判の痛烈さに気をのまれて、反論することもできずに立ちつくしていた。

官房長フェルナー准将は、深刻きわまる無言劇を、さすがに緊張をこめて観察しつつ、胸中

につぶやいた。軍務尚書の主張は、おそらく正しい、だが、その正しさゆえに、人々の憎悪を買うことになるだろう、と。

オーベルシュタインの義眼に、立ちつくす三人の提督の姿が映っている。

「私は皇帝陛下の代理人として卿《けい》らを指揮する。勅命によってである。異存があるなら、皇帝《カイザー》にたいして言上すべきであろう」

完全な正論なのであるが、皇帝の威を借りたと解釈されても、しかたないかもしれない。オーベルシュタインとしては、無益な論議に時をついやすつもりがなかったのであろう。だが、先刻は痛烈に皇帝を批判しながら、今度は皇帝の名によって自己の立場を補強しようとする。卑怯ではないか。そう思ったのは、ビッテンフェルトだけではなく、ワーレンもそう思い、ミュラーも釈然としないものを感じた。だが、彼らの胸中を、軍務尚書は黙殺した。

「用件はすんだ。お三方《さんかた》にひきとっていただけ、フェルナー准将」

このようにして、惑星ハイネセンの状況は、ユリアンたちが想像もしない方向へとすすんでいったのである。

第四章　平和へ、流血経由

I

　惑星ハイネセンにおいて、軍務尚書と三名の上級大将とのあいだに深刻な対立が発生したことを、皇帝《カイザー》ラインハルトが知らされたのは、四月四日のことである。偶然ながら、これは昨年死去したヤン・ウェンリー元帥の三四回めの誕生日にあたるが、むろん帝国での祝祭日には指定されていない。ラインハルト自身は、三月一四日に二五歳をむかえた。皇帝《カイザー》の誕生日は、帝国にとって重要な祝祭日であり、軍の将兵には休暇と慰労金があたえられた。皇帝の体調を考慮して、園遊会は中止されたが、皇姉アンネローゼ大公妃殿下からは、リンデン、ウォールフラワー、それにイチョウを描いた、高名な画家の油彩画が届けられた。それぞれ夫婦愛、愛情の絆《きずな》、長寿を意味する植物で、弟夫婦にたいする想いをうかがうことができた。

　それらがすぎ、ラインハルトの健康もほぼ回復したかにみえる時期に、この不快な報告であった。柊館の寝室で、天蓋つきの寝台にヒルダは起きあがり、ラインハルトは寝台の裾のほうに腰をおろしていた。

「フロイライン、ではない、皇妃《カイザーリン》はこの件についてどう思うか」

けっきょく、この男女のあいだには、甘やかな恋の語らいより、政戦両略にかんする話題が圧倒的に多いのだった。大本営と住居を分離したのは、地理上のことだけで、事実上、柊館の寝室までが、大本営の一部と化していた。

「まず陛下のお考えをうけたまわりとうございますわ」

「オーベルシュタインに権限をあたえたのは予だ。予も責任をまぬがれるわけにはいくまい。だが、まさかあのような手段にでるとは思わなかったな」

　ラインハルトに、怒りはあるにちがいないが、軍務尚書に突きつけられた問題の重さが、若い皇帝《カイザー》の怒気をやや冷《さ》ましているようであった。私的感情を満足させるために数百万人の血を流すのか、と正面から問われれば、ラインハルトの覇気も鼻白まざるをえないであろう。まことに、軍務尚書オーベルシュタイン元帥は凡庸ならざる人物であった。

　これはラインハルトの人事が誤ったいくつかの例にくわわるものであろうか。ヒルダはやや思案にあまる思いがする。考えてみずとも、オーベルシュタインとビッテンフェルトがそりの合いようがないことを、ラインハルトが承知していないはずがなかった。ことが国事であれば、私的感情など抑制されてしかるべきものと考え、人事を決定したラインハルトなのである。

「だが、予は誤ったようだ。オーベルシュタインは、いついかなる状況においても、公人としての責務を優先させる。そのあらわれかたこそが、他者に憎悪されるものであったのにな」

オーベルシュタインは劇薬であって、患部は治癒するかわりに副作用が大きい。その評をヒルダは想起していた。評者はミッターマイヤー元帥であったか、故ロイエンタール元帥であったか。

「軍務尚書をフェザーンへ召還なさいますか、陛下」

「うむ、それがいいかもしれない」

やや優柔不断な反応は、ラインハルトらしくなかった。ヒルダは、若い覇王の心を読んだ。新婚、しかも懐妊《かいにん》中の妻にたいする配慮が、彼に即断をためらわせているのだ、ということを。

「陛下、ご自分でハイネセンへいらして、事態を解決したいとお考えでございましょう?」

ヒルダの洞察は、的を射て、ラインハルトはわずかに頬を紅潮させた。

「皇妃《カイザーリン》には隠しごとができないな。たしかにあなたの言うとおりだ。予しか事態を解決できないだろう。だが、予がでかけたところで、人質をとって開城をせまるという不名誉は、ぬぐいようもないが……」

ラインハルトの生きかた、考えかたが〝軍事的浪漫主義〟の結晶であるとすれば、それに染まっていない軍高官は、軍務尚書オーベルシュタイン元帥のみであろう。ある集団のなかに、異種の思考法をもつ者の存在は不可欠である。でなければ独善ないし妄信の集団と化するおそれがあるのだ。オーベルシュタインの存在は重要なものであるのだが、ヒルダにしてみれば、たとえばヤン・ウェンリーのような人物に、その役割をはたしてもらいたかった気がする。だが、現在は、ラインハルトが感じている名誉心の負担を、ヒルダはかるくしてやらねばならなかった。

「開城ということでなく、交渉ということなら、よろしいのではございませんか、陛下」

「交渉？」

「ええ、陛下は昨年、ヤン・ウェンリーとのあいだに、交渉の場をもうけようとなさいました。それを今回、実現なさったらいかがですか。イゼルローン共和政府とやらの首脳たちを、罪人としてではなく、客人としてお迎えあそばせば、よろしゅうございましょう」

ヒルダにしては妥協的な提案であったが、ラインハルトにとっては受容しやすい意見であった。交渉開始にさきだって、政治犯たちを釈放することができるし、交渉が不調に終われば、あらためて戦端を開けばよい。オーベルシュタインが強引に敷いた軌道は、皇帝《カイザー》によってこそ修正されるべきであろう。

「皇妃《カイザーリン》、予はオーベルシュタインを好いたことは、一度もないのだ。それなのに、かえりみると、もっとも多く、あの男の進言にしたがってきたような気がする。あの男は、いつも反論の余地をあたえぬほど、正論を主張するからだ」

ラインハルトの述懐が、ヒルダの脳裏に、ある映像を結ばせた。正論を、正論だけを文章として彫りこんだ、永久凍土上の石板。その正しさは充分に承知されながら、誰もが、近づくことを拒む。幾世紀かが経過して、後代の人々は、その正しさを客観的に、つまりある意味では無責任に、称揚するかもしれない。

「あの男は、予の存在が王朝の利益と背反するときは、予を廃立《はいりつ》するかもしれぬな」

「陛下！」

「冗談だ、皇妃《カイザーリン》、あなたのむきになった表情は、とても美しいな」

完全な冗談とは、ヒルダには思えなかった。ラインハルトは冗談ばかりか世辞《せじ》も拙劣《へた》だが、これはいまさら変えようもないことである。

ラインハルトの健康にたいしても、ヒルダは配慮をおこたるわけにはいかなかった。なにしろ、誕生日の園遊会さえ中止されたほどであるから、数千光年の恒星間航行が、ラインハルトの、すくなくとも肉体にとって負担でないはずはない。

かつて、ヒルダの従弟《いとこ》であるハインリッヒ・フォン・キュンメル男爵は、ラインハルトに、というより彼の一身に象徴される優雅な美と、華麗な生命力との結合にたいして、深刻な嫉妬をいだいた。それはキュンメル男爵自身を滅ぼす結果を生じたのだが、現在、キュンメル男爵が生きていたら、しばしば高熱を発して病臥するラインハルトを見て、どう思うであろうか。いや、肉体面だけならよい、ラインハルトの精神が肉体の衰弱にひきずられ、覇気と活力を減少させていくとしたら、それは死者の冷笑をさそうことになるのではあるまいか。

そのような事態にいたったのでは、ラインハルト・フォン・ローエングラムという青年の人生それじたいが、光輝を薄れさせてしまうことになろう。ヒルダはそれをおそれる。ラインハルトがラインハルトでなくなることへのおそれに比較すれば、長い旅への懸念など、論じるにたりない。ヒルダがたんに幕僚総監であれば、ラインハルトは即日、大艦隊をひきいてフェザーンを進発したであろう。ヒルダはラインハルトの妻であり、そのことじたいが金髪の覇王を拘束していると、ヒルダは自覚していた。

「どうぞ行ってらっしゃいまし。陛下でなくては、軍務尚書を抑えることも、諸将の対立を解消させることも、かないますまいから。そして、一日もお早くお帰りくださいますよう」

「……すまない、皇妃《カイザーリン》」

無個性な言いようの奥に、単純ならざる感情の起伏と、思考の交錯が隠されている。蒼氷《アイス・ブ》色《ルー》の瞳に精彩がみなぎったのは、ラインハルトの本性が活動にあることをしめしていた。

「留守はケスラーにまかせよう。それと、予が不在のあいだ、柊館には皇妃《カイザーリン》のお父上に泊まっていただくとよい」

「はい、父にそうしてもらいます」

「お父上の後任も、早くさだめなくてはな。マリーンドルフ伯はいまだ五〇代なかばなのに、隠棲を望む。予も人生のなかばをすぎれば、そう望むようになるのかな」

ラインハルトが老人になるという想像は、ヒルダには困難であった。もっとも、彼が父親になるという想像も困難ではあったが、これは実現しつつある。だが、周知のように、ラインハルトはついに老人にはならなかった。

ジークフリード・キルヒアイス元帥が健在であったら、と、ヒルダはあらためて故人の可能性をおしまずにいられなかった。皇帝《カイザー》ラインハルトに代わる遠征軍総司令官の座と、マリーンドルフ伯を継ぐ国務尚書の座と、すくなくともいっぽうは、異議なく彼によって埋められたであろうに。

それはどちらかといえば非建設的な思考であるのだが、懐妊して皇帝の親征に同行しえない身としては、ついそう思いたくなるのだった。誠実で賢明な赤毛の青年は、死後も、才幹と器量にふさわしい働きを期待されていたのである。

皇妃《カイザーリン》の額に接吻すると、ラインハルトは近侍のエミール・フォン・ゼッレ少年を呼んで外出のしたくをさせ、大本営へおもむいた。ミッターマイヤー元帥らを呼集し、あらためて惑星ハイネセンへの親征を告げるためであった。

天蓋つきの寝台に腰をおろしたヒルダは、思わず、小さなため息をついた。

彼女は結婚二カ月あまりの新妻であり、懐妊している身である。夫たる人は、宇宙で最高の権力と名声をもち、美貌においても、比肩する対象を見いだしえない。古代の童話なら、すでに〝めでたしめでたし〟で終了しているのだが、ヒルダは今後、出産して母となり、銀河帝国の後継者を育て、ささやかなものではあるが宮廷を管理していかねばならないのだった。

もしヒルダが聡明であっても、夫におおさ劣らないほどの美貌を併有していなかったら、ラインハルトは彼女に惹かれたであろうか――そういう疑問は、提出されはしたが、さして重視されたことがない。ラインハルトは、ヒルダと出会う以前に、宮廷内外の美女、佳人《かじん》と多くの出会いを経験しているのだが、興味や関心をいだいたことはなかった。

「彼女たちは、皮膚の外側はまことに美しいが、頭蓋骨のなかみはクリームバターでできている。おれはケーキを相手に恋愛するつもりはない」

親友であり腹心であるジークフリード・キルヒアイスに、一〇代のころすでにそう語っている。彼は、すくなくとも、美貌だけの女性にはまったく心を魅せられることがなかった。ヒルダはなによりもまず、政治と軍事にかんする卓絶した識見によって、ラインハルトにその存在を知らしめたのだった。それがヒルダにとって、人間としてはともかく、女性として幸福であったか否か、判断するのは他者には困難である。ただ、充実感が幸福を構成する要素であるとすれば、それはヒルダの裡に実在した。彼女は、ラインハルトの精神風土から遠くに住んでいるわけではなく、価値観の多くをラインハルトと共有し、そうでない部分も理解し受容することができた。

それにしても、パウル・フォン・オーベルシュタイン元帥は、皇帝《カイザー》ラインハルトの忠臣なのであろうか。

それは深刻で、しかも奇態な命題であった。

オーベルシュタインが、軍務尚書として、きわめて貴重な人材であることは事実である。彼を嫌悪し忌避している者でも、それは認めざるをえない。表現を変えれば、傑出した才腕にもかかわらず、彼はほとんど誰からも好かれてはいなかった。彼自身、他者から好かれようと思ってはいないようである。その結果というべきであろうか、軍務省の官僚たちからは、すくなくとも尊敬と服従を全面的に獲得していた。軍務省の内部は、規律と勤勉と清潔とに支配され、巨大な機構は一ミクロンのくるいも遅滞もなく、帝国の軍事行政を運営しつづけている。ちなみに、軍務省の職員に胃痛患者が多いことは、社会保険局の統計によって実証されている。

オーベルシュタインは惑星ハイネセンに居住する旧同盟の公人たちを、政治犯として収監し、その身命を盾として、イゼルローン共和政府に無血開城を迫るという。このままイゼルローンと正面から戦闘に突入すれば、最終的な勝利を獲得しえるとしても、一〇〇万単位の人命が失われるであろう。オーベルシュタインの策が実行されれば、すくなくとも帝国軍の人命はそこなわれない。多くの家庭が夫や父親を失わずにすむ。歓迎すべき事態であるはずだ。

にもかかわらず、それを聞く者が、人命尊重より卑劣さを、美より醜を、強く印象づけられるのは、なぜだろうか。オーベルシュタイン自身は、ゆるぎない価値観によって、宇宙にあたらしい秩序を確立しようとしているにちがいないのだが。

あたらしい秩序！

ヒルダは頭をふった。正式に結婚して皇妃《カイザーリン》となったのち、彼女は、くすんだ黄金色の頭髪を、独身時代より長く伸ばしはじめていた。美しい少年のような美貌には、丸みとやわらかみがくわわって、母性の存在を人々に印象づけている。だが、彼女の頭脳は、おそらく、母であることよりも妻であること、妻であることよりも補佐役であることに傾斜していたようである。

ラインハルトによって運命を主導されてきた人々が、宇宙にいったい幾人、存在することであろう。ヒルダも、まさしくそのひとりである。これは、ヒルダが自分自身の選択と判断によって人生を航行《セーリング》してきた事実と、なんら矛盾するものではない。ある意味で、ヒルダは、ラインハルトがゴールデンバウム王朝の冬雲を吹きはらったのち、花園のなかでもっとも美しく咲いた花であったかもしれない。

ジークフリード・キルヒアイスの生前、彼とヒルダはついに面識をえることがなかったが、ラインハルトは覇業の出発点においてキルヒアイスをえ、王業の終着点においてヒルダをえた。覇王としての彼の生涯は、二名の、傑出した補佐役にささえられている。しかも、それがラインハルトにとって、ごくしぜんな現象であったことは否定しえないであろう。

Ⅱ

惑星ハイネセンの首都街区の一角では、黒と銀の華麗な軍服にたくましい長身をつつんだ猛獣が、夜空にむかって怒りの咆哮を放っている。宿舎に軟禁されたフリッツ・ヨーゼフ・ビッテンフェルト上級大将は、〝謹慎〟などという陰気な名詞を丸めて下水に流してしまい、知るかぎりの語彙《ごい》とゆたかな肺活量を駆使して、大きらいな軍務尚書をののしりつづけた。高い塀の外には、三個小隊の兵士が銃をかまえて警備に従事していたが、彼らが幾人かで計算しなければならないほど、ビッテンフェルトの悪口雑言は多彩であった。

むろんハイネセンの市民も、報道管制の隙間から、事態を知っていた。あるホテルの一室で、ひとりの男が事態を論評している。

「奇妙なことになったものだ。こんな事態は、偉大なるヤン・ウェンリーも予想できなかっただろうな」

いまだに、フェザーン独立商人としての自尊心を宝物としてささげもっているボリス・コーネフであった。部下のマリネスクが、気苦労で薄くなった頭髪をなでまわしつつ応じる。

「なんにしても、帝国軍が内部対立を生じることは、イゼルローンにとっては、有利な状況じゃありませんかな」

「さあ、そううまくいくかな。軍務尚書が退場してくれればいいが、そうはならんだろうし、ワーレン提督やミュラー提督は、まともな人間だから、破局を防ぐため尽力するだろうよ」

ボリス・コーネフの観察は正しかった。このときハイネセンにミュラーとワーレンがいなかったら、帝国軍の秩序は崩壊していたにちがいない。

もし〝黒色槍騎兵《シュワルツ・ランツェンレイター》〟が暴発して、軍務尚書の直属部隊と物理的衝突をおこしたりすれば、結果は容易に想像しえる。陸戦が本来の任務ではないにしても、〝黒色槍騎兵〟の勇猛と強悍《きょうかん》に、軍務尚書の直属部隊が敵しえるはずがないのだ。数からしてちがう。黒色槍騎兵は力ずくで司令官を解放するであろう。

だが、そうなれば、皇帝《カイザー》の代理人たる軍務尚書を害したとして、ビッテンフェルトとその幕僚たちは救われようがなくなる。昨年の、ロイエンタール元帥叛逆事件において、そのような状況の発生が巨大な不幸をもたらした。不快で傷《いた》ましい記憶は、ミュラーやワーレンにとって、今後永く、埋葬しえるものではなかった。

なんとかビッテンフェルトと黒色槍騎兵を破局から救わねばならぬ。温和なミュラーはともかく、重厚質実なワーレンは、これまでかならずしもビッテンフェルトと親交が深かったわけではないが、彼の軟禁を解き、かつ帝国軍どうしの衝突をふせぐため、手をつくした。これで、ワーレンとビッテンフェルトとが立場を逆にしたとすれば、「ビッテンフェルト提督は、べつにワーレン提督を救おうとしたわけではない。軍務尚書にいやがらせをしようとしただけさ」と評されたことであろう。つねひごろの人望の差である。もっとも、黒色槍騎兵の勇者たちは、勇猛で熱狂的な司令官をけっこう好いていたから、軍務尚書にたいする憎悪と反感は、拡大の一途をたどった。旧ファーレンハイト艦隊から転属した将兵の場合は、いささか心境が複雑だったようであるが、すくなくとも、オーベルシュタイン元帥に味方しようとする者は存在しなかったのである。

〝黒色槍騎兵《シュワルツ・ランツェンレイター》〟艦隊の副司令官ハルバーシュタット大将、参謀長グレーブナー大将らは、軍務尚書に面会をもとめたが、冷然と拒否された。軟禁されたビッテンフェルトとの面会も同様であった。

　オイゲン少将は、ミュラー、ワーレン、両上級大将に協力を要請した。ミュラーもワーレンも、もとめられるまでもなく協力する意思はあったが、具体的にどう処置するか、ということになると、対策に窮した。軍務尚書にたいして面会を申しこんでも、官房長フェルナー准将が礼儀ただしく「お会いになりません」をくりかえすだけなのである。

「くれぐれも激発せぬように。皇帝《カイザー》やミッターマイヤー元帥に連絡して、かならず善処するから、卿《けい》らは部下を統制して、早まった行為にでぬよう全力をあげてほしい」

「小官らも全力をつくします。ですが、力のおよばぬ点は、両閣下をたよらせていただく以外ございません。なにとぞよしなに」

　オイゲン少将が退出したあと、ミュラーにむかってワーレンは苦笑してみせた。

「ビッテンフェルトには、すぎた部下たちだな。上官が無謀でも、よい部下は育つとみえる」

　ところが、階級が上がると、司令官の人格的影響力が増大するものであるらしい。オイゲンが帰ったあと、ハルバーシュタット大将がワーレンの前にあらわれ、軍務尚書にたいする怒りの余波をむけてきたものである。

「もしビッテンフェルト司令官が、不当な処罰をこうむるようなことがあれば、兵士どもに甘んじてそれを受容するよう説得することは小官にはできません。その点、どうかご承知いただけますよう」

「言葉をつつしめ、ハルバーシュタット大将。卿は、吾《われ》らを脅迫するつもりか。それとも、昨年につづいて、皇帝陛下の将兵が相撃つことを望むか」

ワーレンの声は厳格で、ハルバーシュタットは姿勢をただし、非礼を謝罪した。ワーレンに見離されれば、ビッテンフェルトと黒色槍騎兵に明日はない。ワーレン自身、オーベルシュタインの氷壁を前にして、手も足もでない印象である。「義手も足も出ない」とワーレンは表現したが、放りだしてしまうわけにもいかなかった。

提督たちが事態の解決に心をくだくあいだにも、帝国軍内部にわだかまる反感と敵視の火種は、きなくさく加熱されていって、ついにごく一部が発火するにいたった。

四月六日、オーベルシュタインの直接指揮下にある憲兵隊が、黒色槍騎兵の兵士と衝突をおこした。いわゆる〝ダウンディング街騒乱事件〟である。

双方に言分《いいぶん》はあるのだが、軍務尚書からだされた禁酒令を破って、黒色槍騎兵の若い下士官グループが、ダウンディング街の酒場からでてきたところを、憲兵に発見されたのである。見逃してやっても大過《たいか》ないところであったのに、威圧的にとりしまりにかかったのは、下士官グループが女づれであったこと、また彼らが空《から》の酒瓶に軍務尚書の名を書いて蹴とばしていたこと、が理由であったかもしれない。尋問が反論を呼び、乱闘に変わるまで、二分間は要さなかった。双方あわせて一個分隊規模の乱闘が、一個連隊規模に成長するまで三〇分。その間、一〇〇名をこす重軽傷者がでた。ついに双方は銃をもちだし、街路にバリケードをきずきはじめた。

　この騒ぎは、両陣営の対立に神経をとがらせていたワーレン、ミュラー、両上級大将のたちまち知るところとなって、彼らは急遽、対策におわれることとなった。

「ばかな、市街戦になるぞ。そうなれば、帝国軍の他部隊どころか、ハイネセン市民や共和主義者たちの、よい笑いものだ」

　ミュラーはみずから地上車《ランド・カー》を運転して、オーベルシュタイン元帥の執務室へ駆けつけ、ワーレンは装甲地上車《ランド・カー》を部下に操縦させてダウンディング街へ走った。そして十字路の中央に装甲地上車《ランド・カー》を駐めさせた。彼の右手には黒色槍騎兵《シュワルツ・ランツェンレイター》が、左方向には軍務尚書の部隊が、それぞれ銃を手にひしめいていた。

　このとき、アウグスト・ザムエル・ワーレン上級大将は、装甲地上車《ランド・カー》の砲塔の上に腰をおろし、ブラスターをひざにのせ、鋭い眼光を左右に放って、両陣営が激発の気配をしめすつど、無言でそれを抑えつけた。その雄姿を畏怖して、両部隊はあえて発砲しようとしなかったのだ。

　ワーレンの剛気が、一触即発の空気を圧しているあいだに、ミュラーは軍務尚書に面会をもとめた。一〇分間だけという条件つきながら、ようやく彼は対面の目的をはたした。彼は軍務尚書に事情を説明し、危機を回避するよう努力をもとめた。

「せめてビッテンフェルト提督の軟禁を解かれるべきでしょう。黒色槍騎兵は司令官の身を案じ、平静を失っております。彼らをおちつかせてやっていただきたい」

「私は勅命と法によって、自他の行動を律するものだ。黒色槍騎兵が暴発すれば、それは帝権にたいする叛逆行為である。それにたいして一歩の妥協も譲歩もする必然性はもちあわせておらぬ」

「まことにごもっともではあるが、軍務尚書、暴発を防いでたがいに協力させることも、皇帝《カイザー》の臣僚《しんりょう》としての義務ではありませんか。ビッテンフェルト提督に非礼があったことは事実ゆえ、謝罪するよう説得してみます。その機会をいただくわけにはまいりませんか」

……台風の中心部が快晴であるように、ハイネセンの混沌を生んだ主要人物は、平穏無事のなかにいて、しかもそれを感謝してなどいなかった。ビッテンフェルトは、昼食をはこんできた衛兵に尋ねた。

「おい、お前らの尊敬する軍務尚書閣下は、まだ生きているか」

「ご健在です」

「そうか、変だな、昨夜《ゆうべ》ずっと呪ってやったのだが、オーベルシュタインの毒蛇には、呪いもつうじないのか」

衛兵は困惑の表情をあらわに、食事だけをおいてひきさがった。ビッテンフェルトは、だされた食事をすべてたいらげ、コーヒーまできれいに飲みほした。後日になって、毒殺の危険を感じなかったのか、と問われたとき、彼は答えたものである。

「毒なんぞ、とうに免疫になっておるさ。おれはオーベルシュタインの奴と何年もつきあってきたからな」

彼が食事を終えて半時間ほど経過したとき、客人があらわれた。ビッテンフェルトより三歳年少の僚友、ナイトハルト・ミュラー上級大将であった。

「おう、よく来てくれた、ミュラー提督。オーベルシュタインめをたたきつぶす棍棒でも、さしいれに来てくれたのか」

「残念ながら……」

と、ミュラーは苦笑せざるをえない。棍棒にかぎらず、武器を携帯して入室することは、許可されなかったのだ。むしろ、入室が許可されたことじたい、すでに、意外なほどの寛容さであろう。本来なら感謝をおしむべきではないはずなのに、ミュラーは、軍務尚書の真意に、疑問をいだかざるをえない。あるいは、ミュラーをあえてビッテンフェルトと対面させ、それを理由として通謀罪を科してくるのではないか、とさえ考えた。オーベルシュタインが、目的を達成するために手段をえらばないという見解は、ミュラーのように公正な人物の内部にも、菌糸を張りめぐらせていたのである。盗聴されている危険もある。だが、いっぽう、そこまで姑息な手段をとる人ではないような気もするのだった。

「おい、盗聴されているかもしれん。おれはいまさらどうでもよいが、卿《けい》は用心したほうがいいぞ。後日、言いがかりをつけられんようにな」

大声をあげて、ビッテンフェルトはにやりと笑った。豪胆なのか無神経なのか、僚友に気を遣っているのかいないのか、容易には判断しがたいところである。笑いをおさめると、ビッテンフェルトはまた口を開いた。

「オーベルシュタインに私心がないことは認める。認めてやってもいい。だが、奴は自分に私心がないことを知って、それを最大の武器にしていやがる。おれが気にくわんのは、その点だ！」

ビッテンフェルトの主張に一理あることを、ミュラーは認めた。だが、それでは事態が進展しない。

「ビッテンフェルト提督、卿が軍務尚書につかみかかった事実は事実、それを謝罪して、軟禁を解いてもらってはどうですか」

塀の外側で生じている波風を説明して、そう勧めたが、ビッテンフェルトは腕をくんであらぬかたをながめやっている。やがて、あごをひとつなでると、彼はまったくべつのことを口にした。

「おれは思うのだがな、ミュラー提督、軍務尚書は政治犯たちの生命を盾に、イゼルローンの首脳部を、ハイネセンに呼びよせようとしている。だが、イゼルローンの奴らが、生きてハイネセンの土を踏めると思うか？」

「とおっしゃると？」

「ミュラー提督、わかっているはずだ。おれが危惧しているのは地球教徒どものことではない。奴らをよそおって、軍務尚書自身が、イゼルローンの首脳部を途中で謀殺するかもしれんぞ」

まさか、と応じはしたが、ミュラーは内心に涼しすぎる風が吹きわたるのを感じた。だが、軍務尚書なら、謀殺などという手段によらず、大逆罪の名のもとに、白昼堂々とイゼルローンの首脳部たちを処刑するように思える。

「それにしても、ビッテンフェルト提督が、そうもイゼルローンの首脳部たちの運命を思いやっておられるとは、知りませんでした」

やや冗談めかしてミュラーが話題をそらせると、猛将は幅の広い肩をすくめてみせた。

「おれはべつにイゼルローンの奴らを気にかけているわけではない。オーベルシュタインの毒蛇めに、わが世の春を謳歌《おうか》させたくないだけだ。だいいち、イゼルローンは、おれ自身の手で粉砕してやらねば、気がすまぬ」

ビッテンフェルトの軍靴が、壁を蹴りつけた。一瞬後、オレンジ色の髪の猛将は、わずかに眉をしかめたが、口にだして苦痛を表明しようとはせず、さりげなさそうに足をふる。見ないふりをして、ミュラーは説得をこころみた。

「卿《けい》のお心情《きもち》もわからないではないが、卿と軍務尚書が対立をつづければ、皇帝《カイザー》の宸襟を騒がせたてまつることになりますぞ。皇帝《カイザー》は、ご自身しばしば病臥され、皇妃《カイザーリン》のご出産もちかいというこの時期です。臣下たる者、私情をつつしむべきではありませんか」

ラインハルトの名をだされると、ビッテンフェルトも鼻白まざるをえなかった。

不機嫌そうに沈黙をつづけたあと、オレンジ色の髪の猛将は、くんでいた腕をほどいた。

「わかった。卿らにそう迷惑をかけるわけにもいかんだろうからな。要するに、皇帝《カイザー》の影に頭をさげると思えば腹もたたん。オーベルシュタインを人間と思うから腹がたつのだ。卿もそう思うだろう？」

ミュラーは返答に窮した。

Ⅲ

険悪な雰囲気が、結露《けつろ》のように室内の壁と天井に貼りついていた。環境が人を陰湿にするのか、あるいはその逆であるのか、判断は困難であるが、この場合、どちらであっても説得力をもつであろう。

宇宙の一隅である。ラインハルト・フォン・ローエングラムが建設しようとする秩序に、反対する人々が参集する区域だった。イゼルローンに拠る人々のように、公然と反対するのではない。帝国の専制政治を非とするわけでもない。彼らの理念と価値観は、旧《ふる》く、しかも狭いものであって、人類の多数からは否定され、さらに多数からは無視されていた。だが、それは、極少数派の主観的な真摯さを否定するものではありえない。

地球教の、現在の本拠地である。先年来、いくつかの陰謀を成功させ、実権を掌握したかにみえる大主教ド・ヴィリエの執務所に、下位の主教をふくむ信徒たち数十名がおしかけていた。請願のためにではあるが、ほとんどその状況は談判にちかい。

「総大主教《グランド・ビショップ》は、どこにいらっしゃるのか。総大主教に、お目にかかりたい」

彼らの声と表情には、深刻な執拗さがこめられていた。総大主教との面会をもとめる請願は、最初のことではなかったのだ。ド・ヴィリエは、請願のつど、総大主教が瞑想中であるとか、疲労で就寝中であるとか、さまざまな理由を順序よくならべて、彼らの請願を却下しつづけてきた。

「忠実な信徒たちのあいだに、不安と疑惑がひろがりつつある。地球の総本部が帝国軍の手に破壊されてより、総大主教猊下《げいか》は信徒たちの前にお姿を見せてくださらぬ」

食前食後に聞かされているような恨みごとなので、ド・ヴィリエの顔面の細胞には、なんら刺激をあたえなかった。無表情をたもつ大主教に、慄えをおびた声があびせられた。

「一度でもお姿を見せていただければ、信徒たちも安堵する。それをなぜ、接見を拒否なさるのか。かつては連日のごとく信徒たちにありがたいお言葉をたまわったではないか」

ド・ヴィリエにたいする不信と疑惑が、彼の鼓膜にしみつき、若い辣腕《らつわん》の大主教は、悪意をこめて反応した。

「昨今、総大主教がすでに亡くなられた、と、奇怪な流言をとばす者がいるが、そなたもそのような流言に踊らされているのではあるまいな」

「めっそうもない。ただ、信徒として、総大主教猊下のお姿を拝したいだけのこと」

「そうか。それならよいが……」

ド・ヴィリエは、威厳と脅迫の見えない短剣を、たくみに左右の手であやつりながら、請願者を壁ぎわに追いつめた。

「いま、皇帝《カイザー》ラインハルトは結婚し、皇妃となったマリーンドルフ伯爵家の小娘は、懐妊している。六月に生まれる子が、帝位を継承するかもしれぬのだ。宇宙の命運にかかわるかもしれぬ、この重要な時期に、徒党をくんで総大主教猊下の御心を騒がせるとは、なんの謂《いい》あってのことか」

請願者は屈しなかった。

「重要な時期であればこそ、総大主教猊下のご尊顔を拝し、お言葉をたまわりたいと望むのは、当然ではないか。総大主教猊下は、一部の高位聖職者の占有物ではあるまい。われら信徒すべてに、教理と慈悲をあたえたもう御方ではないか。大主教であれ、平《ひら》の信徒であれ、信徒はすべて平等であるはず」

狂信者集団のなかで民主主義原理にもとづく主張がなされるとは、ド・ヴィリエにとっては笑止であった。彼が冷笑を皮膚の下にとどめて、なにか言いかけたとき、請願者たちの表情に、驚愕と感動の波紋がひろがった。不可視の巨大な掌でおさえつけられたかのように、彼らはひざまずき、それを両眼に映したド・ヴィリエは、みずからもひざまずいた。頸《くび》すじに冷感の刃があてられていた。薄闇のなかに、請願者たちの畏敬と服従の対象がたたずんでいた。黒いフードつきの服に全身をつつんだ、影のような人物であった。

「総大主教《グランド・ビショップ》猊下！」

「……地球を捨てし者ども、ことごとく滅びるがよい。みずから根を絶ってなお生きつづけることができるものであればな」

謳うようなつぶやきに、やや脚本《シナリオ》を読みあげるような声がつづいた。

「ド・ヴィリエは、わが腹心である。彼のやりかたに従い、その成功にそなたらも寄与するがよい。それでこそ、地球の栄光を回復する日もちかまろう」

信徒たちは、いっせいに拝跪《はいき》した。

ひざまずいて頭をたれたものの、このときド・ヴィリエは異様な心理的環境のなかに佇立《ちょりつ》していた。それは違和感と孤独感を融合させ、怒気と嘲弄を幾CCかそそいで加熱したものであった。後日、判明したように、ド・ヴィリエと、地球教の信仰原理とのあいだには、なんら友好的な関係は存在しなかった。ド・ヴィリエは世俗的な野心と陰謀立案能力の所有者であって、自己の暗い能力にたいする過度の信頼感をのぞけば、狂信者としての資質は存在しない。彼はヨブ・トリューニヒトやアドリアン・ルビンスキーらとおなじ方角の野に居住する種族である。トリューニヒトが民主共和政治の機構を利用し、ルビンスキーがフェザーンの経済運営システムを利用したように、ド・ヴィリエは地球教の教団組織を利用して、彼の野心を推進しようとしたものと思われる。それだけに、一般人にとって、むしろ彼の野心は理解しやすいものであった。好悪《こうお》の念はべつとしてである。そしてけっきょくのところ、野心を達成させたのちの彼が、どのように野心と歴史的意義を整合させていくかは、未完の課題として、歴史家に推考《すいこう》の素材をあたえることとなった。

Ⅳ

惑星ハイネセンにおける〝オーベルシュタインの草刈り〟について、イゼルローンが受領した情報は、早く、しかも豊富だった。帝国軍は、この件にかんして情報封鎖をおこなわなかったのである。意図するところは明瞭であって、事実を知らせることによってイゼルローン共和政府と革命軍を動揺させようというのであった。開城に応じるか否か、その議論によってイゼルローン内部が分裂するという計算もあるであろう。

帝国軍、正確には軍務尚書オーベルシュタインがたてた方程式は、途中までは正確に機能した。イゼルローンは沸騰し、フレデリカ・G《グリーンヒル》・ヤンやユリアン・ミンツをはじめとする政府と軍部の代表者たちは、会議室に顔をならべて、対策を協議した。とはいっても、最初の三〇分ほどは、オーベルシュタイン元帥にたいする多彩な悪口雑言が、一〇〇ダースほど記録されたにとどまる。

だが、憤激の道を通過すると、深刻な苦悩の門があらわれる。オーベルシュタインが突きつけた問題提起は、〝卑劣〟の一言で全面否定しうるたぐいのものではなかった。

銀河帝国軍務尚書パウル・フォン・オーベルシュタイン元帥。有能で厳格な軍官僚であり、冷徹無比の策謀家であるといわれる。ユリアンら旧自由惑星同盟《フリー・プラネッツ》の人々にとって、プラスイメージの高い人物では、けっしてない。その人物に、

「正々堂々と戦って一〇〇万人の血を流すことと、最低限の犠牲で平和と統一を達成することと、どちらがより歴史に貢献するのか」

などという深刻な命題をつきつけられたことは、ユリアンにとって小さな衝撃ではなかった。むろん、出題者の側には、明確すぎるほどの価値観がそなわっている。それにユリアンは抵抗しなくてはならないのだろうか。

「こいつはよけいなことだがな、ユリアン」

ワルター・フォン・シェーンコップが、皮肉と慰撫《いぶ》の混合した音声を投げかけてきた。

「この際、悪名をこうむるのは、銀河帝国、とくに策謀を実行するオーベルシュタイン元帥と、そのやりくちを追認する皇帝《カイザー》ラインハルトだ。お前さんじゃない」

「わかっています。でも、納得できないのです。ハイネセンに囚われた人々を、もし見捨てたりしたら……」

さぞ気分が悪いだろう、と、ユリアンは思うのだ。ふたたび発せられたシェーンコップの声は、今度はほとんど皮肉が主成分になっていた。

「だが、専制君主によって政治犯、思想犯として囚えられるのは、民主共和主義者にとっては本望じゃないのか。ことに、自由惑星同盟で高い地位についていて、市民や兵士に、民主共和政の大義にもとづく聖戦を鼓吹《こすい》したような連中はな」

シェーンコップとおなじような考えを、じつはユリアンも、一瞬いだいたことがある。だが、ボリス・コーネフからとどけられた虜囚のリストを見て、彼は平静でいられなくなっていた。

「でも、政治犯リストのなかに、ムライ中将の名があったんですよ。見殺しにできないでしょう？」

その一言が、会議室の空気を波だてた。イゼルローンの若い幕僚たちは、新鮮なおどろきにとらわれてリストを見なおした。

「なんだ!? あの歩く叱言《こごと》がつかまったって？　帝国軍の奴らも勇気があるな」

「宇宙で、あの小うるさいおっさんに勝てる奴はいないと思っていたがなあ。さすがに、銀河帝国の軍務尚書ともなると、イゼルローンの参謀長より上手《うわて》だぜ」

「つかまえた奴にも、つかまった奴にも、おれはちかよりたくないね。別世界のできごとにしておこうや」

議論が奇妙な方角へむかいかけた。

「助けてあげたら、恩を着せてやることができるかもしれませんよ」

ユリアンはむろん冗談を口にしたのだが、アッテンボローやポプランの顔をよぎった表情には、一六パーセントから七二パーセントのあいだで、真剣さがふくまれていた。

「で、どうする気だ、司令官どの」

シェーンコップに問われて、ユリアンは亜麻色の頭をふった。短時間に解答をだしうる問題ではなかった。民主主義の基本的な精神からいえば、生命を脅かされている人々を、少数だからという理由で見すてることはできない。だが、そのために、宇宙に唯一、残された民主共和政治の根拠地を失うのか。戦わずして、帝国の軍門に降らなくてはならないのか。

若者の深刻な沈思に、一瞥《いちべつ》を送って、〝薔薇の騎士《ローゼンリッター》〟の第一三代連隊長であった男は独語した。

「この件にかんして、最大の味方は、フェザーンにいるかもしれんな」

固有名詞を、シェーンコップは口にしなかったが、ユリアンはたちどころに諒解した。銀河帝国皇帝ラインハルト・フォン・ローエングラムがそれである。比類なく誇り高い皇帝《カイザー》であれば、人質をとって開城を迫るという手段に嫌悪の情をしめすであろう。このラインハルトの矜《きょ》持《うじ》こそが、イゼルローンと民主共和政治の理念を守る。そういうことであれば、むしろ皇帝《カイザー》ラインハルトとのあいだに、直接、交渉ルートをつくったほうが、よいかもしれない。だとしたら、なにびとをもって仲介役となすべきであろうか。

ボリス・コーネフからの情報では、オーベルシュタイン元帥と同行してきた提督は、ミュラーとビッテンフェルトであるという。ミュラーとは面識がある。昨年六月、ヤン・ウェンリーの訃報《ふほう》が帝国軍にもたらされたおり、皇帝《カイザー》ラインハルトの弔問使として、イゼルローンを訪れた人物である。彼の好意ないし善意をたよってよいものであろうか。彼個人は信頼に値する人物であるとしても、帝国の高官として、国策を優先させるべき立場にあるのではないか。それを一方的にたよれば、ミュラーの立場を悪くする結果になるのではないか。

ユリアンの思考の軌跡は、螺旋《らせん》状にもつれた。けっきょく、ミュラーを通過してラインハルトに到達しなくてはならないとしても、皇帝《カイザー》は、ほんとうに正しい到達点であるのだろうか。自由惑星同盟《フリー・プラネッツ》が瓦解したとき、当時いまだ即位せずローエングラム公爵と称していたラインハルトは、ヤン・ウェンリーやビュコック元帥を戦争犯罪者として追及しなかった。ラインハルトは、たしかに敵手にたいする礼節をわきまえていた。それが継続しているとすれば、充分に期待しえるかもしれない。

だが、皇帝《カイザー》の矜持に期待するということは、寛容と慈悲をもとめることと、どうことなるのか。その疑問が、ユリアンの決断をためらわせる。オーベルシュタインにひざを屈するのはたえられないが、皇帝《カイザー》ラインハルトに頭をさげるのはよいのか。それでは卑小な自我が傷つくのをおそれているだけで、状況を解決するのに、一時的な効果があるにすぎないのではないか。

オーベルシュタインに功を帰せしめるのがいやなばかりに、皇帝《カイザー》に功を帰せしめる。それで小さな勝利の快感をえたとしても、けっきょくのところ帝国に屈伏する点は変わらない。それを失念すれば、奇妙な錯覚におちいり、喜んで皇帝《カイザー》ラインハルトに降伏するなどという異様な結末を生じかねない。

あるいは、軍務尚書オーベルシュタイン元帥は、ここまで計算して、〝草刈り〟の策謀を立案したのであろうか。であれば、とても自分などのおよぶところではない。ユリアンは自分の限界を痛切に思い知らされていた。ヤン提督なら、どうなさるだろうか。オーベルシュタイン元帥の辛辣きわまる策謀に、どのように対処なさるだろうか。

ヤン・ウェンリーは超人ではなく、当然ながら彼には解決不可能な命題が数多く存在したはずである。そのことを、むろんユリアンは知っていたが、自分の非力にたいする不満が、ヤンにたいする評価を過大なものにしていたようである。その精神的傾向は、ユリアンが自分の力量を過信することをはばむいっぽうで、ユリアンの本来の才能が有する可能性を狭《せば》めることになったかもしれない。一九歳になったばかりのユリアンは、自制力を完全に制御することが、充分ではなかった。ただ、それを自覚し、つねに師父を自分の鑑《かがみ》として、基本姿勢をゆるがせなかった点が、非凡なものとして評価されるのである。

人間の生涯と、その無数の集積によって織りあげられた人類の歴史とが、二律背反の螺旋を、永劫の過去と未来に伸ばしている。平和を歴史上でどのように評価し、位置づけるか、その解答をもとめて伸びる、永遠の螺旋。

オーベルシュタイン元帥のような手段をもちいなくては、平和と統一と秩序とは確立しえないのであろうか。そう結論づけるのは、ユリアンにとってはたえがたかった。もしそうであるとすれば、皇帝《カイザー》ラインハルトとヤン・ウェンリーとは、なぜ流血をくりかえさなくてはならなかったのだろう。ことに、ヤン・ウェンリーは、戦争を嫌い、流血が歴史を建設的な方向へむけることがありうるか、深刻な自問をかさねつつ、不本意に、手を汚しつづけざるをえなかった。オーベルシュタインのやりかたは、ヤンの苦悩や懐疑を超克《ちょうこく》するものだというのだろうか。そんなはずはない。そんなことがあってはならない。ユリアンはそんなことを認めるわけにはいかなかった。

もっとも卑劣に感じられる手段が、もっとも有効に流血の量を減じえるのだとしたら、人はどうやって正道をもとめて苦しむのか。オーベルシュタインの策謀は、成功しても、それによって人々を、すくなくとも旧同盟の市民たちを納得させることはできないだろう。

納得できないということ。まさしく、それが問題なのだ。かりにオーベルシュタイン元帥の策謀が成功し、共和主義が独立した勢力として存続しえなくなったとき、なにが宇宙に残されるのか。平和と統一？　表面的にはまさしくそうだが、その底流には憎悪と怨恨《えんこん》が残る。それは火山脈のように、岩盤の圧力下に呻吟《しんぎん》しながら、いつかは爆発して、地上を熔岩《ようがん》で焼きつくすだろう。岩盤の圧力が大きいほど、噴火の惨禍もまた大きいはずである。そのような結果を生じてはならず、そのためにはオーベルシュタインの策謀を排さなくてはならなかった。

ユリアンは甘いのだろうか。甘いのかもしれない。だが、オーベルシュタイン流の辛さを受容しようとは、ユリアンは思わなかった。

このとき、ユリアンの思考は、やや危険な方向にむかっていたかもしれない。彼が考えるべきは、倫理上の優劣ではなく、オーベルシュタインの策謀に、どのような政治的技術で対抗すべきか、ということであったかもしれないのである。

……それは四月一〇日にイゼルローンにもたらされた。

銀河帝国軍務尚書パウル・フォン・オーベルシュタイン元帥からの正式な宣告である。惑星ハイネセンに虜囚となった五〇〇〇余名の政治犯、思想犯の解放を欲するのであれば、イゼルローン共和政府および革命軍の代表者はハイネセンに出頭せよ、というのであった。

第五章　昏迷の惑星

I

「昂揚感をともなった緊張に、ときとして恐怖や楽観の微成分が混入する。吾々《われわれ》の精神状態は、初演をひかえた舞台俳優たちのそれに似ていたかもしれない。苛酷な舞台であることは承知している。ひとたび退場すれば、復活はありえないし、脚本家や演出家は姿を隠して、俳優の疑問に応《こた》えようとしない。それでも、救いがたい精神状態が、吾々を舞台へと誘《いざな》ってやまなかったのだ。ひとつ確実なことは、吾々と悲観主義とのあいだに、友情が成立しなかったという点である。けっきょく、吾々は好きこのんで民主共和政治に加担していたわけで、この女性は素《も》顔《と》がよいのだから、洗って適当に化粧すれば絶世の美女になるだろうと考えていた。なにしろこの五〇年ほどは、彼女についていた男が甲斐性《かいしょう》なしで、彼女の欠点ばかりを目だたせていたのだから……」

ダスティ・アッテンボロー著『革命戦争の回想』の一節である。

銀河帝国軍務尚書オーベルシュタイン元帥から正式にもたらされた出頭命令は、イゼルローンの幕僚たちからは、怒りと嘲弄をもって迎えられた。だが、明快に拒絶することは不可能であった。受諾する、すくなくとも受諾したとみせることが必要であった。

フレデリカ・G《グリーンヒル》・ヤンは、幕僚たちに残留をすすめられると、小さく微笑して答えた。

「ご好意はありがたいのですけど、女性だからという理由で免責されるのは、わたしは不本意です。わたしはイゼルローン共和政府の主席ということにしていただいてますし、わたしがハイネセンにおもむかなければ、軍務尚書も納得しないでしょう」

誰も反論しなかった。フレデリカの主張は正しかったし、彼女が決心したときの、侵《おか》しがたい勁《つよ》さを、出席者たちは充分に承知していたのである。

キャゼルヌが、べつの問題をもちだした。

「ヤン・ウェンリーの例がある。ハイネセンなりフェザーンなりに出頭する際、テロリストの襲撃をうけたらどうするんだ、ユリアン?」

「今回の場合は、帝国軍に護衛艦隊を要求すればよいと思います。まず回廊から出たあたりで、その要求をハイネセンに伝えましょう」

アッテンボローが眉をあげた。

「帝国軍に護衛を⁉ オーベルシュタイン元帥に、おれたちの命運をゆだねるのか⁉」

「帝国軍の全員が、オーベルシュタイン印の製品というわけじゃありませんよ」

苦笑まじりに、ユリアンが答えた。アッテンボローは一瞬、帝国軍の将兵全部が、顔にオーベルシュタインの写真をはりつけている光景を想像して、胃のあたりを片手でおさえてしまった。

「そうか、ミュラー提督なら信用できるかもしれんな。たよられた先方には迷惑な話だろうが、この際、藁よりましだろう」

ユリアンの構想を正確に洞察して、シェーンコップが言い、ウイスキーを自分のグラスにそそいだ。不謹慎に類する行為を、洗練された雰囲気でやってのけ、誰からも異論をとなえられないのが、今年三七歳になる旧帝国人の特技である。

「今回、行くのは将官級だけでいい。お前さんたち佐官級は、おとなしく留守番していることだな」

シェーンコップの言葉に、不満の声をあげたのは、オリビエ・ポプラン、カスパー・リンツ、スーン・スールといった少壮の佐官たちである。

「納得しかねますね。くたばれ、皇帝《カイザー》！　のかけ声を実現する好機だ。ぜひ入場券をわけていただきましょう」

「おれなんか、才能と人望は将官級なんだけどな。いや、それでなくとも、いまさら将官と佐官のあいだに、差などつけてほしくありません」

ハイネセンへおもむけば、生還を期しえない確率が、五〇パーセントは存在する。いきなり逮捕され、処刑という結末が待っているかもしれないのだ。にもかかわらず、彼らは同行を主張してやまなかった。アッテンボローが評する〝救いがたい精神状態〟の発露を、愉快そうに見物していたシェーンコップが、ふたたび口を開いた。

「そう自分の願望ばかりならべたてるものじゃない。将官のなかでも、キャゼルヌ中将は残留するんだからな」

キャゼルヌがいなければ、留守部隊の統率および管理が困難になる。帝国軍に無血開城するとしても、それを整然として実施する責任者が必要になる。くわえて、誰もが暗黙裡《あんもくり》に諒解したことだが、キャゼルヌには家庭があるのだった。

「独身者だけの楽しいパーティーに、妻帯者をまぜるわけにはいかんからね」

ウイスキーのグラスを目の高さにさしあげつつ、シェーンコップが笑い、キャゼルヌの残留に反対する者の挙手をもとめた。誰ひとりそれに応じなかった。

「多数決だ。もっとも民主的な方法で、貴官は残留と決まった。いや、めでたい」

抗議しかけて、キャゼルヌは沈黙した。彼は自分の存在意義を正確に知っており、また一座中の年長者の義務として、決議に服従する範をしめさなくてはならなかったのである。

範をしめす必要がない年少者のひとりは、昂然としてつぎのように発言した。

「危険から逃げた、みさかいもなく不美人に手をだした、と言われたのでは、オリビエ・ポプラン一生の名おれだ。おれはついていくからな」

ポプランらしい言いかただ、と、ユリアンは思った。危険とはポプラン自身のことだろう、と、アッテンボローは考えた。黙ってついてくればよいものを、口数が多いのがまだ未熟さのあらわれだ、と、シェーンコップは内心で批評した。

また、ウィリバルト・ヨアヒム・フォン・メルカッツ提督は、ユリアンの懇請《こんせい》をうけて、イゼルローンにとどまり、艦隊指揮を担当することとなった。

イゼルローンの指導者たちを、出発組と残留組とに二分するのは、安全保障のうえから必要な措置であった。全員が、一瞬で抹殺されるようなことになっては、民主共和政治の小さな灯は消えてしまうのである。そのむねを明言して、ポプラン以外の残留組を不本意ながら納得させてしまったのは、ダスティ・アッテンボローであった。考えてみれば、彼とユリアンの交友関係は、ヤンとキャゼルヌについで長期にわたっている。

アッテンボローについて、ユリアンが回想するのは、彼がヤン家の構成員となって最初の初夏に、休暇をとって惑星ハイネセンの高原地帯で一週間をすごした当時のことであったりする。ペンションのオーナー夫人につくってもらった昼食をバスケットにいれて、初夏の風が光の微粒子を流しこんでくる緑の丘の一角に、散策の足をむける。正午がちかづくと、ヤンは大樹の根もとにすわりこんで、本のページをひろげる。ユリアンの記憶では、それはブルース・アッシュビー元帥の高名な補佐役であったローザス提督の回顧録であった。たちまち活字世界に潜航してしまった若い保護者の傍で、ユリアンが敷布をひろげ、サンドイッチやローストチキンをならべていると、左肩に上着をかつぐ姿勢で丘の斜面をのぼってくる青年の姿が見えた。それがダスティ・アッテンボローとの初対面だった。本来、彼もヤンたちに同行するはずだったのだが、なにやら急用が生じたとかで、一日遅れたのである。あいさつがすむと、彼は先輩に報告した。

「少佐になりましたよ、今度の人事で」

「それはめでたい」

「おめでたいですかねえ。ヤン先輩が大佐、おれが少佐、これじゃ将来の同盟軍は、天国じゃなく地獄の方角へ、一輪車で全力疾走ってことになりそうですが」

ユリアンの傍にすわりこんだアッテンボローは、遠慮するふりもせず、ローストチキンをつまみあげ、食道へ直行させた。

「正直なところ、ラップ先輩のほうがヤン先輩より早く出世すると思っていたんですよ。それなのに、おれがラップ先輩とならんでしまって、妙な気分です」

「ロベールは病気療養さえなかったら、もう閣下になっているさ。元気だったかい」

「もうあと必要なのは時間だけだ、と、ミス・エドワーズが言ってましたがね」

「……ああ、それはよかった」

極小の時差が、なにを意味していたか、現在のユリアンにはわかっている。その当時は、想像も推測もできなかったのだが。

ふいにユリアンは小さく身慄《みぶる》いして、会議室に集《つど》う同志たちを見まわした。彼は、この人たちの想い出話などしたくなかった。この人たちと想い出話をしたかったのだ。すでに、ヤン・ウェンリーが、ビュコック元帥が、他の多くの人々が、想い出話のなかにしか存在しなくなっているというのに。

いずれはすべての人物と事象が、過去の暗がりにたたずむことになる。ユリアンの皮膚感覚は、気温や風向の変化を触感するように、歴史の転換を触感していたかもしれない。これまで、ユリアンは、ヤン・ウェンリーという名のコートをまとっていて、それが急激で苛烈な変化から、彼を守っていてくれた。それは魔法のコートで、ユリアンがどのような歴史的な、あるいは政治的・軍事的な状況におかれているか、よく教えてくれたのである。だが、そのコートは永遠に失われて、ユリアンは自分の身に強風と烈日をうけとめなくてはならなくなっていた。それにとどまらず、彼は他の人々にとって、今度は自分がコートとなる義務を背負っていたのである。

Ⅱ

錯綜と昏迷とが、二人三脚で銀河系を走りまわっていたこの時期、事態の全容を把握し、正確に状況を判断して未来を予見しえた人間が存在していたであろうか。

「ヤン・ウェンリーが健在であったなら、それが可能であったかもしれない」

と、ユリアン・ミンツやダスティ・アッテンボローは回顧し、それは充分な説得力を有する論議ではあるが、あくまでも仮定である。事実として、〝全知〟にもっともちかく、他者より多くを知りかつ正しく判断していた人物は、銀河帝国軍務尚書パウル・フォン・オーベルシュタイン元帥であっただろう。ただ、この人物は、情報の公開という点にはまったく無関心であり、ワーレンやミュラーのような帝国軍の最高幹部たちですら、軍務尚書の情報中枢から排除されていた。

ローエングラム王朝によって宇宙がほぼ統一されたのち、ラインハルトの敵と称しえる存在は、三者だけであった。イゼルローン共和政府と、地球教団の残党と、フェザーンの旧自治領主《ランデスヘル》アドリアン・ルビンスキーの一党と、である。軍務尚書オーベルシュタイン元帥は、この三者を完全に掃滅し、王朝を安定させることをみずからの責務としてかしていたようであった。

オーベルシュタインからみれば、歴史上最大の覇王であるラインハルト・フォン・ローエングラムでさえ、完全に理想的な君主とは称しがたかったらしい。おそらく彼は、より幼少の君主を理想的な君主として教育し完成させることを望んでいたものと思われる。それを直観していたラインハルトが、冗談をよそおって皇妃《カイザーリン》ヒルダに、廃立の可能性を語ったこともあった。

将来はともかく、現時点でラインハルトは健在であり、軍務尚書にたいして、〝政治犯〟たちを虐待せぬよう、すでに指示がだされていた。

だが、それにさきだって、またしてもひとつの破局が生じた。四月一六日深夜のことである。五〇〇〇余人の〝政治犯〟を収容していたラグプール刑務所で大規模な暴動が生じ、銃撃や爆発、火災、倒壊によって、多くの犠牲者がでた。〝政治犯〟の側は、死者一〇八四名、重軽傷者三一〇九名、無傷の残留者三一七名、ほかは逃亡または行方不明。警備兵の側は、死者一五八名、重軽傷者九〇七名。しかもこの血なまぐさい料理には、いくつかのデザートがついた。まず、急報をうけて現場指揮に駆けつけた軍務省官房長フェルナー准将が、警備兵に誤射され、左上腕貫通で全治五〇日の傷をおった。いっぽう、ハイネセン中心市街には、〝黒色槍《シュワルツ・ラン》騎兵《ツエンレイター》、暴発〟の報が流れ、ハルバーシュタットの指揮下で暴動鎮圧に出動しようとした黒色槍騎兵の陸戦部隊が、憲兵隊に行手をはばまれた。どけ、どかぬ、の応酬のあげく、激昂した黒色槍騎兵が、実力で封鎖を排除しようとしかけた。

この対立は、軍務省官房長フェルナー准将の的確な判断と指示によって、激突の寸前で回避された。憲兵隊と、黒色槍騎兵陸戦部隊とは、並走してラグプール刑務所に駆けつけ、鎮圧にあたった。

このとき、帝国軍が、逃亡させるくらいなら射殺、という選択にでたのは、彼らの立場からすれば、やむをえない。だが、混合部隊の欠点が露呈して、味方からの非難を回避するために、より強圧的に事態に対処することになり、それが多数の犠牲者をだす結果をも生じることになった。フェルナー准将の負傷も、その副産物といえる。彼が鎮圧作戦を統轄指揮していれば、より効果的に秩序は回復されていたにちがいない。彼は医療部隊も待機させていたのだが、彼自身の負傷で、迅速な活動命令がとどけられず、医療部隊は刑務所を前に三時間もうごきえなかった。ために、大量出血による死者を、一〇〇人単位で救いそこねたのである。

四月一七日の夜が明けた。

混乱は、いまだ収束せず、ラグプール刑務所の暴動に呼応するかのように、市街地の各処で放火や爆発が生じ、住宅街に黒煙があがって、一時、騒然となった。これにたいしては、アウグスト・ザムエル・ワーレン上級大将が鎮圧にあたり、恐慌《パニック》が市民レベルに拡大するのを阻止することに成功した。

このとき、ワーレン上級大将は、何者かに狙撃《そげき》されたが、幸いにも死傷をまぬがれた。彼をねらったのは、熱反応追尾式の銃であったらしく、ワーレンの装甲地上車《ランド・カー》のすぐちかくで小爆発が生じ、炎が燃えあがったため、より高い熱反応にひかれて、銃弾がそれたのであった。

さまざまな小事件や逸話も、多量の流血に押し流されてしまい、一七日九時四〇分、ラグプール刑務所は、帝国軍によって完全に制圧された。この騒乱のあいだ、フリッツ・ヨーゼフ・ビッテンフェルト上級大将はいまだ軟禁をとかれず、まったく活動の余地がなかった。軍務尚書オーベルシュタイン元帥は、市街の要所を警備するよう命令して、騒乱の拡大を防いだが、その実施をミュラー上級大将らにゆだね、自分は平然と朝食をとったという。

不幸な死者のなかには、旧自由惑星同盟《フリー・プラネッツ》の政府および軍部において、高い地位と名声をえていた人が多く含まれていた。もともと、そういった種類の人々を収監していたのだから、当然ではあるが、第一艦隊司令官パエッタ中将、国立自治大学学長オリベイラ博士らの名は、永久に名士録から削除されることとなったのである。しかも、これらの死者たちのなかには、火災や爆発によって遺体を損傷させられた人々も多く、帝国軍の一兵士は、ちぎれた腕をくわえて走り去る野犬の姿を目撃した。いささかおぞましいことに、高価な金歯だけを失った死者もいたといわれている。兵士によって強奪されたものであろう。

昨年、〝グエン・キム・ホア広場事件〟の発生以来、長期にわたってラグプール刑務所の囚人となっていたシドニー・シトレ元帥は、暴走する囚人の群に突きとばされて溝《みぞ》に落ち、左のかかとを骨折してしまった。もっとも、そのため身動きできず、溝のなかにすわりこんでいたことが、けっきょく、彼の生命を救った。

もとヤン・ウェンリー元帥の麾下で参謀長として名声をえたムライ中将は、混乱と銃火を避けて、刑務所の裏門方向へ歩いていた。狼狽して走りまわったりしないのが、秩序と諧調《かいちょう》をおもんじる人物らしいところだが、爆風で地にたたきつけられ、昏倒しているところを発見されて病院へはこばれた。

このように生者と死者を確認してみると、社会的地位にともなって平均年齢も高く、暴動が自然発生する可能性はすくないように思われる。である以上、論考のおもむくところ、暴動は人為的な策謀の結果だという結論が、必然的にみちびきだされるのだった。そもそも、暴動に必要な武器が、どうやって刑務所内にもちこまれたのであろうか。

帝国軍の高級士官たちは、ほとんど例外なく、脳裏に、地球教の名を思い浮かべた。

この時期、帝国軍の将帥たちは、不吉な事件や報告があると、まず地球教の陰謀をうたがうのが、思考上の慣例になっていたようである。とくに重大な兇事となると、多くはその疑惑が正しかったので、彼らとしては、先入観を是正《ぜせい》する必要を認めなかった。たんなる刑事犯罪者やその集団が、地球教の名を借りて暗躍する例もしばしばみられた。もっとも、このおこがましい詐称《さしょう》行為には、小さからざる代償がともなった。たんなる刑事犯であれば、そうならずにすんだであろうに、地球教徒と称したばかりに、射殺されたり獄死したりという悲惨な運命におちいった者が、少数ではなかったのである。何者をも恨みようがないことだが。

ひとたび秩序が回復にむかうと、事態は加速的にオーベルシュタイン元帥の手に把握されたが、いまひとつの重要な課題に気づいたのは、ナイトハルト・ミュラーだった。この悲劇的な暴動が、不正確にイゼルローンへ伝えられたとすれば、帝国軍が政治犯を大量に処刑した、と、誤解を招くかもしれない。せっかく皇帝が、オーベルシュタイン元帥の策謀の毒素をうすめ、名誉ある対話をおこなおうとしているのに。

だが、するとやはり、この暴動は地球教の陰謀であって、帝国とイゼルローン共和政府とのあいだに信頼関係が成立することをさまたげる目的を有していたのであろうか。ミュラーは、みずから病院へ足をはこび、イゼルローン要塞の関係者のリストを調査して、ムライ中将の名を発見した。だが、ムライはいまだ病床で意識を回復しておらず、彼をイゼルローンとの修好に役だたせることはできなかった。混乱に秩序がとってかわると、軍務尚書の直属部隊が病院の管理および監視にのりだし、ミュラーの〝越権行為〟は挫折を余儀なくされてしまうのである。

このときミュラーは、オーブリー・コクランという旧同盟の要人のひとりを、べつの収容所から解放し、やがて皇帝《カイザー》の許可をえて、自分の幕僚に迎えている。だが、さしあたりこの挿話は、目前の事態に関係がない。

Ⅲ

四月一七日。フレデリカ・G《グリーンヒル》・ヤンとユリアン・ミンツを代表とするイゼルローン共和政府の幹部たちは、すでに回廊をでて、帝国軍の哨戒《しょうかい》宙域へ進入しつつあった。

乗艦は、革命軍旗艦たる戦艦ユリシーズ。巡航艦三隻と駆逐艦八隻がくわわった小艦隊である。回廊の内部には、メルカッツ提督に指揮された主力艦隊がひそみ、不測の事態にそなえた。

これはイゼルローン共和政府および革命軍としては当然の処置であり、帝国軍も回廊の外側にかなりの戦力を配しているものと予想されたが、予想は外《はず》れ、ユリシーズの前方には、無防備の星の湖がひろがっていた。

これは、オーベルシュタインとビッテンフェルトの対立、さらにラグプール刑務所の暴動などにからんで帝国軍の防衛体系に間隙が生じたためであったが、ユリアンたちとしては、帝国軍の内実のすべてを知りようもない。アッテンボローとポプランは、艦隊主力をともなってこなかったことを後悔したし、シェーンコップは悪辣な罠の存在を懸念《けねん》した。ユリアンは急いで結論をだすことを避け、前進速度をおとして、情勢の把握につとめた。その結果、ラグプール刑務所に収容されていた政治犯が多数、死傷し、惑星ハイネセンは戒厳令も同様の状態にあることが判明した。

ひとしきり討論したすえ、シェーンコップが提案した。

「とりあえず、イゼルローンへもどろう。このまま惑星ハイネセンへ行ったのでは、みずからもとめて虎口《ここう》に飛びこむようなものだ」

選択の余地があるようには思われなかった。ユリアンは全艦に転針を命じ、指令はただちに実行されたが、巡航艦の一隻が動力部に異常を生じ、いちじるしく速度を落としてしまった。他艦からも技術士官が出動して、カレンダーが一八日に変わった直後、修理を完了した。

ところがその直後である。

「俯角二四度、八時方向に敵！」

サブ・スクリーンのひとつに、左後方から肉迫してくる帝国軍戦艦の姿が映しだされた。しかも一隻ではない。背後に光点が群がっている。大艦隊ではないが、一〇〇隻単位の部隊は、相対的に大戦力である。たちまち、敵意にみちた警告信号が送りこまれてきた。

「停船せよ。しからざれば攻撃す」

なつかしいフレーズだぜ、とつぶやくポプランを横目に、アッテンボローが声を高めた。

「心配するな。この艦は強運のユリシーズだ。だからこそ旗艦にしたんだからな」

「しかし、これまでの戦歴で、手持ちの強運を費いはたしてるのじゃないか」

「おや、シェーンコップ中将、いつから運命定量論者になったんです？」

「なに、お前さんの言いぶんを聞いていると、運命にだって言いたいことがあるだろう、と思えてきてな」

艦長のニルソン大佐が、運命論争の池に一石を投じた。

「そらそら、性質《たち》の悪い運命が、軍艦に変装してちかづいてきますぞ」

「それがどうした⁉」

宇宙最強の台詞を吐きだして、アッテンボローはスクリーンをにらみつけた。日常、どれほどいいかげんな男にみえても、二〇代で将官に昇進した、旧同盟軍で稀有な人物である。同盟が、自分の首をしめているあいだに背中を突きさされたので、自称革命家になってしまったが、同盟が存続しえていれば、三〇代のうちに元帥たりえていたかもしれない。そうであれば、ヤン・ウェンリーとはやや彩色のことなる、あるいはより剛柔の均衡がとれた元帥の名が、同盟軍元帥列伝に記載されることになったであろう。周知のように、自由惑星同盟《フリー・プラネッツ》における最後の元帥は、アレクサンドル・ビュコックとヤン・ウェンリーの両名で、この老年と青年のくみあわせは、同盟軍の末期において、武勲と声望の九二パーセント以上を独占していたのである。

アッテンボローは、突進する敵の鋭鋒をかわして後退する技術に、非凡なものを有している。〝黒色槍騎兵《シュワルツ・ランツェンレイター》〟艦隊を相手に、それはすでに実証されていた。一〇〇隻対一二隻では、彼にとってスケールに不足がありすぎたが、とにかく巧緻な艦隊運動によって、二時間にわたって敵の前面で後退をつづけた。そして敵が半包囲態勢を完成させたと信じた瞬間、ちぎれたゴムが飛躍するかのような勢いで回廊へ逃げこんでしまった手腕は、魔術師の域には達しないまでも、充分、奇術師の名に値した。

メルカッツの救援をえて、ユリアンたちはイゼルローン回廊内で安全を確保することができた。だが、ユリアンはあえてイゼルローン要塞への帰投を避け、回廊の出入口付近にユリシーズをとどめ、艦隊も臨戦態勢のまま、周囲に展開させた。

今後、事態がどのように急変するか、予測をつけがたい。ユリアンはフレデリカには巡航艦でイゼルローンへ帰ってもらい、ひとまず安心して、前方に集中力のすべてをむけた。

ユリアンとしては、硬軟二種の対応を考えているのだった。ラグプール刑務所での惨劇にたいし、帝国軍の責任を厳しく問うことも、あわせておこなう必要がある。みずから人質をとっておきながら、それを殺傷するにいたった不手際は、責められて当然であった。

それにしても、ムライ中将は無事だろうか。なによりも、ユリアンはそれが気になる。昨年来、獄中にあるというシドニー・シトレ元帥も、どのような顔つきの運命と再会したことであろうか。ユリアンはバグダッシュ大佐を介して、ハイネセンに潜入しているボリス・コーネフ船長から、質量そろった情報を入手しようとつとめたが、数日にわたって、コーネフ家の人間も全能ではないことを確認しただけであった。

「ジグソー・パズルを完成させるにしては、片《ピース》がもともと不足しているのさ」

とは、オリビエ・ポプランの評であるが、いやみとも同情ともつかない表現の抽象性が、さして感銘を呼ばなかった。ユリアンも、儀礼的に笑っただけで、自分の思考を整理するのにいそがしかった。

このとき、ユリアンとしては、状況を打開するための武器として、情報を活用することを考察したのだった。旧フェザーンと地球教との関係を、帝国軍に知らせて、帝国軍の反応を確認することがそれであった。革命軍が門外不出の秘宝としてかかえこんでいても、さして意味がないという一面もある。ユリアンの考えを聞いたとき、バグダッシュ大佐は、眉をしかめることと腕をくむことを、同時にやってのけた。

「しかし、そんな情報を流しても、皇帝《カイザー》が信じるか。いや、皇帝は信じても、あの軍務尚書がすなおに信じるとは思えないがな」

「彼らが信じたくないなら、信じる必要はないのです。吾々は、ただ事実を話すだけで、解釈の自由は先方にあります」

ユリアンの意見は辛辣であったが、このていどの辛辣さでオーベルシュタイン元帥に対抗しえるなどとは、ユリアンは考えていなかった。そもそも、この構想じたい、タイミングを確保しそこねて、当面は不発に終わることになってしまうのだが。

ユリアンは、和戦両様の態勢をととのえるために、イゼルローン要塞と回廊出入口のあいだを、シャトルでいそがしく往復した。むろん通信も使用したが、つねに現場に身をおいて状況を確認したいという思いがある。

「そういうのを貧乏性というのよ！」

と、彼の疲労を心配したカリンが、彼女らしい口調で休養をすすめたものであった。

ユリアンの師父であったヤン・ウェンリーは、いかに膨大な任務と巨大な業績を有しても、いっこうに勤勉という印象をあたえない人だった。ぼやっと霞《かすみ》がかかったような表情で、紅茶をすすっている光景が、ユリアンには見える。

「どうもやたらと眠いな。夏ばてらしいよ、ユリアン」

「提督のは、四季ばてですよ。夏の責任にしないでください」

ユリアンにはヤンの名声はなく、ある意味で、勤勉を売りものにせざるをえなかった。いささかにがい気分になるのは、けっきょく成功しなかったときの弁解をこころみているように思えるからである。そうと自覚しつつも、ユリアンは自分なりの方法で事態に処するしかないのだった。

Ⅳ

ミッターマイヤー元帥、アイゼナッハ上級大将、メックリンガー上級大将らをしたがえ、皇帝《カイザー》ラインハルトは、ハイネセンへむかう途上にある。

艦艇三万五七〇〇隻。前衛をミッターマイヤーが、後衛をアイゼナッハが指揮し、中央部隊は皇帝が親率する。幕僚総監メックリンガーは総旗艦ブリュンヒルトに同乗して、皇帝を補佐するが、軍医総監の推挙をあらたにえて、六名の軍医をとくに同行させたのは、皇帝の健康を配慮したゆえである。ラインハルト自身は、病身とみられることに反発をしめしたが、皇妃およびび皇姉が望んだことと言われれば、拒否しようがなかった。もっとも、幾人の医師がいようと、ラインハルトが拒絶すれば、おして診察するというわけにもいかないのであるが。

いわゆる〝血と炎の四月一六日〟事件がラインハルトの耳にはいったのは、四月一七日である。皇帝《カイザー》は激怒した。これほどの怒気をラインハルトが発したのは、昨今、珍しいことであった。いかに秀麗な山容を誇っていたとしても、火山は噴火するものであるのだ。

「軍務尚書はなにをしていた⁉　共和主義者どもを塀の内に閉じこめて、それでよしとでも思ったか。彼らを人質にとることの是非をおいても、彼らを殺傷したのでは、人質たるの役をなさないであろうが」

「御意……」

ごく簡潔な返答で、オーベルシュタインは自己の手落ちを認め、超光速通信《FTL》の解像率が低い画面に映った皇帝《カイザー》にむけて一礼した。ラインハルトのほうは、たとえ解像率の高い画面であっても、軍務尚書の表情を分析しかねたことであろう。

不愉快な通信を早々に打ちきると、ラインハルトは無言で自分ひとりの考えに沈んだ。

敵が門閥貴族連合であるにせよ、自由惑星同盟《フリー・プラネッツ》であるにせよ、宇宙を統一するまでの戦いには、心躍るものがあった。だが、統一をはたしたあとの戦いは、ラインハルトの心身に奇怪な消耗をしいている。ことに、ヤン・ウェンリーという比類ない敵手を失ったあと、ラインハルトの精神の基調は、表現しがたい寂寥感によってしめられ、それを消しさることは、ついになしえなかったのである。

ラインハルトの、とくに精神的なエネルギーは、彼ひとりの占有物ではなく、彼の敵手たちによっても分担されていたかに思える。かつてヤン・ウェンリーが評したように、ラインハルトの生命は炎と化してゴールデンバウム王朝を焼き、自由惑星同盟を燃やし、ついにはみずからを灼くことになるのであろうか。

やがて、ラインハルトは寝室にひきとり、幕僚たちはうやうやしくそれを見送った。

「……皇帝《カイザー》の衰弱が目に見えるものであったら、私たちはむろんそれに気づいたであろう。だが、皇帝の美と精彩は、すくなくとも表面上は、いささかの衰えもみせていなかった。これまでもしばしば発熱、病臥がくりかえされていたので、旧王朝の当時に比して、私たちも、皇帝の病臥にいつのまにか慣らされていたようであった。たとえ発熱しても、皇帝《カイザー》の明晰さはそこなわれたようには見えなかったということもある」

そう記したのは、芸術家提督と称されるメックリンガー上級大将であるが、のちになってみずからの記述を点検した彼は、皇帝の病臥にかんする記述が日を追って増大していることに気づくのである。

ブリュンヒルトに乗りくんでいた大本営の要員は、メックリンガーのほかに、シュトライト中将、キスリング准将、リュッケ少佐らの面々であったが、近侍のエミール・フォン・ゼッレ少年もふくめて、彼らの視線は、憂色のスクリーンごしに、皇帝の健康を注視していた。シュトライト中将は、いささか散文的な表現ながら、ヤン・ウェンリーと似た感想をもらしたことがある。

「陛下の烈気は、胃酸のようなものだ。溶かすものがなくなれば、胃壁を溶かしはじめる。昨年あたりから、そうなりつつあるように思えてならない」

その述懐を聞いた相手は、皇帝《カイザー》と同年のリュッケ少佐であったが、むろんそのことを口外はしなかった。ただ、エミール少年に、皇帝の食欲の有無について、毎日、問いただすようになった。

いっぽう、惑星ハイネセンでは、皇帝《カイザー》を迎えて、ひとつの行事が挙行されようとしていた。

「皇帝《カイザー》が臨御あそばす前に、ハイネセンの埃を払っておこうか」

軍務尚書からそう言われたのは、入院加療中のフェルナー准将にかわって官房長臨時代理をつとめるグスマン少将であった。オーベルシュタインに直属する軍官僚である以上、無能であるはずはない。だが、フェルナーに比較すれば、軍務尚書にたいして受動的な精神要素が強かった。つまり、唯々として軍務尚書の命令を実行するだけの、精密な機械であるにすぎず、主体的な判断力や批判力にとぼしいとされていた。そして軍務省内においてはそれで充分であり、フェルナーの存在こそが異色であったのである。

四月二九日、軍務尚書オーベルシュタイン元帥が称したハイネセンの埃はらいが公表された。それは万人を絶句させるにたる内容のものであった。軍務尚書名による布告は、ごく簡明をきわめた。

「帝国軍は、本日、前フェザーン自治領主《ランデスヘル》にして逃亡中の国事犯アドリアン・ルビンスキーを逮捕、拘禁せり。上記の者は帝都フェザーンに送還され、裁判ののち、刑に服することとなろう」

公表された事実は、それだけであったので、ハイネセンの市民たちのみならず、帝国軍の最高幹部たちも、おどろきを禁じえなかった。いかにしてルビンスキーの潜伏場所を察知しえたのか、ワーレン上級大将は問うたが、軍務尚書の代理人であるグスマン少将は、礼儀正しく、回答を拒絶した。

入院加療中のフェルナー准将から、回答をえたのはミュラー上級大将であった。オーベルシュタインは、神々の黄昏《ラグナロック》作戦当時からルビンスキーの所在を探索しつづけていたが、意外な線からそれを発見したのは、この年にはいってからのことであった。全宇宙の医療機関に記録されたカルテをもとに、実在しない患者名を割りだすという、気の遠くなるような作業のすえに、ルビンスキーの存在をつきとめたというのである。

「ルビンスキーは悪性の脳腫瘍をわずらっているそうで、長くてあと一年の生命とか。気があせって証拠を残したのでしょうか」

フェルナーは、病床でそう感想をのべた。

五月二日、皇帝ラインハルトは、惑星ハイネセンに降り立つ。彼の生涯で三度めの、そして最後のハイネセン行である。宇宙港では、ミュラーとワーレンが皇帝を出迎えた。晩春の温和な光と微風が、ラインハルトの容姿を、ひときわ香気と光彩にみちたものとした。

かつて〝冬バラ園の勅令〟を発布した美術館が、すでに大本営に指定されていた。そこでは、軍務尚書オーベルシュタイン元帥と、ビッテンフェルト上級大将が、それぞれの表情で皇帝を待っていた。

〝帝国軍の呼吸する破壊衝動〟と称されるビッテンフェルトである。激発すれば皇帝《カイザー》の御前であっても、軍務尚書に躍りかかるかもしれない。不測の事態を懸念したミッターマイヤー元帥が、ビッテンフェルトが激発したら自分が足をひっかけるから卿《けい》は後頭部をなぐりつけろ、と、アイゼナッハ上級大将に言った――そういう噂も流れたが、これは、兵士たちの無責任な冗談口にすぎなかった。ラインハルトの前にでれば、猛虎が猫に一変することを、彼の僚友たちは知悉《ちしつ》していた。

皇帝《カイザー》に御見がかなったビッテンフェルトは、たくましい身長をちぢめて、自分の罪を謝した。軍務尚書とのあいだに隙《げき》を生じ、帝国軍内部に不和があると外部に見られた点について、自分の罪をわびたのであった。だが、それだけではすまず、ビッテンフェルトは敵意にみちた視線を軍務尚書にむけ、その非を鳴らした。帝国軍の諸将がヤン・ウェンリーに敗れたことを嘲弄した非礼を弾劾《だんがい》したのである。

「ビッテンフェルトが怒ることはない。予自身も、ヤン・ウェンリーにたいして戦術上の勝利をおさめることが、ついに叶わなかったのだからな。予はそれを残念には思うが、恥じてはおらぬ。ビッテンフェルトは恥じているのか？」

ラインハルトの表情と声には、笑いの微粒子がふくまれており、それがいちだんと、黒色《シュワルツ・》槍騎兵《ランツェンレイター》艦隊司令官を恐縮させた。そのいっぽうで、ビッテンフェルトは意外な思いを禁じえない。なんといっても、彼は、帝国軍にあっては、ラインハルトの叱責をこうむることがもっとも多かった男で、いわば、叱られ慣れている。かつてラインハルトの怒気は、炎の竜のごとくビッテンフェルトに襲いかかって、彼の心臓を握りつぶすかのようだった。それが、お変わりになった、と、ビッテンフェルトは感じるのだが、さて、その変化が皇帝《カイザー》と帝国にとって吉であるのか兇であるのか、容易に判断がつかないのである。

ラインハルトがいまだ帝位につかず、銀河帝国軍最高司令官ローエングラム元帥であった当時、腹心のジークフリード・キルヒアイス上級大将が、ひとりの高級士官の人事について、ひかえめに苦言を呈したことがあった。ラインハルトは感情を害し、キルヒアイスを蒼氷色《アイス・ブルー》の瞳でにらみつけたものである。

「おれが奴を冷遇しているとお前は言うが、冷遇とは、才能ある者を正当にあつかわないということだ。奴は無能だから、おれはそれにふさわしい待遇をあたえているだけだ。免職しないだけでも、おれは奴に感謝されるべきではないか」

だが、キルヒアイスの死後、銀河帝国における事実上の独裁者となったラインハルトは、全軍部の人事を一新するに際して、その人物を、さしたる実権はないが俸給のよい地位につけてやった。これはあきらかに、死者にたいする代償行為であるが、ラインハルトの精神風土に寛容の花が芽ばえたのは、短い人生の後期にいたってであった。彼の本質は、むしろ容赦のない苛烈さにあるということは、まもなく、流血をもって証明されることであろう。

ビッテンフェルトが恐縮しつつ、僚友たちの列にくわわったあと、獄中にあるアドリアン・ルビンスキーに面会する意思の有無を、ラインハルトは問われたが、豪奢な黄金の髪をわずらわしげにふって、若い皇帝《カイザー》はそれを否定した。ルビンスキーにたいする関心と評価は、ヤン・ウェンリーにたいするそれよりも低かったのである。ルビンスキーは梟雄であっても大軍を指揮したことはなく、その器量はヤンと比較して小さいとラインハルトは思っていた。

「あらためて、イゼルローンの共和主義者たちに、ハイネセンへ来るよう申し伝えよ。皇帝の招請だ。ミュラー、卿《けい》の名をもって、それをとりおこなえ」

「御意のごとくいたしますが、もし彼らが拒絶した場合には、いかがいたしましょうか、わが皇帝《マイン・カイザー》」

「いかがする？　そのときは奴らこそが、流血と混乱にたいする責任をおうことになろうよ」

ラインハルトは声を高めた。

「オーベルシュタイン！」

「はっ」

「予がイゼルローンの共和主義者どもと会見するとなれば、それを阻害しようと、毒虫どもが蠢動するであろう。奴らを駆除するについて、卿の力量を期待しておくが、それでよかろうな」

列将は皇帝の皮肉を感じたが、軍務尚書は動じる色もなく一礼して、ラインハルトの命令をうべなった。皇帝は、黄金の髪をややわずらわしげにかきあげて列将を見わたした。

「ではひとまず解散せよ。本日の夕食は、卿らとともにしたい。一八時三〇分に、ふたたび参集せよ」

皇帝《カイザー》を見送って退出しようとするミッターマイヤー元帥に、ビッテンフェルト上級大将が肩をならべて、やや唐突に語りかけた。

「これで終幕かな……」

「うむ?」

「わが皇帝《マイン・カイザー》がイゼルローンの共和主義者どもと会見なさる。それでなにがしかの妥協案が成立して、宇宙には平和が到来する。けっこうなことだと思いたいが……」

「卿はそうは考えぬのだな」

ビッテンフェルトが皇帝《カイザー》以上に平和をもてあますであろうことを、既定の光景のようにミッターマイヤーは思った。

「おれが思うにだ、季節の変わり目には、かならず嵐があるものだ。それも、変わったと思いこんだあとに、大きなやつがな。そうは思われぬか、元帥は」

「嵐がな……」

ミッターマイヤーは、かるく首をかしげた。

共和主義者たちが保有している兵力は、艦艇一万隻をこえるていどと推測される。無視しえる兵力ではないが、帝国軍の強勢にくらべれば、微々《びび》たるものだ。どれほどの嵐を生じうるとも思えない。では地球教あたりが、嵐の主因となるのであろうか。

ふと、ミッターマイヤーは懐疑をいだいた。ビッテンフェルトが口にしたのは、予想ではなく願望ではないか、と思ったのである。そして、その願望は、ビッテンフェルトひとりに限定されるものではなかった。

五月上旬、ナイトハルト・ミュラーの名で、イゼルローン共和政府に対する外交交渉が開始された。ユリアン・ミンツがイゼルローン側の全権代表となってそれに対応した。

最低限、イゼルローン関係者の安否をあきらかにすることを、ユリアンは要求し、帝国軍はそれに応じた。皇帝《カイザー》ラインハルトが自発的にそうしなかったのは、気がつかなかったからであって、故意に隠蔽していたわけではない。本来、そのような発想は、ラインハルトにはなかった。

シトレ元帥やムライ中将の名を、生存者リスト中に発見して、ユリアンは安堵したが、そこへさらに皇帝《カイザー》からの布告がもたらされた。五月二〇日をもって、ラグプール刑務所に収容されていたすべての政治犯を解放するというのである。この布告によって、軍務尚書にたいするハイネセン市民の怒りと反感は、皇帝にたいする好意的評価に、ごくしぜんな変化をとげた。さらに、イゼルローン共和政府にとっては、皇帝《カイザー》の呼びかけを拒否すれば、それこそ平和共存への道をはばむ要因は共和主義勢力の側にある、と言われるであろう。

あるいは、そこまで計算して、オーベルシュタインは、すべてのことをはこんだのであろうか。ユリアンは慄然とせざるをえなかった。いずれにしても、皇帝《カイザー》はここまで譲歩した。おそらく、これ以上の譲歩は望みえないだろう。あらためてハイネセンへおもむき、皇帝とのあいだに対話と交渉の機会をつくるべきであった。たとえオーベルシュタインの巧緻《こうち》な政略にはまったのだとしても、もはやほかに選択肢はなかった。いや、あるにはあるが、その道には、六万隻から七万隻におよぶ銀河帝国軍の主力部隊がたちはだかっているのだ。

「ハイネセンへ行こう。虜囚としてではなく使節として。現在の状況では、それが望みうる最高の立場だ」

ユリアンは決意した。

敵と味方とを問わず、予感めいた心理作用が、人々をかりたてているかにみえる。悪意と善意、野心と理想、悲観と楽観が、無秩序に流れ、混在するなか、つぎの事件は惑星フェザーンで発生することになった。

〝柊館《シュテッヒパルム・シュロス》炎上事件〟である。

第六章　柊館《シュテッヒパルム・シュロス》炎上

I

ラインハルトの時代より一〇〇〇年以上をさかのぼった西暦《AD》一八世紀、地球の一角、ヨーロッパ大陸で、〝天才学〟という、興味深いが奇態な学問が流行したことがある。それによると、天才と称される人物には、つぎの六項目の要素が欠かせないといわれる。

一、特定ないし複数の分野における傑出した才能。
二、その才能によって生みだされた、記念碑的な業績。
三、他者の感性にたいする魔術的な支配力。
四、他者からは奇蹟としか見えない、思考と創造力の直線的な発露《はつろ》。
五、多くは早熟であり、その家系の過去には、当人以外に傑出した人物が見られない。
六、多くは近親者に精神的・社会的に欠陥をもつ者がいる。また近親者にたいする憎悪をいだく確率が高い。

……以上の六点を検証してみると、そのすべてが、ラインハルト・フォン・ローエングラムという壮麗な宮殿にいたる門を形成していることがあきらかである。ラインハルトは、比類ない軍事上・政治上の才能を有し、それを爆発的なまでに燃焼させてきた。彼の才能と志向は完全に一致しており、その双方を、彼は自分の生命そのものによって表現してきたのである。

では、歴史においてラインハルトと敵手の関係にあるとされたヤン・ウェンリーは、はたして天才であったか。ヤン・ウェンリーの場合、いささか評価を複雑にするのは、彼の才幹と志向との不一致が、かなり深刻なものであるからであろう。

軍人としてのヤンの本質が戦略家であったことは、多くの証言や記録から、ほぼあきらかである。だが、事実において彼の業績は、戦術レベルにおいて比類ないものであって、戦略レベルにおいては、ラインハルトが確立した優勢を、ついにくつがえすことはなしえなかった。これはヤンが同盟軍の崩壊にいたるまで、最前線の指揮官たるにとどまり、戦略立案の中心たる地位に就かなかった、という外的要因にもよるが、その外的要因を克服する意思が、明確に見いだせないということもある。このため、ヤンが消極的、優柔不断であったという評もあるが、ヤンは自分自身の軍事的な才幹を完全に発揮することにためらいがあり、その価値観はむしろ彼の才幹が有する意義を否定する方向にかたむいていた。その精神的な傾向そのものが、ヤンの〝天才〟性を否定するものであるかもしれない。であれば、ヤンを天才とみなすか、それを否定するかは、ヤン自身の問題ではなく、ヤンにたいして評価をくだす人間たちの側の問題ということになろう。

あるいは、ラインハルト・フォン・ローエングラムと民主共和勢力との軍事的な対立は、個人レベルにおいて、天才と天才近似値所有者との対決であったという側面をもつかもしれないのである。あくまでも、個人レベルに限定してのことであるが。

ヤン・ウェンリーが残したメモワールの断片が、ユリアン・ミンツによって整理公表されたとき、そのなかにつぎのような一節があった。

「……ラインハルト・フォン・ローエングラムは、深刻な意味で、民主共和主義にとっての敵対者である。これは、彼が残忍で愚劣な支配者であるからではなく、まさにその反対の存在だからである。民主共和主義の対極に立つ思想は、救世主待望思想である。人民には、社会を改革し不正を矯《ただ》し矛盾を解決する能力がないので、超絶した偉人の登場を待つ、という考えだ。自分たちはなにもしなくとも、いつか誰か、伝説の英雄があらわれて悪竜を退治してくれる、という他者依存の精神は、アーレ・ハイネセンがとなえた〝自由・自主・自律・自尊〟の精神と、けっして相容れぬものである。ところが、ゴールデンバウム王朝の末期にあっては、この他者依存が、ほぼ完全なかたちで、現実のものとなってしまうのだ。実体化した救世主伝説、それがラインハルト・フォン・ローエングラムであった。彼は腐敗したゴールデンバウム王朝を打倒し、富と特権を独占していた門閥《もんばつ》貴族を一掃し、多くの社会政策を実行した。それらが非民主的な手段によるものであったことは、この際、問題にならない。帝国の民衆は、民主的な手つづきなど欲していなかったからである。かくして、帝国の民衆は、民主政治の結果だけを、みずからの努力も覚醒もなしにあたえられたのだった……」

このあと、ヤンがどのように論旨を展開するかは、永遠の疑問となった。彼の急死は、彼の思想が文章として体系化されることをはばんだのである。

この年、事が多かったのは、ラインハルトだけにとどまらず、彼の配偶者となった女性も同様であった。ヒルダこと皇妃《カイザーリン》ヒルデガルド・フォン・ローエングラムは、六月一日に出産の予定で、皇帝《カイザー》が帝国軍主力を親率して新領土《ノイエ・ラント》に進発したあと、柊館で出産の日にそなえていた。五月末になれば、フェザーン医科大学附属病院の特別病棟にうつる予定であった。

宮内省の関係者たちにとっては、充実感と多忙と不安とにみちた初夏になりそうであった。そして、事実として、それらのすべてを強烈に体感することになった人物は、ウルリッヒ・ケスラーであった。

憲兵総監ウルリッヒ・ケスラー上級大将は、新帝都フェザーンの防衛司令官をかねており、大本営や柊館《シュテッヒパルム・シュロス》の警備司令部も、彼の隷下《れいか》にある。この任務を、個人レベルで解析すると、ラインハルトの妻と、彼女の胎内の子と、そして姉と、二名半の人間を、ケスラーは守護しなくてはならないのだった。彼は、柊館《シュテッヒパルム・シュロス》の警備兵にも、救護の心得がある者をえらび、一日一回はみずから皇妃《カイザーリン》のもとに足をはこんで、皇帝《カイザー》のささやかな親族が安全であることを確認した。ときには、マリーンドルフ伯とチェスを闘わせて帰ることもある。官邸へ帰るのは、連日、二四時ちかくになる。ローエングラム王朝の現在と未来は、彼の手腕と努力によって守られているように思われた。

憲兵総監に任じられたとき、ケスラーは、旧来の組織と意識に、劇的な改変をくわえた。ことに辛辣であったのは、一般平民にたいして憲兵の非行を密告するよう布告をだし、それに物証は必要ないこと、誤認や虚偽であっても処罰しないこと、密告者が危害をくわえられたときにはその地区担当の憲兵を犯人とみなすこと、等をさだめた件である。これは非常識な布告に思えるが、じつは、ゴールデンバウム王朝当時の憲兵隊は、この布告を裏がえしにした不文律をつくって、民衆弾圧に狂奔し、真正の共和主義者や国事犯にとどまらず、無実の人々まで弾圧してきたのだった。

「ひとりの国事犯を摘発するため、多少の被害が周囲におよんだとしても、やむをえぬ」

そううそぶいてきたのだが、自分たちが被害者の境遇にたたされては、たえられるものではなかった。一部ではサボタージュのうごきもあったが、首謀者たちがまとめて辺境の収容所に放りこまれ、不正な手段で入手した資産を押収され、とくに悪質だった一〇名ほどが処刑されると、慄えあがって、従順な犬の群になった。

また、ケスラーは、憲兵隊内の人事を刷新し、対自由惑星同盟《フリー・プラネッツ》戦争のいちおうの終結によって前線から帰還してきた兵士たちを、憲兵隊に編入した。これは新旧二派の派閥抗争を生じるおそれもある方法だったが、ケスラーの巧妙な人事配置と機構改革によって、組織内によどんでいた古い血が排出され、現在のところ成功していた。ただ、帝国全体におけるラインハルトの存在と同様、この改革が、上に立つ者の個人的な主導によるものであったという一面は否定しえないであろう。

そのケスラーは、新帝国暦三年に三九歳をむかえるが、いまだ独身であった。むろん、複数の恋愛や情事は存在したにちがいないが、私生活にかんして彼の秘密保全は完璧であった。彼に反感をいだく旧来の憲兵たちが、醜聞をあばいてやろうと彼を尾行したり盗聴したりしたが、尻尾の毛一本つかむこともできなかった。逆にこの造反集団が、ケスラーのため懲罰、追放されるにおよんで、不平は地表から消失し、ケスラーの地位は完全なものとなったのである。

その日、五月一四日。季節がカレンダーに先行したようで、やや蒸し暑く、空には薄い雲の膜がかかって、大気の流れを停滞させていた。「妙に暑いな」と汗をぬぐう市民が多く、なにか兇事なり変事なりが発生するかのような予感をおぼえた者もいたというが、後日になれば、大部分の人がそう語るものである。

一一時一五分、憲兵隊総本部に、画像を消した匿名のTV電話《ヴィジホン》がかかってきた。〝キュンメル事件〟に際して潰滅的な打撃をこうむった地球教団の勢力が、ほぼ二年のあいだに復活し、あらたな地下茎をフェザーンの地下社会に張りめぐらしつつあるというのである。五月中旬、皇帝《カイザー》と帝国軍主力の不在をねらって暴動をおこし、フェザーンの要所を占拠しようと企図している、すみやかに対処されたし、とくに交通・通信・エネルギー供給の各システムが危険にさらされるだろう。そう告げて、電話は切れた。

地球教と聞いただけで興奮すること、帝国の治安機構は、眼前で赤い布を振られた闘牛のごとくであった。現にこの年にはいって、交通・通信システムにたいする妨害があいつぎ、社会的経済的な混乱はいまだに余熱をくすぶらせているのだ。

動員態勢を完全にととのえ終えない一一時三〇分、ローフテン地区の油脂貯蔵庫で爆発が生じ、黒煙と炎が地区全体をおおった。死傷者が続出し、駆けつけた消防隊と、避難しようとする住民がたがいの通行をさえぎって収拾のつかない混乱におちいった。ついで、市外との通信システムが一部破壊され、上水道の一部が破砕されて、フィヤーバルト地区の街路が水びたしになり、水が地下ケーブル網に浸入して、付近一帯の送電が停止した。混乱は拡大の一途をたどった。

こうして、午後には、憲兵隊と帝都防衛部隊の戦力は、市内一四カ所の事件発生場所に分散されてしまったのである。

陰謀実行の日が五月一四日にえらばれたについては、重要な理由があった。この日、強大な権限とそれにふさわしい手腕を有するウルリッヒ・ケスラーは、惑星上各処の防衛施設を視察するため、帝都中心地区を離れていた。また国務尚書（を辞任できぬままでいる）マリーンドルフ伯爵も、工部省が建設した人造湖と水資源管理システムを視察にでかけていたのである。

それでも、一五時にはようやくケスラーと連絡がとれた。事情を聞くが早いか、

「だまされるな、それは陽動だ！」

ケスラーは叱咤した。本来、歴戦の用兵家である彼は、現時点の戦略上の眼目をこころえていた。それは場所《ウエア》ではなく人物《フー》である。

皇妃ヒルダと彼女の胎内にいる子こそが、テロリストにねらわれる対象であることを、彼は承知していた。憲兵隊にもそのむねを伝えていたはずだが、あまりに強力な指導者の一時的な不在は、部下たちに依存心をつけ、ひとつひとつの事項を逐次的《ちくじ》に処理するにとどめる傾向を生じさせるようであった。ケスラーは視察を中止し、ジェットヘリで帝都中心部に急いでもどるとともに、憲兵隊の増強を命じた。電光的な処置であったが、彼が柊館に駆けつけたとき、すでにことはおこっていたのだ。

II

柊館《シュテッヒパルム・シュロス》。かりの皇宮である。名の由来は、門の両側に植えられた柊《ひいらぎ》の樹で、玄関の扉にも柊の紋章が彫りつけられている。この紋章を、〝黄金獅子《ゴールデン・ルーヴェ》〟に変えるという提案は、宮内省からなされたが、どうせかりの住居であるとして、ラインハルトは放置しておいたので

あった。それらの事情について、アンネローゼがヒルダに笑いながら語ったことがある――これから家を改造しようなどと言ったら、ラインハルトは、よけいなことをしなくてもいい、と答えるでしょう。改造してからそのことを告げたら、そうか、の一言ですみますよ。ラインハルトは、光年以下の単位のできごとには興味がないのですから――と。

いずれにしても、宮内省としては、仮皇宮の内外をいちおうは整備せざるをえず、広い庭園の整備などは、いまだ完工していない状態だった。

その日、柊館には客があった。ラインハルトの姉、アンネローゼ・フォン・グリューネワルト大公妃殿下が、義妹を見舞におとずれていたのである。

アンネローゼ自身には懐妊と出産の経験はなかったが、ほかの女性の出産を手助けしたことは幾度かある。フリードリヒ四世の後宮にはいる以前にも、以後にも。前後では、出産する女性の社会的身分は、いちじるしくちがったが、だからといって彼女たちの肉体や心理の構造がそれほどことなっているはずもない。ヒルダにとって、ラインハルトの不在は残念であったが、心づよさという点では、アンネローゼがいてくれるほうが勝《まさ》った。ラインハルトが側にいたところで役にたつはずもないのである。彼の才幹は、おなじ宇宙のことなる世界であってこそ、余人の追随を許さぬものであった。

このとき、ヒルダは二階にある図書室の寝椅子に横たわって、背にクッションをかさね、上半身をおこしていた。アンネローゼは義妹のためにクリームコーヒーを淹《い》れようとしていたが、階下で激しい物音と人語が交錯するのを聴いた。

「なにごとかしら?」

ラインハルトをめぐるふたりの女性は、顔を見あわせた。アンネローゼはともかく、ヒルダは戦火に慣れているはずであった。だが、宇宙空間の戦闘は、それが艦内でおこなわれるものでないかぎり、音響とは無縁であるので、光にたいする反応より音にたいする反応はややするどさを欠く。そもそも、懐妊して八カ月をすぎた女性が、敏捷にうごきえるはずもなかった。

いきなり胡桃材《くるみ》の扉が開《あ》けはなたれた。ありうべからざる非礼さであった。壁面との不本意な抱擁を余儀なくされた扉が、不満の声をあげるなか、ひとりの男が戸口に立ちはだかっていた。

誰にもわかる狂信者の目をしていた。現実を見る目に、非現実の膜がかかっている。ブラスターをかまえ、身体にあわない軍服をまとっていた。人血の染みが服の表面に点在して、男のあらあらしい呼吸のたびに、赤い虫のように蠢いた。

アンネローゼは音もなく身をおこし、男の視線と義妹とのあいだに立ちはだかった。かるく両手をひろげ、義妹の姿を完全に隠す。

「おさがりなさい、この方は銀河帝国の皇妃陛下でいらっしゃいますよ」

叱咤というには静かな声であったが、この清楚な美しい女性が、まぎれもなく銀河系の覇者の姉君であることを、ヒルダは全身で実感した。狂信者の両眼に、気おされるかのような色がうごいた。

だが、それも一瞬であった。男の口が大きく開き、音楽性とほど遠い喚き声を放ちながら、銃の引金に指をかける。

その瞬間、戸口に、血を流した憲兵の姿があらわれた。叫び声があがった。

光条が交錯し、男はあごの下を撃ちぬかれた。血をまきちらし、回転しながら床に倒れる。

皇妃たちの安否を問いかけつつ走りこもうとした憲兵だが、その側頭部を、べつの光条がつらぬいた。

アンネローゼの嗅覚を、血の臭気が占拠した。彼女は、出産まぢかい義妹の身体を、自分の身体でかばい、力づけながら、その視界が曇《くも》るのに気づいた。侵入者たちが火を放ったようであった。のちに判明したことだが、狂信者たちは、火による罪の浄化をはかり、皇帝の妻子を象徴的に火刑に処そうとしたのだった。

柊館の各処から、火と煙の混合部隊が、暮れかかる空へむかって駆けあがりはじめている。前庭から建物を見あげるケスラーの沈着な瞳を、焦慮の光彩がよぎった。火災の発生は、熱感知システムの能力を、さらに低下させ、突入の機をはかりがたくしている。

屋内には、なにしろ皇妃と皇姉が閉じこめられているのだ。第一陣は突入させたものの、階上からの火箭《かせん》にはばまれ、わずかに二名が転がりでてきただけで、ほかは全滅したようである。

皇帝夫妻の私生活のため、屋内監視システムを備えつけなかったことが、今回は裏目にでた。もともと個人の邸宅であっただけに、平面図が残されているだけで、内部の事情が正確にはわからないのだ。

「通してください、通して！」

兵士たちのあいだを、栗鼠《りす》のような軽捷さですりぬけてきた人影がいる。ケスラーの傍もすりぬけようとしたが、憲兵総監がすばやく腕を伸ばし、その襟首をつかまえた。彼の獲物は、一七歳ぐらいの黒っぽい髪と瞳をした、繊細な顔だちの少女だった。

「危ないではないか。さがっていなさい」

「でも、ヒルダさま、ちがった、皇妃さまと大公妃さまが、まだ二階にいらっしゃるのです。はなしてください」

「近侍の者か」

「そうです、ああ、わたしがチョコレートアイスクリームなんか買いに行かなければ、こんなことにはならなかったのに」

そういうものでもあるまいが、と思いつつ、ケスラーが沈黙していると、少女は、真剣な表情を彼にむけた。

「お願いします、大佐さん、どうか皇妃さまと大公妃さまをご無事で救いだしてください、お願いですから」

五つも下の階級で呼ばれた憲兵総監は、ひらめきかけた苦笑を抑制して、皇妃と皇姉が二階のどの部屋にいるか、少女の判断を問うた。皇妃の近侍と名乗る少女は、小首をかしげて考えこんだが、数瞬ののち、〝大佐さん〟の手をつかんで、裏庭へひっぱっていった。白い煙がたちこめはじめた二階の角部屋を正確に指さす。

「あそこの窓が図書室の南側の窓です。窓の下に寝椅子があって、皇妃さまはそこにおいでですわ、きっと」

うなずいて、ケスラーは部下に野戦用の軽合金梯子《はしご》をもってこさせた。ブラスターのエネルギー・カプセルを確認し、士官を三名呼んで指示をあたえる。彼は梯子を壁面にかけ、安定度をたしかめてから手をかけた。憲兵総監がみずから突入しようというのである。

「ホクスポクス・フィジブス、ホクスポクス・フィジブス！」

奇妙な呪文をとなえつつ両手の指をくみあわせていた少女が、ケスラーの不思議そうな視線に気づいた。笑いかけて、そのような場合でないことを思いだし、表情をひきしめる。

「祖父から教わった呪文なんです。兇事よ、消えうせろって意味だそうです」

「効果があるのかね」

「くりかえす回数が多いほど」

「では、つづけていてくれ」

ケスラーは口にブラスターをくわえ、梯子をのぼった。高位高官の身となっても、本来、最前線にたつことを欲する気質がそうさせたのだ。慎重に窓ガラスに顔をよせる。室内に彼が見いだしたのは、銃をかまえた男の姿だった。憲兵ではないことを、半瞬で確認する。

「ホクスポクス、以下省略！」

声と同時に、狙点《そてん》をさだめて、ケスラーはブラスターを撃ちはなした。故人となったジークフリード・キルヒアイスやコルネリアス・ルッツにはおよばぬとしても、ケスラーはまず一流にちかい射撃手であった。火箭はガラスを撃砕し、テロリストの胸にエネルギーの剣となって突き刺さった。テロリストは数歩の距離を後方に飛び、背中から壁に衝突してくずれ落ちた。

ケスラーの視界に、ふたりめの男が飛びこんできた。室内の惨状を見て顔をゆがめ、室外の手摺の位置からふたりの女性へ銃口をむける。同時にケスラーが第二射を放った。

ふたりめの地球教徒は絶叫をあげ、手摺をこえて踊り場へ転落していった。花崗岩《かこうがん》づくりの踊り場にたたきつけられ、みじかい痙攣ののち、うごかなくなる。その傍を、三、四名の憲兵が走りぬけ、階段を駆けのぼった。階上から、複数の火箭がふりそそぎ、階下から応射が湧きおこる。炎と煙が勢力をあらそうなか、縦横に閃光が走り、あらたな死と苦痛を生みだした。三人の地球教徒が、無益とも思える殺しあいの場所から駆けさり、図書室に飛びこんで、暗殺の目的を達しようとした。

窓ガラスに身体をぶつけて、室内に躍りこんだケスラーの右手から、火箭がほとばしった。つづけて二閃。地球教徒のひとりは、左胸と左肩の境界部を撃ちぬかれ、いまひとりは顔面を吹きとばされていた。血の噴霧が壁から床へかけて、緋色の薄い染料をまきちらした。

三人めの地球教徒が、はじめてケスラーより早く銃を撃ちはなした。むろん射殺をねらったのだが、火箭がそれて、ケスラーの手からブラスターを撃ちおとした。男は銃口の方角を変え、ヒルダを胎児もろとも殺害しようとした。

その瞬間、アンネローゼの優美な身体が、風にのった蝶のようにうごいていた。暖炉の上におかれた彫刻つきスタンドをつかむ。スタンドは宙を飛んで、テロリストの顔面に激突した。鼻骨がひび割れる音がたち、クリスタル・ガラスと大理石の破片が肉に突き刺さって、血と悲鳴を飛散させる。銃口がはねあがり、火箭が天井へ伸びた。アンネローゼは姿勢を低くして、ヒルダの身体を身をもってかばった。

男の胸に血の花が咲いた。床に落ちたブラスターをひろいあげて、ケスラーが撃ったのだ。男は前後に大きく身体をゆらし、両手をひろげてあおむけに倒れた。後頭部が床を打つ音がおこって消えると、にわかに、静寂が周囲をつつんだ。階段をめぐっての銃撃も終結したようであった。

ケスラーは、乱れた髪を片手でなでつけると、ヒルダとアンネローゼの前に片ひざをついて一礼した。

「お二方《ふたかた》とも、ご無事でようございました」

アンネローゼは、黄金色の髪が乱れ、ガラスの破片で腕や手の甲を切って白い肌に血をにじませていた。透明な汗が頬をつたわり、呼吸もはずんでいたが、青い宝玉に似た瞳に、誇りに似た表情が浮かんでいた。弟の妻を、彼女は身をもってかばい、胎児をもあわせて生命を守りぬいたのだ。

「ケスラー上級大将、でいらっしゃいましたね。すぐに侍医と女官たちを呼んでください。皇妃陛下はご出産なさいます」

アンネローゼの声が、ケスラーの聴覚神経を通過して理性の扉をたたくまで、数秒間が必要だった。皇帝の信任あつい憲兵総監兼帝都防衛司令官は、事態をさとると、なかば身体を浮かしかけた。重力の見えざる手にだきとめられると、窓ぎわに走りより、大声で憲兵たちを呼んだ。開放されたままの扉から、誰かが飛びこんできた。先刻、ケスラーと知己《ちき》になった、黒っぽい髪の少女であった。

「皇妃さま！　ヒルダさま！　ご無事でしたかあ」

少女が、ヒルダに抱きついた。ヒルダが、急激な陣痛にたえながら笑顔をつくって、少女の髪をなでてやると、少女は安堵とうれしさで泣きだした。

だが、感激にひたっている場合ではなかった。建物全体が、不機嫌な火神の抱擁をうけつつあったのである。憲兵たちが担架《たんか》をもって駆けつけ、ヒルダの身体を担架に寝かせて毛布をかけた。濃くなりまさる煙のなかを、屋外へはこびだす。ケスラーはアンネローゼと黒っぽい髪の少女を両腕で抱きかかえるようにして、屋外へ、屋外へみちびいた。

前庭に、救急用の白い地上車《ランド・カー》が待機しており、ヒルダの担架は車内にはこびこまれた。アンネローゼと近侍の少女、それに侍医と看護婦が同乗し、救急車はうごきだした。前後左右を軍用車が守り、ケスラーの部下ヴィッツレーベン大佐がこれを指揮して病院へ急いだ。ケスラーは消火と負傷者の救出にあたった。

五月一四日一九時四〇分。柊館は焼け落ちた。この館におけるローエングラム王朝の皇帝夫妻の生活は、四カ月にみたずして終熄した。

Ⅲ

終熄のいっぽうで、生誕がせまっていた。市内一四カ所の破壊活動を、いちおうすべて鎮定してから、病院に到着したケスラーは、分娩《ぶんべん》室の外で、煤《すす》に汚れた軍服のまま、出産の無事を祈っていた。

このとき、すでにマリーンドルフ伯は報告をうけて病院に駆けつけ、まずケスラーの活躍に礼をのべてから、特別室で娘の出産を待っている。

「大佐さん、これどうぞ」

ヒルダの近侍をつとめる、例の黒っぽい髪の少女が、白い陶のカップにコーヒーをみたしてもってきてくれた。彼の姿を見つけてくれたのだ。

「これはありがとう、フロイライン……？」

「わたし、マリーカ・フォン・フォイエルバッハといいます。なんだかえらそうな名前でしょ」

少女は笑った。すると、雲が切れて青空があらわれたように見えた。

「大佐さんのお名前は？」

「ケスラー。ウルリッヒ・ケスラー」

少女はわずかに眉をよせた。記憶の再発見が驚愕に直結して、少女は目と口で三つの0をかたちづくった。

「あの、じゃ、憲兵総監閣下ですか⁉　大佐さんなんかじゃなかったんですね」

「大佐だったこともある」

「ごめんなさい、お年齢《とし》からいって、中佐ぐらいかと思ったんですけど、高い地位でお呼びしたほうがいいと思って、かえって失礼しました。わたしって記憶力が悪いんですね。憲兵総監閣下なら、皇妃さまのところへいらしたこともおありだし、お顔を存じあげてなくちゃならないのに……」

「もういいよ、おれもきみの顔を知らなかったからな、フロイライン・フォイエルバッハ」

ケスラーが微笑すると、少女もそれに応じた。

「ありがとうございます、閣下、あの、わたしのことはマリーカと呼んでください」

少女の語尾に、べつの音声がかさなった。それは力強い生命の讃歌だった。ケスラーとマリーカがその場に、立ちつくすと、分娩室のドアがひらき、上気した顔からマスクをはずした医師が声をふるわせつつ宣言した。

「男の御子です。まったくの健康体でいらっしゃいます。皇妃陛下もつつがなくあらせられます。帝国ばんざい！」

新帝国暦三年、宇宙暦《SE》八〇一年五月一四日二二時五〇分。全人類社会でもっとも高名な乳児が誕生した。ローエングラム王朝の第二代皇帝となるべき男児である。ラインハルト・フォン・ローエングラムを父として生を享《う》けたことが、この乳児にとって幸福であるか否か、いまだ予測することは誰にとっても不可能であった。


ヒルダの出産は、それほど苦痛にみちたものではなかったが、それにさきだつ驚愕と衝撃のために、彼女の整然とした理性と記憶は、混乱を回避しえなかった。めまぐるしい状況の変転で、やや呆然としているうちに、人生の重要きわまる瞬間が彼女の傍を通過してしまい、おちついて周囲を見わたしたとき、ヒルダは、ベッドに横たわっている自分に気がついた。そこはすでに分娩室ではなく、視神経にやさしい緑系統の色調で統一された、豪華な寝室だった。一〇〇日以上も前から、皇帝《カイザー》の妻子のために用意された部屋である。

ヒルダが視線をうごかすと、顔を知っている中年の、血色のよい看護婦が口を開いた。

「皇妃陛下が、お気づきになりました」

その声をうけて、べつの人影がヒルダの視界にはいってきた。けぶるような金髪の、美しい女性。右手に白い包帯をまき、腕に赤ん坊をだいている。一瞬、円形の光が彼女の背後に浮かびあがったようにみえた。

「アンネローゼさま……」

「元気な男の赤ちゃんですよ、皇妃《カイザーリン》。ご両親のどちらに似ても、美しくて賢い御子におなりでしょう」

病室の外では、お祭りさわぎが沸騰していた。皇妃が出産なさった、しかも男児を、帝位の継承者をだ。これがさわがずにいられようか。

「皇子殿下、ばんざい！」

「皇妃陛下、ばんざい！」

マリーカ・フォン・フォイエルバッハは、自分より頭ひとつ高い上級大将の長身にとびついた。憲兵総監兼帝都防衛司令官が彼女のすんなりした身体を抱きあげたとき、スピーカーがにぎやかな祝祭の歌を流しだし、シャンペンの栓がぬかれた。大さわぎのなかで、マリーカが頬をケスラーの顔によせると、煤が少女の淡いバラ色の頬についてしまった。彼女は声をあげて笑い、床におりると、憲兵総監の手をとって軽快に踊りはじめた。

「……こうして、未来の銀河帝国ローエングラム王朝第二代皇帝が誕生した夜、謹厳《きんげん》にして剛直な帝都防衛司令官は、二〇以上も年下の少女と、軍服姿のままダンスを踊ることになった。ちなみに、二年後、この少女はケスラー元帥夫人となるのである」

後年、出版された『ケスラー元帥評伝』の第五章には、そう記述されることになる。ついでにいえば、この評伝には、ケスラーの容貌が、軍人というより有能な少壮の弁護士のようであった、と記されている。

Ⅳ

軽歌劇《オペレッタ》であるなら、陽気な合唱と、観客の拍手のうちに、幕がおりたことであろう。だが、ウルリッヒ・ケスラーにとって、本番はむしろこれからであった。皇妃、皇子、皇姉の御三方を宮内省関係者と侍医団の手にゆだね、病院の警備を手配すると、憲兵隊総本部にむかった。病院の玄関で手をふって見送るマリーカ・フォン・フォイエルバッハの姿が見えなくなると、ケスラーは精神上の衣服を着かえた。親切でたのもしい〝大佐さん〟から、冷徹で厳格な憲兵総監へと、地上車《ランド・カー》の後部座席で変身をとげたのである。

憲兵隊総本部の医療室には、六名のテロリストが収容され、さらに二〇名が陽動作戦に際し

て検挙、収監されていた。死者は生者の六倍に達し、フェザーンにおける地球教団の実戦力は潰滅したかとみえる。だが、

「地球教の指導者どもは、どこにいるのか」

ケスラーが解答を知りたいと熱望する問いはそれであった。むろん狂信者たちは容易に答えるはずもなかった。

「自白剤を使え、死んでもやむをえぬ」

ウルリッヒ・ケスラーは、本来、宇宙空間を闊歩《かっぽ》する行動型の軍人であり、〝提督〟という称号を貴重に思い、憲兵のような任務に従事するのを、いさぎよしとしなかった。にもかかわらず、彼は有能さのゆえに憲兵総監に任じられ、さらに帝都防衛司令官をも兼務し、双方の任をよくはたしたため、ついに皇帝《カイザー》ラインハルトの在世中、オーディンからフェザーンへと、政治中枢から離れえなかった。それを不本意とする武人的性格が、かえって彼にたいする信頼を深め、ケスラー自身からすれば、いささか皮肉な境遇に終わる。

さまざまな観点から、彼が公正で高潔な人物であったことは疑いえないが、彼はローエングラム王朝の軍人であって、犯罪者の人権擁護運動にしたがう人道主義者ではなかった。ゆえに、必要と思えば、拷問に類することも、あえて辞さない。ただ、相手が狂信者であるとき、肉体的苦痛が殉教者としての自己陶酔に変換し、法悦《ほうえつ》と化する例が多い。地球教徒を摘発したこれまでの経験で、ケスラーはそのことを学んでいた。とすれば、自白剤を使用するしか、手段は

残されていない。ケスラーの立場からすれば、ごくしぜんの、自白剤使用だったのである。

尋問の過程で死亡した地球教徒は八名におよび、憲兵隊の苛烈さが後日に語り伝えられることとなった。憲兵隊にしてみれば、労苦に匹敵するだけの効果はあげられた。いくつかの強制的な自白を照合し、分析した結果、フェザーンにおける彼らの活動根拠地をついにつきとめたのである。ひそかな捜査の結果、なお多数の地球教徒がそこに潜伏し、武器を用意して、フェザーン医科大学附属病院の襲撃をくわだてていることが判明したのだった。

この間、ケスラーはフェザーン中央宇宙港のみならず、惑星上のすべての宇宙港に監視の網をかけ、逃亡をはかった地球教徒三名を発見、二名を射殺、ひとりを検挙した。この間、副産物として、サイオキシン麻薬の密輸犯、軍需物資横流し犯、詐欺犯など、一〇名をこす刑事犯罪者を逮捕してもいる。

五月一七日、ケスラーみずからが指揮する武装憲兵一〇個中隊は、エフライム街四〇番地にある地球教の活動根拠地を包囲した。二三時〇分、〝エフライム街の戦闘〟が開始された。最初から勝敗のさだまった戦闘ではあったが、敗者の側が投降を拒否したため、戦闘は深刻で悽惨なものとなった。「この戦闘には、美の一分子すら存在しなかった」と、後日、ケスラーが述懐している。戦闘が完全に終結したのは一八日一時三〇分。地球教徒二三四名は、意識不明の重傷者三名を除いて全員が死亡した。服毒自殺者が二九名に達した。憲兵隊も二七名の死者をだしたが、フェザーンの地表から、地球教徒は完全に一掃されたのである。

また、この日未明、前内務省次官兼内国安全保障局長ハイドリッヒ・ラングの死刑が執行された。ラングは泣きわめいて助命を請うたりはしなかった。独房からだされた時点で失神してしまい、レーザー・ビームで延髄を破壊された瞬間にも、意識は回復していなかった。ハイドリッヒ・ラング本人にとっては、むしろ幸福な死にかたであったかもしれない。だが、ラングの遺族たちにとっては、夫を、父を失った事実に変わりはなく、死刑囚の家族として汚名にみたされた人生の始まりでもあるのだった。ゴールデンバウム王朝時代とことなり、ローエングラム王朝においては、国事犯といえども罪科が家族におよぶことはないが、記録と記憶はついてまわるのである。深夜、はこびだされるラングの柩《ひつぎ》を、エフライム街から駆けつけたケスラーは、黙然と見送った。ラング夫人の、喪服につつまれたたよりなげな後ろ姿を、しばらくは忘れることができそうになかった。

一八日午後、不愉快で陰気な任務が一段落すると、ケスラーは四日ぶりに官舎へ帰った。服をぬいでベッドに転がりこみ、夕方まで眠った。ようやく目ざめたあとシャワーをあびているところへ、フェザーン医科大学附属病院からTV電話《ヴィジホン》がはいった。皇妃《カイザーリン》ヒルダが面会をもとめているというのである。

病院へ駆けつけた憲兵総監は、ヒルダの病室へ招じいれられた。看護婦につきそわれ、ベッドに半身をおこしたヒルダは、微笑とともに夫の有能な臣下を迎えた。

「皇子が助かったのは、大公妃殿下と、ケスラー上級大将のおかげです。御礼を申しあげます」

「おそれ多いことでございます。小官の不手際により、皇妃陛下と大公妃殿下には、多大のご迷惑をおかけしました。ご叱責をたまわるべきところ、恐縮のかぎりでございます」

ケスラーの恐縮は二重のものであった。ガウンを肩にかけたヒルダは、彼女の小さな息子を胸にだいている。ラインハルトより早く、ケスラーは皇子に対面したのだ。

「それともうひとつ、ケスラー大佐」

「……は？」

「マリーカ・フォン・フォイエルバッハは、わたしのたいせつな友人です。彼女から個人的に、やさしい大佐さんに伝言を頼まれています。明日、夕食のご予定は？」

歴戦の名将であり、冷厳な憲兵指揮官であるはずの男は、少年のように赤面した。

V

惑星ハイネセンにもたらされた報告の最初は、虹色にきらめきわたる吉報であった。

「皇子ご誕生！　母子ともご健康にて、フェザーン医科大学附属病院ご滞在中！」

ご滞在、という表現も奇妙なものだが、とにかく母子ともに健康、という知らせは、ハイネセンに駐留する帝国軍関係者の頭上に、歓喜の花吹雪を六トン半ほどまきちらすことになった。

それについで、柊館の炎上、銃撃戦、グリューネワルト大公妃殿下の軽傷などが伝わってきたが、やがて皇妃ヒルダ自身からラインハルトあてに伝言がとどき、すべてが解決したむねを、皇帝《カイザー》は知らされたのであった。

夫になった実感も成長しないうちに、ラインハルトは父親になってしまった。やや呆然とした時間がすぎると、シュトライト中将に言われて、皇子の名を考えなくてはならなくなった。急な変事でもないのに、これがどれほど彼にとって困惑すべきことであったか。近侍のエミール・フォン・ゼッレ少年は、後刻、皇帝《カイザー》のデスクの周辺にちらばる、丸められた紙くずの数にあきれることになる。

もともと、ラインハルトは肉親との縁が濃くない。

天才を構成する六大要素のひとつ、近親者にたいする憎悪。ラインハルトは父親を憎んでいた。母親は憎悪の対象となる以前に彼から失われた。いまや彼自身が親であり、家族をかかえる身であった。

家族、という名詞は、ラインハルトを、むしろ困惑させる。母親は早く失われて、ラインハルトの記憶と精神の基底に、深い刻印を残さなかった。母親とは、ラインハルトにとって、かなり抽象的で、どこか温めた蒸溜水を思わせる存在だった。父親は、母親とともに失われた。肉体は生きていたが、精神は退化して、子にたいする責任をはたそうとせず、それどころか娘を権門《けんもん》に売って、わずかの金銭をえたのだ。ラインハルトに両親はなかった。正確には、必要ではなかった。ひとたび生をえたのちには。

ラインハルトにとって家族とは、春の光のような愛をそそいでくれた姉だけであり、それにくわわることができたのは、隣家に住んでいた背の高い赤毛の少年ひとりであった。ラインハルトと赤毛の少年とが遊び疲れて帰ってくると、姉の手で、狭いシャワー室に追いこまれてしまう。はしゃぎながらシャワー室からでてくると、バスタオルにくるまれてしまい、古びたテーブルの上から流れてくる熱いチョコレートの香りが少年たちの期待を高めた……。

「俗な名だ、ジークフリードなんて……」

なつかしい記憶にむかってラインハルトはつぶやきかけ、ペンをとって、何十枚めかの紙にひとつの名前を書きこんだ。

アレクサンデル・ジークフリード・フォン・ローエングラム。

ローエングラム王朝第二代の皇帝の名前である。これによって乳児は〝アレク大公《プリンツ・アレク》〟と呼ばれることになった。

第二代の皇帝が誕生したあとも、初代の皇帝は重責から解放されたわけでは、むろんなかった。ラインハルトがローエングラム伯爵家を相続したのは二〇歳の誕生日をむかえる前であり、それに準ずれば、あと一九年はラインハルトの治世がつづくことになるであろう。

自分が四〇代になるということは、ラインハルトにとって想像の地平の彼方にあった。だが、父親となることも想像していなかったのに、現実化してしまったのだから、四〇代になることも六〇歳をこえることも実現するのだろう。ラインハルトがいかに比類ない天才であり絶大の英雄であるとしても、人間である以上、不老不死ではありえないのだから。

だが、明日や明後日のことを考える前に、ラインハルトは、今日なすべきことがいくつもあった。大小、公私さまざまな課題が、彼の決裁を待っていたのだ。

イゼルローン共和政府および革命軍にたいし、あらためて交渉を呼びかけること。ラグプール刑務所から政治犯を解放し帰宅させること。同時にラグプールでの暴動の責任者を捜査すること。なお完全に混乱から回復していない新領土《ノイエ・ラント》の交通・通信・流通体系を再整備すること。国事犯として逮捕された旧フェザーン自治領主《ランデスヘル》アドリアン・ルビンスキーの処分。帝国軍内部に不和の種をまいた軍務尚書オーベルシュタイン元帥と、ビッテンフェルト上級大将とにたいする、公式の譴責《けんせき》処分。イゼルローン革命軍に敗れたワーレン上級大将への処分、同時に、帝国軍の決裂を回避せしめた彼を賞すること。皇子への命名を、宮内省を通じて公表すること。妻ヒルダと姉アンネローゼに手紙を書くこと。焼失した柊館にかわるかり皇宮の選定。帝都防衛司令官兼憲兵総監ケスラー上級大将の功績を賞すること。それから……なにか忘れていることはないだろうか。皇帝《カイザー》とは、なかなかに激務の座なのだ。すくなくとも、ローエングラム王朝の皇帝にとっては。

アレクサンデル・ジークフリードの誕生にアンネローゼが立ちあい、母子の生命を狂信者から救ってくれたことは、ラインハルトにとって、心臓にみたされた血を温かくするにたりる喜びだった。ジークフリード・キルヒアイスの死以来、一〇〇〇日以上をへて、ようやく姉とラインハルトとの時は修復をなしえたように思われた。さらに時の河をさかのぼれば、舟は一五年前の河辺に着くだろう。春光が水晶の破片のようにきらめきつつふりそそいでいたあのころに。

ラインハルトは、まだ見ぬわが子に、半生をともにした赤毛の親友の名をあたえた。それは故人にたいする贖罪《しょくざい》ではなく、感謝と、それ以上の心情を表現した結果だった。キルヒアイスは、ラインハルトの人生で、もっとも光と熱にみたされた時代を共有したのだ。成長すればローエングラム王朝の支配者となるべき男児に、ジークフリードの名をあたえるのは、当然さと自然さが融合しあった結果であった。

不意にひとつの疑問がラインハルトの心をとらえた。光と音楽にみちた過去の風景を検証するうちに、気づいたことがあったのだ。彼は豪奢な黄金の前髪を指ですきながら考えこんだ。

〝ラインハルトさま〟と、キルヒアイスは親友のことを、敬称つきで呼んでいた。いつからそう呼んでいたのだろう。出会った最初からであったはずはなかった。幼年学校に入学したのち、ふたりきりになると、そう呼ぶようになっていたのだ。いつのまにか、ごくしぜんにそうなってしまった。自分がキルヒアイスの〝主君〟であるという意識は、ラインハルトにはなかった。

キルヒアイスの死の直前まで、そんな意識は存在しなかったのだ。キルヒアイスは、ラインハルトの分身であり、彼が生きていた当時、ラインハルトは人生を二倍の質と量で生きることが可能だったのである。

「ラインハルト・フォン・ローエングラムの、ジークフリード・キルヒアイスにたいする心情は、けっきょくのところ、自分の人生を鏡に映して美化しようとする心情であるにすぎない」

そう酷評する歴史家もいる。後世に生まれて、彼は幸福というべきであったろう。ラインハルトがその評を耳にすれば、怒気が寛容さを凌駕したにちがいないからである。

提督たちの宿泊にあてられた銀翼《シルバーウイング》ホテルには、偏光ガラスの大きな窓をもつ談話室があって、そこからはハイネセン中央宇宙港のほぼ全景を、ほとんどさえぎるものもなく見はるかすことが可能だった。

皇子誕生を祝った昂揚感の余韻が、室内を回遊してはいたが、全体として静かな雰囲気が優勢をしめ、コーヒーを前に語りあう彼らは、羽を休める猛禽《もうきん》の群を思わせた。歴史上、最長の距離をはばたきわたった黄金の海鷲《ゼーアドラー》たちである。

「ケスラーは、フェザーンにおける地球教の地下組織を、ほぼ潰滅させたらしい」

「そうか、どうやら今年は草刈りの年らしいな」

「神出鬼没のルビンスキーめも、ついに法網にかかったし、アレク皇子《プリンツ・アレク》殿下はよい環境でお育ちになられるだろうよ」

「だが、ルビンスキーを法網にかけたのは、あの軍務尚書だが、卿《けい》はそれについてどう思っているのだ、ビッテンフェルト?」

やや揶揄《やゆ》するようにワーレンに問われて、ビッテンフェルトは勢いよく脚をくみかえ、そのはずみに膝でテーブルを突きあげて、コーヒーカップにダンスを踊らせた。いずれのカップも空であったのが、さいわいであった。

「悪魔が妖怪につかまったら、人間としては共倒れを望むだけだ。ルビンスキーも存外《ぞんがい》だらしない。いかに不治の脳腫瘍だからといって、このまま葬儀場に直行するのでは、竜頭蛇尾というものではないか」

ビッテンフェルトの主張は、かなり得手勝手《えてかつて》なものであるのだが、奇妙な説得力を感じさせ、僚友たちは苦笑せざるをえなかった。

このとき、オーベルシュタイン元帥とケスラー上級大将をのぞいた銀河帝国軍の最高幹部が、全員、この部屋に参集している。ミッターマイヤー元帥、ミュラー上級大将、ビッテンフェルト上級大将、メックリンガー上級大将、アイゼナッハ上級大将、ワーレン上級大将、それで全員であった。ラインハルトがリップシュタット戦役に勝利した直後と比して、その数は半減している。失われた僚友と、失われざる記憶との、なんと多く、かつ貴重なことであろう。彼らが渡ってきた星々の大海は、同時に血の大海であることを、彼らは魂の奥深くで知っていた。

それを思えば、一瞬、粛然とし、同時に、自分たちがけっして悔恨してはいないことを、おのずと確認することになるのだった。窓ぎわにたたずんで凝然《ぎょうぜん》と風景を見まもっていたメックリンガーを、ドアの開く音がふりむかせた。

ミッターマイヤーの麾下であるカール・エドワルド・バイエルライン大将が、あわただしく入室してきて、先輩諸将に敬礼をほどこした。〝疾風ウォルフ《ウォルフ・デア・シュトルム》〟の異名をもつ宇宙艦隊司令長官に、低声でなにか報告する。バイエルラインの緊張はミッターマイヤーに転移したが、それに余裕をくわえて、彼は僚友たちに犀利な微笑をむけた。

「卿ら、どうやら休息の時間は終わったらしいぞ。いまの報告によると、イゼルローン軍のほぼ全部隊が回廊を出て、ハイネセン方面へむかいつつあると」

無音のざわめきが空気を波だたせ、黒と銀の服につつまれた複数の身体が、椅子から立ちあがった。ただひとり、三次元チェス盤をのぞきこんで微動だにしなかったひとりが、なにか得心したようにうなずき、騎士《ナイト》の駒をうごかして独語した。

「王手詰み《チェック・メイト》」

その声は低かったが、周囲の静寂さを圧してひびき、僚友たちはそれぞれの個性に応じた驚きの表情で、彼を眺めやった。ウォルフガング・ミッターマイヤーをのぞいた他の四名は、はじめてその僚友の声を聴いたのであった。

新帝国暦三年五月一八日一六時のことである。

第七章　深紅の星路《クリムゾン・スターロード》

I

「戦術レベルにおける偶然は、戦略レベルにおける必然の、余光の破片であるにすぎない」
――ヤン・ウェンリー

新帝国暦三年、宇宙暦《SE》八〇一年の五月末に生じた銀河帝国軍とイゼルローン革命軍との全面衝突は、表面的な事象だけを順列整理すれば、不運でささやかな偶発事からもたらされたようにみえる。

一隻の小さな民間宇宙船が、帝国軍支配下の旧同盟領から、イゼルローン回廊へむけて航行していた。自由と解放をもとめての脱出であって、定員をこえる九〇〇人以上の老若男女が乗りくんでいた。〝新世紀《ニュー・センチュリー》〟号という名前だけ華麗な老朽船が、動力部の故障でイゼルローンに救援をもとめ、その通信波が帝国軍を呼びよせることになってしまったのであった。せっかく、それまでは帝国軍の哨戒網をくぐりぬけてきたというのに。

「理想は現実の屍体から養分をとる食屍の花である。ひとつの理想は、一個軍団の吸血鬼よりも大量の血を必要とする。その理想に賛成する者と反対する者と、双方の血を」

右の痛烈というよりどぎつい皮肉は、ある場合には真理の一部となりえる。このときの、イゼルローン共和政府の場合がそうであったかもしれない。〝いい迷惑だ、ほっとけばいい〟と内心で思ったとしても、自由をもとめて帝国軍の手からのがれてきた人々を見殺しにすることは、イゼルローン共和政府としては、絶対になしえないことであった。むろん、彼らはこれまで、政戦両略の展開を至近で見聞した経験から、充分にすれていて、この宇宙船が帝国軍の破壊工作ではないか、と疑惑をいだきもしたが、皇帝《カイザー》ラインハルトの為人《ひととなり》を思えば、それもないようであった。イゼルローン軍は艦隊を急派して、この船を救った。

ところがここで、典型的すぎるほどの、遭遇戦の形式が展開されることになった。イゼルローン軍の出現におどろいた帝国軍は、近距離の味方を呼び集め、やがてドロイゼン大将の艦隊が急速で殺到してくるにおよんで、イゼルローン軍も大規模な動員をおこなわざるをえなくなった。こうして、数千隻単位の交戦が二時間にわたって展開され、ドロイゼンはその局面での戦術的勝利に固執する愚をさとり、撤退したのであるが、イゼルローン軍が反転帰投すればただちに追撃する姿勢をみせつつ、つぎつぎと味方を集結させ、イゼルローン軍は背をみせて帰ることができなくなってしまった。ユリアンは、〝新世紀《ニュー・センチュリー》〟号の人々の感謝をうけ、彼らをイゼルローンへ送りとどけてやりながらも、内心で後悔まじりの危惧を禁じえなかった。これによって、皇帝が戦いの意欲をそそられたであろうと思うからである。

だが、もともとラインハルト・フォン・ローエングラムの短い生涯を俯瞰《ふかん》すれば、兵力の動員が示威に終わった例は一度としてなく、かならず実戦に突入している。ゆえに、〝皇帝《カイザー》は戦いを嗜む〟と称され、その短い治世は、黄金のみならず、深紅によって彩られていた、と評されるのである。

また、ユリアン・ミンツを首将とするイゼルローン軍も、回廊の出入口周辺に主力を結集して、予期しえぬ事態に対応しようと準備していた。先年のヤン・ウェンリー暗殺事件、およびこの年のラグプール刑務所流血事件と、二度にわたって、平和的交渉の契機を外的要因によって妨害された経験が、彼らの精神的甲冑をより厚くする方向にうごかしたことは、やむをえないであろう。いずれの条件も、けっきょく、戦端を開くことにつながらざるをえない。

ユリアンとしても、皇帝ラインハルトからの交渉の呼びかけを、こちらから拒絶する気などなかったが、卑屈に一方的な臣従《しんじゅう》を申しでるつもりもなかった。ユリアンは、ラインハルトの人格や価値観について、ヤン・ウェンリーからたびたび語られたことがある。

「皇帝《カイザー》ラインハルトは、自分の理想と野心、さらには愛憎のために、みずからを焚《や》いて悔いることのない人だ。そして、それだけに、敵にたいしてすらそれを要求する。皇帝《カイザー》ラインハルトが、亡くなった友人のジークフリード・キルヒアイスを哀惜《あいせき》してやまぬのはそのためだ。そして、われらが元首ヨブ・トリューニヒト氏を軽蔑するのも、そのためだろうね」

民主共和政治がそれほど貴重なものであるなら、なぜ生命がけで守ろうとせず、みすみす降伏して専制政治の支配下にはいるのか。またなぜ、自分たちの意思と選択によって、トリューニヒトのような男に、権力をあたえて平然としていられるのか。ラインハルトにはけっして理解できないことであったにちがいない。そして、おそらくラインハルトは、イゼルローンに拠った少数の人々に、理想の敵の姿をもとめているのではないだろうか。

「それにしても、吾々《われわれ》がイゼルローンに拠り、大きな兵力を有しているかぎり、皇帝《カイザー》ラインハルトはともかく、帝国政府や軍の不安を消すことはできないだろうね。いつか彼らでなく、吾自身にとってイゼルローンは重い荷物になるだろう」

「ではイゼルローンを放棄するのですか」

「イゼルローンに固執しては、けっきょくのところ、かえって政治的、戦略的な選択の幅をせばめてしまう。そういうことだ」

そのときヤンは、抽象的な発言に終始したが、彼がイゼルローンを民主共和政の恒久的な根拠地とする意思がない、そのことがユリアンには諒解できた。だが、いまのユリアンは、イゼルローンの存在をどう戦術的に生かすか、それが重要な課題であった。

皇帝《カイザー》ラインハルトの壮麗な才能と野心にたいする敬意。それをユリアンはヤンからうけついだ。同時に、その才能にひそむ危険な要素にたいし、分析と観察をおこたらないという態度も。ただ、太陽を直視して眼球を灼く危険が、この人物研究には、つねにつきまとうのである。

ユリシーズの艦上で、ユリアンは、シェーンコップ、アッテンボロー、ポプランらにたいして、彼の考えを語った。皇帝《カイザー》ラインハルトは、たとえイゼルローン共和政府と交渉の機会をもつとしても、それにさきだって、かならず一戦を欲するであろう。理想のために血を流しうるか否か、それが皇帝《カイザー》が相手を測る計器のひとつであるようだから、と。

戦いは、シェーンコップ以下の軍幹部としても望むところであった。アッテンボローが、ユリアンの見解に賛意を表しつつ、かるく首をかしげて問いかけた。

「だとしたら、後世の歴史家は、皇帝《カイザー》ラインハルトを、血に餓えた野心家として断罪するかな」

「いえ、たぶん、流された血の量につりあうだけの業績をあげた偉人であった、と書くでしょうよ」

疲労のためか、ユリアンは皮肉な気分になっていて、答える声が人々の耳にすべりこむとき、外耳道に棘《とげ》を残していった。

「後世の歴史家って人種は、流される血の量を、効率という価値基準で計測しますからね。たとえ宇宙が統一されるまでに、さらに一億人が死んだとしても、彼らはこう言うでしょうよ。たった一億人しか死なずに、宇宙の統一は完成された、大いなる偉業だ、とね」

ユリアンがひと息に言い放つと、静まりかえった列席者のなかで、ワルター・フォン・シェーンコップが冷静に、発言者の過激さをたしなめた。

「お前さんらしくない言いかただな。冷笑家に変身して、後世に毒舌録でも残すつもりかね」

「すみません、ちょっと興奮しまして」

ユリアンは赤面したが、べつに謝罪を必要とするような発言を、彼はしたわけではない。ただ、ヤン・ウェンリーであればともかく、才能・経験・実績、すべてにおいて皇帝《カイザー》ラインハルトに劣る自分が、その精神作用を分析するなど、分際にすぎたことだ、という気が、急にしたのである。そもそも、ユリアン自身の境遇も、現在のところは歴史家ではなく用兵家であり、流血の効率を測る立場でなく、測定される側に立っているのだった。


ラインハルトは、仮設の大本営に、上級大将以上の諸将と、大本営直属の幕僚たちを参集せしめた。御前会議の形式をとってはいたが、いまさら出兵の是非を問う意思は、ラインハルトにはない。むしろ彼の戦意を、闘気を、列将に徹底せしめるのが、ラインハルトの目的であった。

「彼らが兵をもって挑んでくるのであれば、こちらにそれを回避すべき理由はない。もともと、そのためにこそ親征してきたのだ。予は即日にでも卿《けい》らをひきいてハイネセンを出立し、彼らを討つであろう」

ラインハルトが列将を見わたすと、ナイトハルト・ミュラーの視線に訴求《そきゅう》の意思を感知した。皇帝の表情にうながされて、砂色の髪と砂色の瞳をもつ良将は、誠実な口調で意見を述べた。

「敵をかろんじるわけではございませんが、今回のこと、帝国の存亡にかかわるとも思えません。皇帝《カイザー》おんみずからが出陣あそばすにはおよばぬかと存じます。戦いは小官らにおまかせあって、陛下はどうぞこの惑星《ほし》におとどまりください」

ミュラーの進言に、ラインハルトは、皮肉な視線で応じた。蒼氷色《アイス・ブルー》の瞳に、流星に似た光芒が踊っている。

「予が軍をひきいて親征してきたのはなんのゆえんあってのことだ? 共和主義者どもの非礼な挑戦にたいし、無原則な笑顔で応えるためか。そうではあるまい。ミュラーの好意はわかるが、この際は無用である」

すると、今度はミッターマイヤーが発言をもとめた。

「あえて申しあげます、陛下。フェザーンには皇妃陛下と大公殿下がおわし、陛下のご帰還をお待ちしておいでです。どうか吾らの戦いを、後方より督戦《とくせん》なさいますよう」

「ほう、卿《けい》にも妻子がいて卿の生還を祈っていると思っていたが、卿のほうは、身を危険にさらしてもよいというわけか」

ラインハルトの言いようは意地悪なものではあるが、理にかなっており、ミッターマイヤーとしては再反論する余地を失って、沈黙するしかなかった。

ラインハルトが明言したように、戦いを回避する理由は、帝国軍には存在しない。イゼルローン軍を撃滅することによって、今度こそ全人類社会を〝黄金獅子旗《ゴールデン・ルーヴェ》〟のもとに統一することが可能となる。惑星ハイネセンおよびバーラト星系に展開する帝国軍の戦力は、イゼルローン革命軍の五倍以上に達し、装備および補給においても優位にある。イゼルローン革命軍が戦闘をのぞむのであれば、それを奇貨《きか》として、統一と平和への最短路を切りひらくべきであるにちがいない。

しいて不安要因を探せば、新領土《ノイエ・ラント》各処における流通・交通・通信の混乱が完全には終熄していないことであったが、アドリアン・ルビンスキーの拘留後、いちじるしくその勢いを減じており、軍務尚書の果断な行動が、陰謀の灌木《かんぼく》群の根を絶ったことを、ミッターマイヤーらも認めざるをえなかった。

ワーレン上級大将は、麾下の戦力が半減したままであるという事情もあり、惑星ハイネセンの警備を命じられた。軍務尚書オーベルシュタイン元帥と帯同《たいどう》しての残留であり、ワーレンとしてはさまざまな意味で不本意であったが、皇帝《カイザー》の命令とあれば、拒絶できようはずもなかった。オーベルシュタインも、皇帝の出陣に反対の意思表示はしたものの、さほど強く主張することもなく、無言の一礼で勅命をうけたまわった。

若い金髪の覇王は、近侍のエミール・フォン・ゼッレに命じて、ワインの瓶と人数ぶんのワイングラスをはこばせ、みずからの手で諸将のグラスにワインを注いでまわった。全員にワインがいきわたると、ラインハルトはみずからのグラスにも四二四年ものをみたした。

「かのヤン・ウェンリーは、勝算がなければ戦わぬ男だった。ゆえに予の尊敬に値したのだが、彼の後継者はどうかな」

諸将に問うでもなく、独語するともつかず、そうつぶやいたが、にわかに声を高くした。

「ミッターマイヤー！」

「はっ」

「予より一日早く進発し、共和主義者どもと雌雄《しゆう》を決すべき戦場を設定せよ。全軍の前衛も卿《けい》にゆだねる。左翼はアイゼナッハ、右翼はビッテンフェルト、後衛はミュラー。メックリンガーは幕僚総監として予とともにあれ。では、プロージット」

高くグラスをかかげて、鮮血の色をした液体を飲みくだすと、皇帝《カイザー》は足もとの床にそれをなげうった。諸将もそれにならい、床は燦然たる破片のきらめきにみたされた。あたかも、彼らがこれまで軍靴の底に踏みくだいてきた星々の群を、それは想起させたのである。

Ⅱ

ラインハルトは無窮《むきゅう》の宇宙空間に浮遊している。

帝国軍総旗艦ブリュンヒルトの艦橋は巨大な半球型をなしており、その上半部が一面のディスプレイ・スクリーンとなって、銀河がばらまく数億の光と闇の微粒子を、指揮シートに座したラインハルトの全身に注ぎかけてくるのだ。それを全身にうけ、光と闇の交錯がラインハルトの鼓動と呼吸に同調《シンクロ》したとき、彼は、自分が宇宙と一体化したと感じる。至福の時だ。魂の底まで星々のシャワーにうたれ、細胞のすべてが全宇宙を律する法則のままに律動するのがわかる。いま、彼はハイネセンから一二日行程のシヴァと呼ばれる星域に船をとどめているが、固有名詞になんの意味もない。彼は宇宙の一部であり、宇宙は彼のすべてであって、両者を分かつことはなにびとにもなしえないのだ。

このとき、ラインハルトは微熱を自覚していたが、重臣にも近侍にも、その事実を明かしていない。彼らに知られれば、出戦どころではなく、惑星ハイネセンの冬バラ園を見はるかす宿舎の一角に、病人として閉じこめられたにちがいない。自分が病身だという考えは、ラインハルトの意識野に席をしめることができず、体外にはじきだされてしまうのだった。

「戦わずして後悔するより、戦って後悔する」

という警句が、ラインハルトの発言として後世に残されているが、信頼しえる歴史資料には見いだしえない。ただ、いかにも軍神としてのラインハルトの一面を、原色的に表現する言葉なので、広く深く人々の印象に刻みこまれたもののようである。

エミール・フォン・ゼッレがはこんできてくれたクリームコーヒーに口をつけたとき、オペレーターの声が緊張の波動で艦橋をみたした。

「敵影見ゆ！　距離一〇六・四光秒、三一九二万キロ。レッド・ゾーン突入は、最短で一八八

○秒後と推定」
見えざる巨人の漁師が、帝国軍の頭上に、緊張の網を投げかけた。無数の戦場を駆けぬけ、幾多の死線をくぐってきたラインハルトの部下たちも、胃と肺と心臓をなでる戦慄の冷たい掌の感触に慣れることはない。

やがて、スクリーンに敵艦隊の姿が投影される。光点の群が、はてしらぬ暗黒の淵に浮かびあがり、コンピューターがその陣形を解析してホログラム投影する。数秒の観察のすえ、ラインハルトに、その陣形が戦理《せんり》にかなっていることを認めた。

「未熟だが、見るべきものがある」

ラインハルトは賞した。彼は戦歴においてユリアンに先行すること六年、武勲の質と量においては、比肩することもできない。この年六月、ラインハルトは幼年学校を卒業し初陣をはたして以来、ちょうど一〇年になる。なんと長く、短い一〇年間であったことか。失ったもの、得たものの列が彼の網膜を通過していくなかで、彼はマイクにむかって口を開いた。

「戦うにあたり、卿《けい》らにあらためて言っておこう。ゴールデンバウム王朝の過去はいざ知らず、ローエングラム王朝あるかぎり、銀河帝国の軍隊は、皇帝がかならず陣頭に立つ」

皇帝の声は、水のように艦橋をみたした。

「予の息子もだ。ローエングラム王朝の皇帝は、兵士たちの背中に隠れて、安全な宮廷から戦争を指揮することはせぬ。卿らに誓約しよう、卑怯者がローエングラム王朝において至尊《しそん》の座をしめることは、けっしてない、と……」

　一瞬の静寂は、熱狂によって打破された。

「皇帝《ジーク・カイザー》ラインハルトばんざい《・ラインハルト》！　アレク大公ばんざい《ジーク・プリンツ・アレク》！」

　帝国軍の通信回路は、昂揚の叫びに占領された。それはブリュンヒルトから発して、帝国軍の全艦に波及し、ミッターマイヤーらの諸将は、それぞれの旗艦にあって、それぞれの表情でうなずいた。誇り高きかな、わが皇帝《マイン・カイザー》はつねに味方に背をむけ、敵に胸をさらしたもう。

　そして――

「撃て《ファイエル》！」

「撃て《ファイヤー》！」

　五月二九日八時五〇分。シヴァ星域の会戦が開始される。

　最初は、一種整然たる砲火の応酬であった。光の槍が年老いた夜の皮膚を切り裂き、各艦のエネルギー磁場がその光をはじいて、数万の火の鳥が群舞するかのような光景を現出した。これほど妖しく幻想的な光景は、死神の盛装として以外、この世に存在しえぬものである。

　一五分にわたる砲戦のあと、イゼルローン革命軍の左翼部隊が、後退を開始した。それに引かれるように突出しかけた帝国軍右翼部隊の隊列に、司令官の制止がとんだ。

「奴らの策《て》にのるなよ。雷神《トウール》のハンマーの射程内にわが軍をひきずりこまないかぎり、奴らに勝機はないのだ。見えすいた誘いにかかってはならんぞ」

ビッテンフェルトの指令は、あるいは彼らしくなかったかもしれないが、黒色槍騎兵《シュワルツ・ランツェンレイター》全隊に浸透し、彼らは前進速度をゆるめた。イゼルローン軍が後退をとめて反撃をよそおうと、むしろそれに応じてみずからが後退する。

一進一退をくりかえしたすえ、一〇時一〇分、失望の舌打ちを禁じえず、アッテンボローは黒色槍騎兵を十字砲火の焦点にひきずりこむ戦法を断念する。五稜星を白く染めぬいた黒ベレーを片手につかみとり、幕僚のラオにむかって肩をすくめた。

「ビッテンフェルトの猪突家《いのしし》め、いつのまにやら辞書に慎重とか用心とかいう単語を書きくわえたらしいぜ。いまさら秀才ぶってどうする気だ」

シヴァ星域の会戦に参加した戦力は、帝国軍が艦艇五万一七〇〇隻、将兵五八四万二四〇〇、イゼルローン革命軍が艦艇九八〇〇隻、将兵五六万七二〇〇。数量的な優勢は、圧倒的に帝国軍にあり、イゼルローン革命軍は少人数での操艦を余儀なくされている。それはイゼルローン革命軍にとって弱点ではあるが、詭計を生みだす母胎ともなる可能性があった。

ユリアンは旗艦ユリシーズの前進を指示した。ラインハルトのように明言したわけではなかったが、亜麻色の髪の若すぎる司令官は、陣頭に立って危険をひきうけることをみずからにかしていた。これもむろんヤンの影響であったが、このときはやや猪突のおもむきがあったかもしれない。

前方の宙域に、火球の巨大な花が咲く。

突進するユリシーズは、減速せぬまま、膨張するエネルギーの乱流のただなかを突破した。艦体がきしみ、揺動し、あげくにユリシーズは、エネルギーの嵐から放りだされるように、突入したときとことなる角度で飛びだした。その前方に、不幸な帝国軍巡航艦が艦体の右側面をさらけだしていた。

ユリシーズの主砲から白熱したエネルギーの太い箭《や》が撃ちだされ、回頭をこころみる帝国軍巡航艦の艦体を引き裂いた。わきおこる虹色の爆発光を、あらたな閃光がつらぬく。エネルギー中和磁場が、宝石をちりばめた薄衣のようにユリシーズをつつんだが、強運の戦艦は強大な負荷《ふか》にたえぬき、応射しつつ反転して、さらなる砲撃を回避した。

ユリシーズの左、六キロの距離で、僚艦が帝国軍の砲火をあびた。なお前進しつつ解体され、数秒のうちに金属とエネルギーの粒子群と化して、閃光のなかに消滅する。破壊と殺戮のエネルギーが激流となって虚空に渦まき、各処で暗黒の壁に火球と光球の穴をうがった。

イゼルローン軍のわずかな前進は、帝国軍の強固な壁に衝突して、はじき返されたかにみえた。前衛のミッターマイヤー、左翼のアイゼナッハ、右翼のビッテンフェルト、いずれも陣形にほころびをみせず、イゼルローン軍の浸透をはばみつづける。消極策ではない。皇帝《カイザー》の命令一下、鉄と炎の怒濤となってイゼルローン軍を包囲し、もみつぶそうとする未発《みはつ》のエネルギーを充塡しつつある。だが、全面攻勢の機を、ラインハルトはつかみかねていた。

「ヤン・ウェンリーの後継者は、なかなか巧妙だな。それとも、メルカッツの統率によるものか」

　ラインハルトは独語したが、その白皙の頰が紅潮しているのは、昂揚感のためばかりではなかった。微熱をおびた身体が、水分を欲している。わずかに悪寒も感じた。自覚せざるをえない体調の悪さが、ラインハルトの不快をそそった。鋭気と烈気はいささかも衰えていないのに、集中力が密度を薄くしているようだった。ラインハルトはいらだち、乾いた唇に白い指先をあてつつ、スクリーンを見やった。

「陛下」

　と、呼びかける声に気づいたのは、光と闇の無秩序な交錯を幾度か網膜に映したのちである。ラインハルトが視線をうごかしたさきに、大本営幕僚総監メックリンガー上級大将と、皇帝高級副官シュトライト中将の顔があった。それらのうえに、見慣れぬ表情が遊弋《ゆうよく》していた。心配、不安、そしてなによりも、病弱者を見まもる健康者の表情であった。ラインハルトは、微笑で応えたが、それはやや闊達《かったつ》さと柔和さを欠き、数ミリの差で冷笑にとどくところであった。

「どうした、予の顔に、呪いの影でもうつっているか。ブラウンシュヴァイク公をはじめ、何億人の呪いが集中しているやらわからぬ身だからな」

　皇帝《カイザー》の拙劣《へた》な冗談を、メックリンガーが、鄭重《ていちょう》な一礼とともにうけとめた。

「……」

「失礼しました。陛下がどこかべつの宇宙に思いをはせておられるように見えましたのでラインハルトは熱い息をついた。心が熱いからではなく、肺と気道が熱いゆえの、呼気《こき》の熱さだった。

「そうか、だが、べつの宇宙に思いをはせるのは、まず予の宇宙を掌握してからにしたほうがよさそうだな。卿《けい》らの努力を期待する」

皇帝は口をとざし、ブリュンヒルトの艦橋には、大本営らしい実務的な雰囲気が回復されたようにみえた。

Ⅲ

ユリアン・ミンツは、自分で考えていたよりはるかに豪胆、もしくはずぶといのかもしれない。イゼルローン要塞に帰投しえぬまま、帝国軍主力との衝突を回避しえぬと判断したとき、ユリアンは開きなおった。もともと極小の兵力をもって、強大な銀河帝国軍と、知勇を競おうというのである。完全に整備された環境など、のぞみようもないはずであった。戦いつつ勝機を見いだすという発想を、この際は採らざるをえなかった。

ユリアンの本質は、戦略家より戦術家であったかもしれず、その意味では彼は〝小ヤン〟ではなく〝小ラインハルト〟であったかもしれない。だが、ラインハルトにとって存在しなかった師父《しふ》が、ユリアンには存在し、それがユリアンの理性ばかりか感性にも、すくなからざる影響をあたえた。ユリアンは軍人たらんと志望したのだが、それはヤンの後継者としてではなく、ヤンの部下、補佐役としてであった。ユリアンにとって、軍隊とはヤン艦隊のことであり、軍隊という存在にたいする彼の見解が、やや普遍《ふへん》性を欠くのは、彼が歩んできた人生の行路を検証すれば、むりからぬことであろう。

イゼルローン軍の艦艇数は、帝国軍に比して少数であり、兵数はさらに少数だった。この会戦において、本来ならイゼルローン軍は最低でも一〇〇万の兵を必要としていたのだ。それだけの兵数がなければ、それぞれの艦艇を運用することが不可能なのである。艦橋から集中制御するにも限界がある。

その重大な欠点を、ユリアンは、大胆すぎるほどの術策《じゅつさく》でおぎなった。全艦艇の一割にあたる数を、無人艦にして、それを左翼後方に配置し、あたかも、とっておきの予備兵力であるかのようにみせかけたのである。もし帝国軍がそれを看破して、その方角に攻勢を集中させれば、イゼルローン軍の戦列は一挙に崩壊してしまうにちがいない。

ラインハルトの体調が万全であれば、ユリアンの詭計《トリック》を看破しえたかもしれない。いや、おそらく看破したであろう。冷厳に判定すれば、ユリアンの詭計はヤン・ウェンリーの亜流であるにすぎない。ヤンは無人艦をしばしば魔術の素材《ねた》に使ったし、さらに戦術学史をさかのぼれば、シドニー・シトレ元帥がその戦法によるイゼルローン要塞攻略をこころみた。ある意味で、同盟軍にとって伝統的な戦法であろう。

そして、この無人艦隊が、しばしばイゼルローン方面や帝国軍右側面へと陽動するため、帝国軍はそれに注意力を割《さ》かざるをえず、対応するための戦力を用意しておかなくてはならなかった。これだけでも、無人艦の存在は有効であったのだが、ユリアンは戦術家としてさらに貪《どん》欲《よく》であった。

もし機会があたえられれば、ユリアンは、これらの無人艦を囮に使い、皇帝《カイザー》ラインハルトの旗艦ブリュンヒルトへ直接攻撃をかけるつもりであった。だが、ラインハルトがそのていどの詭計にかかるとも思えず、おそらくそのような機会は来ないだろう、と、ユリアンは思っている。だが、それ以外に勝機といえば、帝国軍をイゼルローンの要塞主砲〝雷神のハンマー《トゥールハンマー》〟の射程にひきずりこむしかない。自分は状況にひきずられ、戦略的判断を誤ったかもしれない、とも、ユリアンは思うのだが、この期《ご》におよんでそのようなことを考えるのは、悪《あ》しき完全主義であり、師父たるヤン・ウェンリーからうけた影響の、よくない側面であるかもしれない。

ラインハルトのほうは、基本的な用兵のスタンスを、このとき正攻法にさだめている。

「あえて奇策を弄する必要はない。間断ない攻撃を連続させて、敵を消耗させせよ」

大兵力をそろえ、補給をととのえ、それを正しく運用することこそ、勝利の道である。ヤン・ウェンリー同様、ラインハルトもそのことを知っていた。彼の覇気には、理性という同伴者があり、それが彼の天才を暴走させずにきたのだが、この会戦に際しては、自分の集中力にたいする微妙な不安が、とくに用兵に自重をしいた。敵の陣形と行動線を解析しつつ、ラインハルトは独語した。

「これだけ重厚な布陣を、少数の艦艇で完成させるとは、おそらくメルカッツの手腕だろう。まだまだ、宿将の手腕も衰えをみせないな」

ウィリバルト・ヨアヒム・フォン・メルカッツの用兵は、奇を好まない。〝堅実にして隙《げき》なく、つねに理にかなう〟とは、軍事学の教本にしばしば記された、彼の用兵にたいする評価である。その晩年に、ラインハルト・フォン・ローエングラム、ヤン・ウェンリーという二大恒星が宇宙にかがやいたため、メルカッツの光芒は印象において淡いものとなっているが、むしろそれだからこそ、後世の平凡な軍人たちの範となりえたのである。ラインハルトやヤンをまねようなどと思う者は、めったに存在するものではないし、まねても成功するはずがなかった。

炸裂する砲火は、連鎖して光の帯となり、無機物と有機物の分子を宙に飛散させ、それじたいが悪意をもつ巨大な生物のようにうねくった。

イゼルローン軍は、大敵にたいして善戦をつづけていたが、少人数であるだけに、それがいつまで通用するか、おぼつかない。

「たった五二人で、どうやって巡航艦をうごかせというんだ。ええ!? 蜘蛛《くも》を搭乗員《クルー》にでもしなきゃ、手がまわらんぜ」

「不平を言うんじゃない。おれは昔、三〇〇人ぶんの料理を、八〇人でかたづけたことがあるんだ。なんとかいう提督の再婚パーティーのときでな。花嫁が花婿の息子と駆け落ちしちまったんで、パーティーはお流れ、料理の山が残ってしまったってわけさ」

「おい、聞いたかよ、この巡航艦《ふね》にゃ、蜘蛛じゃなくて、牛と豚の混血が乗ってるらしいぜ。頭蓋骨のなかまで胃袋がつまった野郎がよ！」

善戦から苦戦へと転落しかける断崖の縁に爪先だって、なお冗談と毒舌がとびかうのは、〝ヤン艦隊〟と呼ばれていた当時からの、救われがたい彼らの習性だった。「冗談の一言は、血の一滴」とは、オリビエ・ポプランの台詞である。

ユリアン・ミンツは、少年のころ、自分も体質的にそうだと思っていたが、ヤン・ウェンリーの死後、彼のユーモアと毒舌のセンスは低下し、きまじめな精神的骨格があらわになった。要するに、ユリアンのユーモア・センスは、ヤンという触媒の存在を、絶対的に必要としていたのであろう。

また、このときユリアン・ミンツの境遇は、ある意味でラインハルトの対極にある。人類史上最大の版図《はんと》を支配する覇王が、精神活動にたいする体調の影響を配慮せねばならないのにくらべ、その支配に抗する革命軍の若すぎる指揮官は、肉体的健康にたいする精神の過剰な干渉を排さなくてはならなかった。

スクリーンから投射される光芒が、ユリアンの顔を染めあげる。まる二四時間以上、ユリアンは眠っていなかった。なさけないことに、神経が昂ぶって眠れないのだ。

ユリアンはとまどっている。帝国軍のうごきが、彼の予想よりも鈍重なのだ。砲火は高密度で、陣容は深く厚いが、皇帝《カイザー》ラインハルトの用兵は、よりダイナミズムに富んだものではなかったのか。鈍重は重厚につうじ、ユリアンからすれば、詭計《トリック》をもちいて帝国軍をかきまわす間隙を見いだすことができずにいる。なにしろ少数のイゼルローン軍としては、底なしの消耗戦にひきずりこまれることは回避せねばならなかった。

「相手の予測が的中するか、願望がかなえられるか、そう錯覚させることが、罠の成功率を高くするんだよ。落とし穴の上に金貨をおいておくのさ」

かつて、そうヤン・ウェンリーは語ったのだ。ユリアン・ミンツは、ヤンが戦史上最高の心理学者であったと信じているが、〝最高〟を〝有数〟と呼びかえれば、その評価はけっして誇大なものではない。皇帝《カイザー》ラインハルトの麾下で勇名をはせた提督たちは、ヤンの武勲録に、名誉ある敗者としての名をつらねているが、彼らは、そのほとんどが、ヤンがしかけた心理的陥穽にとらわれたのであって、ラインハルト自身すら例外ではなかった。

銀河帝国軍の宇宙艦隊司令長官ウォルフガング・ミッターマイヤー元帥は、本来なら快速機動の用兵を得意とするのだが、一瞬の勝機にむけて、攻勢衝動を抑制するすべを心えている。それが、もっとも効果的なタイミングに爆発的な破壊力を発揮することにつながるのだ。だが、彼の右側で戦うビッテンフェルトは、アッテンボローがいうところの〝えせ優等生〟ぶりが限界に達していた。五月三〇日二三時三〇分、帝国軍右翼を形成する黒色槍騎兵《シュワルツ・ランツエンレイター》は、猛然とうごきはじめたのである。

ビッテンフェルトが号令し、黒色槍騎兵は暗黒の虚空に白銀の軌跡を描きつつ、弧状の行動線を同盟軍左翼にむけ、巨大な猛禽《もうきん》が翼をひろげるように襲いかかっていった。

「敵、殺到してきます！」

イゼルローン軍オペレーターの声が動揺する。一瞬ごとに船影を拡大してくる黒色槍騎兵の迫力と圧力には、容易に対抗しえるものではなかった。数万本のエネルギー・ビームとミサイルが飛来し、有彩色と無彩色の爆発光が咲き乱れる。アッテンボローの指令がとび、イゼルローン軍も光と熱の弾幕でそれを迎え撃つ。

閃光。火球。エネルギーの暴風。

高密度の砲火に、黒色槍騎兵はなぎ倒され、艦列に穴があく。だが、イゼルローン軍の被害も大きい。帝国軍とことなり、数的回復力がいちじるしく劣るのだ。

激烈をきわめる砲戦が一段落すると、イゼルローン軍の陣容は薄く、疎《そ》になり、不敵なアッテンボローも、舌打ちしつつ、麾下の全艦に後退を指示せざるをえない。あるいはこのまま減少しつづけ、宇宙の深淵に溶けこんでしまうか、という思いも、胸をかすめるのだ。

Ⅳ

「イゼルローン軍は、回廊方面へ退却する気配をみせつつあり。退路を断って、これをいっきょに包囲撃滅せんと欲す。陛下のご裁可《さいか》を請う」

黒色槍騎兵《シユワルツ・ランツエンレイター》艦隊司令官ビッテンフェルト上級大将から、そのような具申《ぐしん》がおこなわれたのは、五月三一日二時四〇分であった。ラインハルトは仮眠のベッドから起き、近侍のエミール・フォン・ゼッレ少年にてつだわせて、軍服をまとった。シャワーをあびたかったが、熱っぽい身体では、それは避けるべきだった。

寝室から艦橋へ、ラインハルトは熱に侵された身体をはこんでいった。幼年学校当時、これと似たような感覚を経験した記憶がある。はじめて軽重力下での行動訓練をおこなったとき。それに安酒で酔ったような気分が、増幅されつつ、彼の意識を侵略してくる。

艦橋の光景が彼の前にあらわれた。姿勢をただして敬礼する幕僚たちがみえた。だが、視界がゆれ、急速に暗度がます。ラインハルトは自分が声をあげたように思うが、彼自身の聴覚はそれを確認することができなかった。

「陛下！」

エミール・フォン・ゼッレ少年の悲鳴が、帝国軍大本営に所属する幕僚たちを戦慄させた。彼らの視界のなかで、不可侵の若い覇王が床にくずれ落ちたのだ。かつて、その黄金の頭は、形式的に、ゴールデンバウム王朝の皇帝にたいしてのみさげられた。いま、豪奢な黄金の髪は、艦橋の床に、不本意な接吻をしいられていた。両眼を閉じた顔は、無機物の白さで、それをすかした血の色が、病的に紅《あか》い光を、頬の内側にともしていた。キスリング准将とリュッケ少佐が、左右から皇帝の身体をかかえおこした。怒声と命令が交錯し、軍医や看護兵が駆けつけた。かぎりなく恐怖にちかい緊張が、室内の空気を帯電《たいでん》させた。意識を失ったラインハルトは、キスリング、リュッケ、エミール・フォン・ゼッレらにつきそわれ、歩いてきた通路を、担架に横たわって、逆方向へはこばれていった。

大本営幕僚総監メックリンガー上級大将が、やや青ざめた、だが沈着さと冷静さをたもつようにみえる顔を軍医のひとりにむけた。

「軍医どの」

「は、はい」

「もはや原因不明ですむとは思わないでいただこう。皇帝《カイザー》のご病名をたしかめ、最善の治療をほどこしていただく。よろしいな?」

皇帝《カイザー》の幕僚総監がビッテンフェルト上級大将ではなく、紳士のメックリンガーであったことを、軍医は感謝した。だが、甘い感謝の念は、一瞬で四散してしまった。メックリンガーがにわかに右手を伸ばして、軍医の襟首をつかんだのだ。〝芸術家提督〟の両眼には、極低温の炎が青くちらついていた。

「おわかりかな、軍医どの、卿《けい》には地位にともなう責任があるということだ。なにもなしえぬというのなら、いっかいの町医者もおなじこと。期待にこたえていただけるだろうな？」

軍医が蒼白な顔を上下させると、メックリンガーは彼の襟元から手を離し、唇の片端だけで笑った。

「失礼、軍医どの、すこし興奮してしまったようだ」

軍医は声もなく、咽喉をなでるだけだった。


「皇帝《カイザー》、昏倒」

宇宙艦隊司令長官ウォルフガング・ミッターマイヤー元帥のもとにもたらされた報告は、恐怖と動揺にみちていた。〝疾風《ウォルフ・デア・シュトルム》ウォルフ〟は、胃と心臓の内壁に、氷の魔女が息を吹きこんでくるのを感じた。活力に富んだグレーの瞳に、冷気のひびがはいった。だが、彼は自分の動揺を体内に封じこめ、

「なにを騒ぐか。皇帝《カイザー》がご逝去あそばしたわけではない。ここで節度を失えば、後日、皇帝《カイザー》よりお叱りをこうむることになるぞ」

色を失った幕僚たちを、するどく叱咤した。このようなとき、どちらかといえば小柄な元帥

の威は、長身の幕僚たちを圧する。幕僚たちが思わず姿勢をただした。彼らの上官は、帝国軍のみならず、全宇宙で比類する者のない勇将であるのだ。

「それよりも、この報を敵軍に知られてはまずい。通信を一部、封鎖せよ。このむねだけは大本営に知らせるように」

ブリュンヒルトには、メックリンガー上級大将が同乗している。彼が適切な処置をとり、大本営の動揺を防ぐだろう。目前に展開されるこの会戦は、あるいは勝利を放棄することになるかもしれないが、この際、甘受《かんじゅ》せざるをえない。

それにしても、ローエングラム王朝の歴史は、満二年で終焉をつげるのであろうか。不吉きわまる想念が、脳細胞の群のなかを斜めにつらぬき、銀河帝国軍の至宝と称される勇将は、恐怖と絶望の双生児が、意識野の辺境で兇々しい産声をあげるのを聴いた。

「おい、ロイエンタール、どうしたらいいと思う。おれに重大な責任をおしつけて、自分は天上《ヴァルハラ》で美酒の杯を片手に見物だなどと、虫がいいではないか」

半分以上、本気で、ミッターマイヤーは、故人となった親友にぐちをぶつけた。〝疾風ウォルフ〟の胆力と処理能力をもってしても、この事態を整然と収拾するのは困難であった。ここに軍務尚書オーベルシュタイン元帥がいたらどうするだろう、とすら、ふと思ったのは、ミッターマイヤーの心境の深刻さを証明するものであった。

ここで帝国軍は深刻な自縄自縛《じじようじばく》におちいってしまっていた。皇帝《カイザー》の発熱および昏倒を知られないために、通信網の一部を閉鎖し、箝口令《かんこうれい》を布《し》いた結果、必要不可欠な指揮系統の一部が遮断されてしまったのだ。

ミッターマイヤーとメックリンガーとのあいだには、無言のうちに連係が成立した。それはきわめて高い完成度を有するものであったが、皇帝不予《カイザーふよ》の事情を知らない人々は、その完成度の恩恵をこうむることができない。帝国軍の左右両翼を指揮するアイゼナッハとビッテンフェルトの両者に、いつどのようにしてこの事実を知らせるか、メックリンガーやシュトライトにとっては、あらたな課題が生じたのであった。

ことに、問題はビッテンフェルトである。彼はイゼルローン軍にたいして波状に猛撃をくわえ、帝国軍のなかでもっとも突出していたが、五時一五分には、メルカッツ提督がきずきあげた砲陣に直面して、前進を阻止されていた。

たくみに構築された光と火の壁が、帝国軍の猛進をはばんだのだ。長時間にわたって阻止することは不可能であったが、アッテンボローは麾下の艦隊を再編する時間をあたえられ、六時までにその作業を完成させた。

ビッテンフェルトは、旗艦〝王虎《ケーニヒス・ティーゲル》〟艦橋の床を蹴りつけてくやしがり、〝動く大本営〟戦艦ブリュンヒルトに連絡をいれた。再攻勢のため、予備兵力の動員をもとめたのだ。

だが、大本営からもたらされた返答は、むりな攻撃を避けて後退せよ、というものであった。通信スクリーンに姿をみせたメックリンガーに、ビッテンフェルトは怒声をあびせた。

「わからず屋めが！　皇帝《カイザー》をおだししろ。でなければ、シャトルにのってブリュンヒルトへ行く。陛下に直訴《じきそ》申しあげるぞ！」

オレンジ色の髪を乱し、拳をふりあげる。彼も真剣なのだが、芸術家提督のほうも、内心で舌打ちを禁じえなかった。

「ビッテンフェルト提督、私は皇帝陛下より勅任された大本営幕僚総監である。戦場での統兵《とうへい》にかんし、卿《けい》らに指示するのも、陛下より委嘱《いしょく》された職権の裡だ。異存がおありなら、いずれ陛下の御前で理非をただそう。だが、いまはとにかく後退命令にしたがえ」

メックリンガーとしては、やむをえざる論法であったのだが、ビッテンフェルトの怒気を強烈に刺激する結果となった。彼は赫《かっ》として、無礼で非芸術的な反論をたたきつけた。

「このえせ詩人野郎！　いつからオーベルシュタインの作った曲にあわせてピアノを弾くようになりやがった⁉」

ピアニストとしても著名な、大本営幕僚総監の返答は、こうであった。

「猪に聴かせるには、胡狼《ジャッカル》が作った曲でたくさんだ」

大本営と右翼とのあいだで、深刻だが非建設的な応酬がおこなわれているあいだ、帝国軍左翼部隊は、イゼルローン軍とのあいだに、一進一退状態をつづけていた。

幕僚たちの進言を無視して、アイゼナッハはなにか考えこんでいたが、やがて左手をかるくあげ、立てた親指を前後にうごかした。参謀長グリーセンベック大将が、その無言の指令を解読し、その結果、アイゼナッハ艦隊は、最前線の混戦状態から脱するべく、すばやい一時的後退を開始した。追いすがるイゼルローン軍を、三度にわたる集中砲火で突き放し、完璧な艦隊運動で陣形を再編する。皇帝からどのような命令がでても即応しえる態勢をととのえたのだ。だが、その命令を、アイゼナッハは意外な長さで待ちつづけるはめになった。

V

五月三一日九時二〇分。

シヴァ星域の会戦場は、奇妙な膠着《こうちゃく》状態のなか、遅々《ちち》たる時のよどみに浮かんでいるようにみえる。砲火は炸裂し、被弾した艦艇は火球となって爆発し、死傷者は生産されつづけているのに、奇妙なダイナミズムの不足が感じられた。どこか、生命力も破壊力も、完全な燃焼をおさえられているようであった。

銀河帝国軍の後衛には、無傷の部隊がひかえている。難局に強く、〝歩く堅忍不抜《けんにんふばつ》〟と呼ばれるナイトハルト・ミュラーの艦隊である。皇帝《カイザー》から参戦の命令がだされず、敵と接触する機会すらあたえられぬまま、ミュラーは旗艦パーツィバルの艦橋で、スクリーンに点滅する光点の大群をながめているしかない。

「ミュラー上級大将、吾々がこの戦場に来たのは、弁当《ランチ》を食べるためではありません。ぜひとも戦闘に参加して、共和主義者どもを砲火の下になぎ倒してやりたく存じます」

多血性の若い幕僚が、狂熱寸前の興奮をあらわに、司令官に進言した。ミュラーはかるく片手をあげてそれを制した。

「皇帝のご命令なくして、みだりに艦隊をうごかすことは許されぬ。大本営からの指令を、しばらく待つことだ」

とはいったものの、皇帝《カイザー》からの命令がないこと、それがそもそも奇妙であることを、ミュラーは思わずにいられない。砂色の瞳には、困惑の翳りが小さな翼をひろげていた。ミュラーが知る皇帝《カイザー》であれば、すでに彼にたいし、敵の後背ないし側面へ迂回《うかい》して攻勢をかけるよう命令をくだしているのではないか。これだけの兵力差があれば、それは充分に可能なはずであるのに。そう思いつつ、ミュラーは、アイゼナッハ同様に、待つしかない。

帝国軍の連係には、微妙と称する以上の混乱と間隙が生じ、それがイゼルローン軍にとっては、本来、存在するはずのない余裕をあたえはじめていた。

ナイトハルト・ミュラーの幕僚たちが、不本意ながら何度めかの弁当《ランチ》にとりかかった時刻、イゼルローン軍の陣営では、陽光が踊るような緑色の瞳をした余裕のかたまりが、単座式戦闘艇スパルタニアンを駆って、戦艦ユリシーズに帰投してきた。操縦席からとびおり、駆けよる整備兵《メカニック》に手ばやく指示をあたえると、壁面の受話器をとりあげて、艦橋に電話を入れる。

「ユリアンか、ちょっと耳に入れておきたいことがあってな」

「どうなさいました、ポプラン中佐？」

「さっき、奇妙な通信が、おれの機《スパルタニアン》にはいってきてな。報告して、お前さんの判断をあおごうと思うんだが……」

「ぼくの耳におさまるていどの大きさですか」

ユリアンは冗談をとばしたが、たちまち若々しい表情がするどくひきしまった。敵味方の通信の混乱が、ポプランに情報をもたらしたのだ。〝皇帝《カイザー》不予〟というおどろくべき一語を。

皇帝《カイザー》ラインハルトが病床に倒れたというのか。あの光りかがやくような覇気と活力にみちたラインハルト・フォン・ローエングラムが、戦史上、もっとも華麗な軍事的成功の精華が、病によって失われるのか。ユリアンには信じられなかった。信じたくなかった。ヤン・ウェンリーがテロリズムによって斃されたとき、その不当さにたいしていだいた深く烈しい感情と、それはやや似ていたのだ。ラインハルトは、病になど斃れる人物ではない、と思った。

だが、結論を先走るべきではなかった。ラインハルトが病床に倒れたとしても、不治の重病とはかぎらず、たんなる風邪かもしれないのだ。ユリアンの師父であった人は、なにかというと、「私が死ぬとしたら過労で倒れるんだよ。ユリアン、いいかい、私が死んだら墓石にこう書いておくれ。〝仕事に殺された不幸な労働者、ここに眠る〟とね」などと言って、昼寝をしていたものだ。もっとも、皇帝《カイザー》ラインハルトは、ヤンの一二倍ほどは勤勉であろうし、彼の医学辞書に〝仮病〟などという項目はないにちがいない。

ユリアンは、艦橋に幕僚たちを集めた。このとき、メルカッツもアッテンボローも、シャトルに乗ってユリシーズに来艦している。戦線の奇妙な膠着と、通信の混乱が、そのような状態をもたらしたのだ。

ポプランの報告が公開されると、一同のうえをまず沈黙がおおったが、それを打破したのは、ワルター・フォン・シェーンコップであった。彼が大胆に提案したのは、帝国軍総旗艦ブリュンヒルトに兵を送りこんで皇帝《カイザー》ラインハルトを斃すことであった。

「三年前のイゼルローン攻防戦のとき、オスカー・フォン・ロイエンタール元帥を生かして還したのは残念のきわみだが、かわりに銀河帝国皇帝ラインハルト・フォン・ローエングラムの首がとれるなら、採算は大きな黒字になるだろうな」

シェーンコップの口調は、農園でリンゴでももぎとるような印象をあたえる。

皇帝が病床にあるというなら、帝国軍を撹乱することは充分にできるし、いったんブリュンヒルトに肉迫すれば、皇帝《カイザー》の身を害することをおそれて、帝国軍はうかつに手をだしえない。戦術というより賭けの要素が大きいが、いまという時点を逃したら、つぎの好機は永遠に来ないのではないか。

ユリアンの心は、揺れながら収斂《しゅうれん》していく。

「メルカッツ提督のお考えは？」

四〇歳以上も年少の司令官に問われて、かつて帝国軍の宿将と称された初老の提督は、きまじめに考えこんだ。やがて、淡々とした現状分析の声が、座に流れた。

「いまのままでも、負けない戦いをすることはできるでしょうな。帝国軍のうごきは、奇妙ににぶい。後退しても、追撃をかけてはこないような印象です。だが、これでイゼルローンにもどっても、さらに戦力は減少して、つぎの戦いでは、現状よりもっと苦しくなるでしょうな」

それだけでメルカッツは口をとざした。シェーンコップが大きくうなずき、両手を打ちあわせた。

「決まった。かの美しきブリュンヒルトに乗りこんで、皇帝《カイザー》の首をあげてやろう」

「くたばれ、皇帝《カイザー》！」

数人の若い幕僚が、異口同音に唱和した。

「では、ぼくも行きます」

ユリアンの主張に、シェーンコップは眉をあげた。

「おいおい、こいつは肉体労働だ。労働者が超過勤務手当をかせぐ機会なのに、全軍の総司令官がじゃまするものじゃない。ヤン提督を見ならって、指揮シートでベレーをかぶって寝ていろよ」

ユリアンは冗談に応じなかった。

「ぼくも同行するか、でなければ作戦じたいを裁可しないかです。ぼくの目的は、皇帝ラインハルトと談判することで、殺害することではありません。そこのところ、まちがえないでください」

数秒間の沈思に苦笑をつづけて、シェーンコップは、若すぎる司令官の主張をうけいれた。

「……OK、ユリアン、さきに皇帝《カイザー》と対面したほうが、やりたいようにやるさ。礼儀正しく話しかけるか、あの豪奢な黄金色の頭に、戦斧《トマホーク》をふりおろして、大きな紅玉《ルビー》に変えるか」

「それから、ぼくはかならず生きて還るつもりですが、帝国軍にも言分があるでしょう。ぼくが帝国軍の貪欲な胃袋におさまってしまったときには……」

ユリアンの視線が、青年革命家をとらえた。

「そのときにそなえ、アッテンボロー中将を、つぎの革命軍司令官に指名します。当然ながら、提督には、ユリシーズに残留していただきますので、よろしく」

おどろいたアッテンボローは抗議したが、ユリアンに命令権をあたえた張本人は彼であるといってよい。ついに受諾せざるをえなかった。

白兵戦となれば、〝薔薇の騎士《ローゼンリッター》〟連隊が、噴火直前の火山にように活気づく。ユリアンやポプラン、マシュンゴなどもくわえて、控室で装甲服を着こみながら、連隊員のひとりが大声をあげた。

「このうえない大舞台だ。後世に残る屍山血河《しざんけつが》をきずいてやりましょうぜ、中将」

ワルター・フォン・シェーンコップは、片手で髪型をととのえながら、にやりと笑った。不敵を結晶化させたような笑顔が、部下たちにはこのうえなくたのもしい。

「いや、屍体はひとつでいい。ラインハルト・フォン・ローエングラムの屍体だけでな。この世でもっとも美しく貴重な屍体ではあるが……」

シェーンコップの視線がうごき、ひとりの少女の姿をとらえた。飛行ヘルメットを小脇にかかえ、パイロット・スーツを着た一七歳の女性兵である。薄くいれた紅茶の色の髪と、活力に富んだ青紫色の瞳が、まことに印象的であった。好奇と好意の口笛が、いくつかかさなるなか、カーテローゼ・フォン・クロイツェルは、亜麻色の髪の若者の前に立ち、まっすぐダークブラウンの瞳を見つめた。

「ユリアン、気をつけるのよ。あんたって優等生のくせに要領の悪いところがあるから、皆が放っておけないんだわ」

「でも、ぼくをとめないんだね、きみは」

「とめないわよ。女にとめられて言うことをきくような男、いざというとき、自分の家族だって守れるはずないじゃない」

カリンは硬質の唇をとざし、むしろ自分自身の表現力の不足に、いらだったような表情をつくった。

「ワルター・フォン・シェーンコップから離れないようにするのね。地面や床に足をつけているかぎり、あれほどたよりになる男はいないって、母が言ってたわ」

カリンの視線が、シェーンコップのそれと衝突した。〝薔薇の騎士《ローゼンリッター》〟連隊の第一三代連隊長であった男は、興味をこめて、自分の遺伝子をうけつぐ少女を見やり、笑顔をつくった。

「美人にたよられては、いやとは言えないね」

そしてユリアンの肩をたたくと、もう一度娘に笑いかけた。

「さて、カリン、おれにもひとつ頼みがあるんだがな」

さりげなく、だがはじめて、シェーンコップは娘を通称で呼んだのだ。カリンのほうは、父親の一〇〇分の一も平静ではいられず、表情と声を硬くして全身で身がまえた。

「なんでしょうか」

「恋愛は大いにやるべきだが、子供を産むのは、二〇歳《はたち》をすぎてからにしてくれ。おれは三〇代で祖父《じい》さんになる気はないからな」

周囲の装甲服の群から、哄笑が湧きおこり、ユリアンとカリンは同時に赤面した。

第八章　美姫《ブリュンヒルト》は血を欲す

I

その日、宇宙暦《SE》八〇一年、新帝国暦三年の六月一日は、ヤン・ウェンリーが不慮の死をとげてから、正確に一年後にあたる。〝一年中、誰かの命日でない日はない〟という観点からすれば、これはたんなる偶然でしかないのだが、シヴァ星域で戦っている両軍の首脳たちにとっては、感慨を呼びおこす主因となったであろう。

零時をすぎたころ、大本営幕僚総監メックリンガー上級大将の判断で、帝国軍総旗艦ブリュンヒルトに、ミッターマイヤー元帥とミュラー上級大将が呼ばれている。イゼルローン軍の場合とおなじく、戦況の奇妙な膠着が、それを可能にしたのだが、左右両翼部隊の指揮官には、さすがに戦場指揮を中断させるわけにはいかなかった。ミュラーは後衛であって実戦にいまだ参加していなかったし、ミッターマイヤーは実戦派ただひとりの元帥であった。

〝変異性劇症膠原病《ヴァリアビリテートウ・フルミナント・コラーゲネ・クランクハイト》〟という病名が、帝国軍最高幹部たちにあきらかにされたのは、これが最初であった。ミッターマイヤー、ミュラー、メックリンガーは、病名の兇々しさに絶句し、視線をかわしあった。僚友たちの顔に、自分の内心が映っていた。恐怖にかぎりなくちかい不安が。

「変異性とは、具体的にどういうことなのか、説明していただこう」

意識せず、ミッターマイヤーは声を低めた。説明をうけてどうなるものでもない、と自覚しつつ、せめて病因と治療法だけでも確認しておきたかったのである。皇妃を迎え、皇子が誕生し、人生の最盛期を迎えて病に侵されたラインハルトを思うと、痛切な思いに声が慄えた。

侍医の返答は、明快さの対極にあった。さんざん問答したすえ、提督たちがえた回答は、膠原病の一種ではあるが、類をみない奇病で、発熱による消耗をくりかえし、病名すら仮称にすぎず、治療法もむろん確立されてはいないということであった。要するに、提督たちの不安は、一ミリグラムもすくいあげられることはなかったのである。

「まさか不治なのではないだろうな……」

メックリンガーの低声に、ミッターマイヤーらの眼光がくわわり、すさまじい圧迫感に、侍医は心臓と肺の機能をくるわせた。

「わ、わかりません。これからさき、研究をすすめませんことには……」

「研究だと!?」

ミュラーがどなった。温和な為人《ひととなり》と称される彼でも、怒気を発することがあるのだった。

砂色の瞳に苛烈な眼光がみちて、ミュラーは一歩前に進みでた。侍医はたじろぎ、二歩後退した。

「よせ、ミュラー」

〝疾風ウォルフ《ウォルフ・デア・シュトルム》〟が〝鉄壁ミュラー〟の片腕をおさえた。

本来、ミュラーより短気なミッターマイヤーであるが、年少の僚友がさきに激発したものだから、彼は抑える側にまわらざるをえなかった。そのとき、衝立《ついたて》にへだてられた寝台から、皇《カイ》帝《ザー》の声が発せられた。

「医師たちを責めるな。予も模範的な患者ではなかった。医師たちにとっては、あつかいにくかったことだろう」

ラインハルトは寝台に半身をおこし、近侍のエミール・フォン・ゼッレ少年が皇帝《カイザー》の肩にガウンをはおらせていた。衝立の横に提督たちがまわると、ラインハルトは蒼氷色《アイス・ブルー》の瞳を信頼する幕僚たちにむけた。

「医師にかかってかならず助かるものなら、病気で死ぬ者はおるまい。もともと期待してはいなかった。責めるな」

痛烈というより残酷な台詞であったが、当人はそれを意識していなかった。ラインハルトは、侍医たちの責任を問うよりも、より重要な命題に心を奪われていた。数秒の静寂は、半永遠の重みを、室内にいる者たちの神経索にのしかけてくるようであった。

「で、あとどれくらいのあいだ、予は生きていられるのだ？」

これほど深刻な、しかも重要な質問は類がなかった。皇帝の勁烈《けいれつ》な視線、提督たちの呼吸を停止させたような視線が、侍医に集中した。侍医はうなだれ、うなだれただけで返答しえない。

「それすらもわからぬのか」

皇帝《カイザー》の声に、こんどは明確な悪意がこもったが、恐怖と畏敬に頸すじをおさえつけられて平伏した侍医に、ラインハルトはもはや一瞥もあたえなかった。彼は自軍がおかれた状況も、幕僚たちの沈痛な視線も、一時的に意識の外においていた。

死にたいする恐怖は、ラインハルトにはなかった。ただ、自分は戦いに死するのではなく病に斃れるのか、という驚きがあり、失望に似た感情作用があった。ラインハルトはルドルフ・フォン・ゴールデンバウムのように、不滅や不老不死を願ったことは一度もなかった。彼はまだ二五歳で、医学的な平均寿命の四分の一をこえたにすぎなかったが、幾度も死に直面した。自分がなすこともなく朽ちはてる、という想像は、嫌悪をもたらしはしたが、現実的な恐怖をともなうには、障壁が多すぎたのである……。

無力な侍医を退出させ、ミッターマイヤーらに一時、兵権をゆだねて、ラインハルトはしばらく睡眠をとることにした。緊張した思考の持続が、彼の肉体をはなはだしく疲労させたのだ。

五分と経過せぬうち、艦橋から報告がはいった。

「敵軍の動向がおかしゅうございます。イゼルローン方面へ逃走をはかるように思えますが、どのように対処いたしましょうか」

ミッターマイヤーは、小さな罵声と呼気とを同時に吐きだし、蜂蜜色の頭髪をかきまわした。それどころではない、と、どなりつけたい気分であった。

「帰りたければ帰らせろ」

望外の幸運だ、こちらはそれどころではない——そう言いかけて、ミッターマイヤーは考えなおした。帝国軍の行動が、あまりに覇気を欠くものであれば、イゼルローン軍に疑惑をいだかせるかもしれぬ。

「ビッテンフェルトが戦いたりずにいる。奴に追撃させてやれ。このまま終わったのでは、欲求不満がたまるだろう」

ミッターマイヤーとしては、ことさらビッテンフェルトを疎外したり軽視したりするつもりはない。人それぞれに、はたすべき責任があり、ふさわしい職務があるであろう。とにかく、眼前の敵を放置しておくわけにはいかないのだから、戦って疲れを知らぬ男に、処理をまかせてよいはずであった。

司令長官からの連絡をうけたビッテンフェルトは、自制に飽きていた部下たちを鼓舞して、艦列をととのえ、右まわりの弧線に航路を設定して急進した。その迅速さと、イゼルローンへの敵軍の帰路をさえぎる巧みさが、やはり凡庸なものではなかった。もしユリアンが本気でイゼルローンへの撤退を考えていれば、黒色槍騎兵《シュワルツ・ランツェンレイター》によって潰滅させられたであろう。

「やはり皇帝《カイザー》は病が篤いのか」

帝国軍の反応を見て、ユリアンはそう思わざるをえなかった。帝国軍の最高首脳たちは、凡庸にほど遠い名将ぞろいであるのに、その反応が、ユリアンが予測する範囲内にとどまるということは、彼らと、彼らを統《す》べる皇帝《カイザー》とが、ただならぬ状態におかれているゆえであるにちがいない。

確信が強まるにつれ、寂寥の翳りがユリアンの心で濃度をました。ちょうど一年前、ヤン・ウェンリーが失われ、今年またラインハルト・フォン・ローエングラムが歴史の地平線下に姿を消すとなれば、宇宙はどれほど輝きを失うことであろう。

いや、あるいは、むしろそれがよいのかもしれない。英雄や天才を必要とする動乱の季節がすぎて、強烈な個性よりも調整と協力と秩序とがおもんじられるようになる。ヤン・ウェンリーは語ったことがある――天才より凡人の衆知こそよし、と。皇帝《カイザー》ラインハルトは言ったという――平和とは無能が悪徳とされない幸福な時代だ、と。

だが、その時代が到来するにさきだって、皇帝《カイザー》に会うべき理由が、ユリアンにはたしかにあった。彼が重病であるとすれば、彼の生命力と理性が燃えつきないうちに、彼に会って語りあうべきなのだ。ゴールデンバウム王朝の時代には存在を許されなかった共存と開明の体制をきずきあげ、平和と統一が自閉と独善と停滞とに変質しないよう、いや、いずれかならず変質するにしても、その時期を遅らせるよう、人智をだしあえばいい、と、ユリアンは思う。ラインハルトが相手なら、それができるのではないか。そのきっかけがほしいと思うのである。

同盟軍のうごきが急変したかにみえた。一時をすぎた時刻である。前進をやめ、迎撃すら中止して、イゼルローン方面へとうごきだした。そのうごきがまことに巧妙であったのは、メルカッツとアッテンボローがそれぞれに創意をこらした結果であったのだが、それにつられて帝国軍前衛部隊まで急前進し、陣形を乱してしまう。状況は分単位で激変し、黒色槍騎兵《シユワルツ・ランツエンレイター》が無人艦隊との擬似交戦のあげく、その自爆で混乱におちいったのは一時四〇分であった。

「しまった、おれとしたことが、読みそこねたか」

報告をうけたミッターマイヤーのグレーの瞳を、悔恨がよぎった。彼ほどの名将が、皇帝《カイザー》の病に衝撃をうけたあまりに、イゼルローン軍の詭計にたいして細心の注意をおこたったのである。みすみす陽動の策にのって、ブリュンヒルト周辺の陣容を薄くしてしまう結果となった。

衝撃がきた。ブリュンヒルトが急速回頭したのである。混乱した前衛部隊の防御陣をくぐりぬけて、肉迫してきたイゼルローン軍の数艦から、ビームが乱射され、ブリュンヒルトの白い肌を守護するエネルギー中和磁場は、灼熱した輝きを発した。白い女王にしたがう帝国軍の諸艦は、応射しかけてたじろいだ。敵をねらったビームやミサイルが、ブリュンヒルトにあたったら、と思うと、とうてい射撃しえるものではなかった。

強襲揚陸艦《きょうしゅうようりく》イストリアが、その間隙につけこんだ。ブリュンヒルトから放たれるウラン238の弾幕をあびながらも、艦腹に体あたりしたのである。にぶい震動がおさまったとき、ブリユンヒルトとイストリアは、強力な電磁石によって密着していた。強烈な酸化剤が噴きつけられ、両者をへだてる二枚の壁に穴がうがたれた。

ブリュンヒルトが建造され、ラインハルトの乗艦となって以来、六年。はじめて、美姫《びき》の白い肌は敵手によって傷ついた。

一時五五分である。

II

物理的衝撃以上に、帝国軍がこうむった心理的衝撃は大きかった。大本営に、総旗艦に、敵兵の侵入を許したのである。一瞬の自失《じしつ》と後悔は、だがたちまち、怒気となって爆発した。不《ふ》逞《てい》きわまる叛乱軍を一兵も生かして還すべからず！

緊急を告げる警報が鳴りひびくなか、ブリュンヒルトに搭乗した兵士たちは、白兵戦にそなえて装甲服《アーマー・スーツ》を着こみ、炭素クリスタル製の戦斧《トマホーク》や荷電粒子ビーム・ライフルを手にとった。ハンド・キャノンをかかえあげて艦橋を走りぬける兵士まで出現した。

「ばかめ！　旗艦のなかだ。重火器の使用など許さん」

ブリュンヒルトの艦長ザイドリッツ准将はどなりつけ、防御指揮官を兼任する副長マットへーファー中佐に、侵入者を撃退するように命じた。

このとき、帝国軍の指揮系統に、やや混乱がみられた。大本営と戦艦ブリュンヒルトとの組織構造の二重性が、そうさせたのである。ブリュンヒルト艦内における戦闘は、大本営と、ブリュンヒルト司令部と、どちらが担当すべきか。ごく短時間ながら、右往左往する局面がみられた。艦内モニターに視線を送ったミュラーが、大胆な侵入者のなかにユリアン・ミンツの姿を見いだして、かるいおどろきの声をあげた。イゼルローン革命軍の若い司令官みずからが、ブリュンヒルトに乗りこんできたのである。ミュラーから手短に説明をうけて、ミッターマイヤーが大股に皇帝の部屋をでていこうとしたとき、

「待て！」

苛烈な制止の声が、皇帝の端整な唇からほとばしって、ミッターマイヤーとミュラーは、その場に凝固《ぎょうこ》した。たとえ病床にあるとはいえ、皇帝の烈気は歴戦の驍《ぎょうしょう》将たちを圧するのである。

「卿《けい》らふたりとも、介入することを許さぬ。このまま放置しておけ」

「お言葉ながら、わが皇帝《マイン・カイザー》、敵兵の侵入は陛下の御身を目的としてのこと、疑いようもございませぬ。まして、ミュラー提督が、イゼルローン軍司令官の姿を確認しております。放置しておくわけにまいりますまい」

ミッターマイヤーの主張にたいして、皇帝《カイザー》はわずかに黄金色の頭をふってみせた。

「ヤン・ウェンリーの精神的な遺産を継承したと称するほどの男なら、先人に智はおよばずとも、勇においていささかは非凡なところがあろう。ヤンの後継者の名はなんといったか」

「ユリアン・ミンツと申します、陛下」

ミュラーが返答した。

「そのミンツなる者が、予の兵士たちの抵抗を排して、予のもとにいたりえたならば、すくなくともその勇を認め、対等の立場で要求を受諾してやってもよい」

「わが皇帝《マイン・カイザー》、であれば……」

「それとも、いわゆる専制君主の慈悲や、その臣下の協力がなければ、ここへいたる力もないというのでは、なにを要求する資格もあるまい。すべて、その者が姿を予の前にあらわしてからのことだ」

疲れたように、ラインハルトは瞼と唇を閉ざした。白皙の顔が蒼みをおび、星の光をあびた雪花石膏《アラバスター》のようにみえた。端麗さはいささかもそこなわれていない。ただ、生気が欠乏していた。

ミッターマイヤーとミュラーは、無言で顔を見あわせた。メックリンガーが小さくため息をつく。皇帝の主張は、わがままに類するように思われた。会見をのぞむなら、それに流血をさきだたせる必要はないではないか。

「元帥、いかがいたしましょうか」

「そうだな、メックリンガー提督、陛下の御意にしたがうしかあるまい。われらが皇帝《カイザー》の臣下であるからには」

「ですが、これからの数十分間に、無用な血が流れることになるかもしれませんぞ」

「そうならんためには、ミュラー提督と旧知の共和主義者が、陛下の御前にたどりつくことを祈るしかないな。尋常ではないにせよ、とにかく会見がかなえば、流血はそれで最後ということになるかもしれん」

そうなれば、流血にも、せめてもの意義があるということになろう。流血は悲惨だが、避けがたいことだった。ゴールデンバウム王朝の成立以来、五〇〇年にわたって蓄積された老廃物と膿《うみ》は、血によってのみ洗い流されるものであったろうから。

皇帝《カイザー》は、共和主義者たちがもとめるものの価値を、流血によって証明させようとしているのかもしれない。ミッターマイヤーは、ふとそう思った。だとすれば、皇帝《カイザー》の魂の熾烈なることはどうであろう。敵にたいしても、その価値観が中途半端であることを許さないのだ。

またしても小さな爆発音がひびき、警備兵たちはあわただしく駆けだした。あるいは、多数の敵兵が病室の扉を蹴破って乱入してくるかもしれない。そのときは自分が身を挺《てい》して皇帝《カイザー》を守りまいらせる。ミッターマイヤーは忘れてはいなかった。昨年、彼の親友が告げた言葉を。

「皇帝《カイザー》を頼む」と、オスカー・フォン・ロイエンタールは最後にそう言ったのであった。

イゼルローン軍の辛辣な詭計にしてやられたビッテンフェルトは、オペレーターからの報告で、皇帝《カイザー》の乗艦に危険がせまっていることを知らされた。ひと息つこうともせず、ただちに黒《シュ》色槍騎兵《ワルツ・ランツエンレイター》を叱咤して、皇帝を救援におもむこうとしたのは、この男の闘志と忠誠心が不屈のものであったという証明になるであろう。

ブリュンヒルトにむらがる無礼な狼どもを、砲撃によって一掃してしまうよう、ビッテンフェルトは命じたが、"王虎《ケーニヒス・ティーゲル》"のオペレーターは、青ざめた顔を振ってその不可能を語った。

「撃てません、撃てばブリュンヒルトにも害がおよびます」

「おのれ、なんという狡猾な」

ビッテンフェルトは歯をかみ鳴らした。オレンジ色の頭髪が乱れ、両眼は血光《けっこう》をたたえてスクリーンをにらみつける。尋常の男なら、ここで頭をかかえて絶望にうずくまってしまうであろうが、ビッテンフェルトはちがった。彼はすさまじい決断をくだしたのだ。

「よし、こうなったら、他の叛乱軍どもを、せめておれの手で潰滅させてくれる。共和主義者どもが勝ち誇ってブリュンヒルトからでてきても、奴らが帰る家をなくしてくれるぞ」

無為無策でいることに、ビッテンフェルトはたえられなかったのだ。彼は大声で、再出動命令をくだした。

黒色槍騎兵艦隊は、怒気と憎悪の刃をかざして、イゼルローン軍に襲いかかっていった。

二時一〇分のことである。これはすでに、戦略や戦術を論議するレベルの問題ではなくなっている。〝ひとりも生かして帰すな〟というのは、作戦指令ではなく、いわば煽動であった。旧ファーレンハイト艦隊から新参した兵士たちでさえ、それにのった。皇帝《カイザー》ラインハルトが帝国軍将兵の心をいかにとらえていたか、ヤン・ウェンリーが生きてあれば、それを確認して、ひとりうなずいたかもしれない。

左翼のアイゼナッハ艦隊は、黒色槍騎兵《シュワルツ・ランツェンレイター》の熱狂的な突進を見たが、それに同調しようとはしなかった。彼が無言でおこなったのは、あるいはビッテンフェルト以上に辛辣なことであったかもしれない。アイゼナッハ艦隊は、帝国軍から見て六時から九時方向へ、扇形に艦列を展開し、黒色槍騎兵に追われてイゼルローン軍が逃げくずれてきたとき、側面から砲火を集中させようとしたのである。なまじ戦場にはいりこめば、混戦になって、かえってイゼルローン軍を有利にするかもしれなかった。

かくしてビッテンフェルトは、復讐戦にかんして掣肘《せいちゅう》を解かれた。黒色槍騎兵はイゼルローン軍にむかって突進し、メルカッツとアッテンボローの一点集中砲火に甚大な損害をこうむりながらも、その防御線を力ずくで突破した。このとき、すでに、イゼルローン軍は、ビッテンフェルトの猛撃をささえるだけの数を残していなかったのである。メルカッツは危険を看取《かんしゅ》して後退を指示した。メルカッツ提督の旗艦であるヒューベリオンの艦腹に、閃光の塊が炸裂したのは、その瞬間である。

膨大なエネルギーの矛《ほこ》は、エネルギー中和磁場をつらぬき、艦体に亀裂を生じさせた。その亀裂が四方へ拡大したと見る間に、内と外へむかって、熱と光の柱を噴きあげた。

爆風が艦内に渦まいた。

Ⅲ

火と風と煙が、ヒューベリオンの通路を高速で吹きぬけ、その途中で壁面をはがし、将兵やドアや機械類をまきこんで荒れくるう。配電路にそって二次、三次、四次の小爆発と火災が生じ、ヒューベリオンは致死性の熱病にとらわれて痙攣をくりかえした。

ウィリバルト・ヨアヒム・フォン・メルカッツは、くずれ落ちた機材の下に半身を埋められた。肋骨《ろっこつ》の三本が折れ、一本が脾臓《ひぞう》と横隔膜を傷つけた。致命傷であった。

「閣下！　メルカッツ提督！」

ベルンハルト・フォン・シュナイダーは、火と煙と死体が充満するなかを、けんめいに泳ぎぬいた。このとき彼も右の肋骨にひびがはいり、右足首の靭帯《じんたい》を傷つけていたが、苦痛にたいして自覚もなく、敬愛する上官の身体を、機材の山の下からひきずりだした。

メルカッツはまだ生きていた。不可避の死を目前にした、わずかな時間上の踊り場でしかなかったにせよ、意識はあった。血と埃と油脂によごれた床の上で、ようやく姿勢をただすと、忠実な副官の姿を瞳に映して、百戦練磨《ひゃくせんれんま》の老将は乱れのない声で問いかけた。

「ユリアンたちは、ブリュンヒルトに突入できただろうかな?」

「どうやら成功したようです。それより、閣下、脱出のご用意を……」

「成功したか、では思い残すこともないな」

「閣下!」

シュナイダーが声を高めると、メルカッツは青年の激情を静めるように、かるく片手をあげた。血でなかばをおおわれた老顔に、満足感に似た表情がたゆたっていた。

「皇帝《カイザー》ラインハルトとの戦いで死ねるのだ。せっかく満足して死にかけている人間を、いまさら呼びもどさんでくれんかね。またこのさき、いつこういう機会が来るかわからん」

シュナイダーは絶句した。彼の敬愛する上官が、リップシュタット戦役での敗北以来、いわゆる死場所をもとめていたことを、彼は知っていた。知りながら、生をまっとうしてほしいとのぞんでいたのだ。

「お許しください、閣下。私は閣下にかえってご迷惑をしいたかもしれません」

「なに、そうなげくような人生でもあるまい。なんと言ったかな、そう、伊達《だて》と酔狂《すいきょう》で、皇帝《カイザー》ラインハルトと戦えたのだからな。卿《けい》にも苦労をかけたが、これからは自由に身を処してくれ……」

ウィリバルト・ヨアヒム・フォン・メルカッツは六三歳、その軍歴は、ラインハルトとヤンの両者を合して二倍した年数に匹敵する。それも過去のものとなり、副官シュナイダーに看とられて、彼は息をひきとった。ゴールデンバウム王朝最後の宿将が、革命軍の一員として、生涯を完結させたのである。

メルカッツ提督戦死の報がもたらされたとき、ダスティ・アッテンボロー中将は、黒ベレーをぬぎ、短い黙禱《もくとう》をささげた。メルカッツは、彼を客人として迎えたヤン・ウェンリーと同じ日に亡くなったのである。死者どうし、酒杯をかたむけつつ戦史や戦術論を語りあってほしかった。

しいて気をとりなおし、黒ベレーをかぶりなおしてスクリーンを見やったアッテンボローは、苦悶するブリュンヒルトの姿を凝視する若い女性兵に気づいて声をかけた。

「心配かね、クロイツェル伍長」

ことさらに主語を省略したのは、カリンことカーテローゼ・フォン・クロイツェルにとって関係の深い人物が三名、ブリュンヒルトへの突入を敢行していたからである。上官であり空戦技術の師であるポプラン、遺伝子上の父親であるシェーンコップ、恋人未満のユリアン・ミンツ。それぞれに気になる人物のはずであった。カリンはアッテンボローに硬い笑顔をむけたが、声にだしては返答せず、青年革命家のほうも返答をうながしはしなかった。

ブリュンヒルトの艦内に、イゼルローン軍の突入グループは橋頭堡《きょうとうほ》ともいうべき場所を確保した。〝薔薇の騎士《ローゼンリッター》〟連隊を中心とした侵入者の群は、効率的な銃火で敵兵をなぎ倒しつつ、皇帝《カイザー》ラインハルトの居室ないし艦橋をめざして前進したが、すぐに強固な敵の防御陣につきあたった。

「来たぞ！　親衛隊らしい」

「おいであそばした、と言うべきさ。なにしろ、皇帝陛下の親衛隊でいらっしゃるからな」

「新無憂宮《ノイエ・サンスーシー》の着かざったマネキン人形たちさ」

この悪意ある評語は、僚友たちの支持をうけたが、むろん皇帝《カイザー》ラインハルトは新無憂宮の現住人ではなく、やや時流に遅れたかたちになったのは、残念なことであった。

「こらあ、新無憂宮の（表記不可能）野郎ども！　さっさと宮殿にもどって、舞踏会の警備でもしてやがれ。きさまらにできる芸当は、貴婦人のスカートを、銃剣のさきでまくりあげることぐらいだろうが！」

返答は、数十本におよぶビームの豪雨だった。壁面や床に光芒が炸裂し、鏡面処理《ミラー・コーティング》をほどこした盾に乱反射して、世界は乱舞する宝石の大群にみたされた。むろん〝薔薇の騎士〟も応射したが、一〇〇秒ほどの時間で銃撃戦は終わった。視力を回復しつつある彼らの瞳に、戦斧《トマホーク》や銃剣つきライフルを手に接近してくる帝国軍の影が映った。

たちまち激烈な白兵戦が開始された。

絶鳴と金属音がひびきわたり、切断された血管から血がほとばしって、壁面から床へ、紅い前衛絵画を描きあげた。

帝国軍の兵士たちは、マネキン人形などではなかったが、〝薔薇の騎士〟の勇猛さには敵しえないようにみえた。帝国の旧社会をすて去った亡命者の子孫たちは、戦斧《トマホーク》を旋回させ、戦闘用ナイフを突きあげ、装甲服の肘打ちを敵の急所にたたきこみ、銃剣を撃ちこみ、あらゆる殺戮の技を披露してのけた。

戦斧と戦斧が激突して火花の滝をふらせ、戦闘用ナイフの閃光はそのまま血しぶきの光沢に直結した。斬り裂き、突き刺し、なぐりつけ、蹴たおし、たたき割る、原始的な闘争は、防御側の敗退で第一段階を終えた。敵の屍体と血を踏んで、侵入者たちは前進を開始したが、一度は後退した帝国軍も、たちまち陣容を再編し、いっきょに鏖殺《おうさつ》する機会をねらっている。肩をならべたユリアンにむかって、シェーンコップが口を開いた。

「ユリアン、ここはおれたちが防ぐ。お前さんは皇帝《カイザー》に会え。会って話しあうなり、敬意をこめて首をはねとばすなり、お前さんの判断で歴史を創るんだ」

すぐにうなずくことは、ユリアンにはできなかった。シェーンコップらを犠牲にして、皇帝《カイザー》に会えたとして、それにどのような意義があるのか。感傷に類することだと思っても、やはりすぐにシェーンコップの提案をうけいれることはできないユリアンだった。

「ことの軽重《けいちょう》を誤るなよ、ユリアン。お前さんは皇帝《カイザー》に会って、対等の交渉をおこなうのが責務。おれたちはそのために環境をととのえるのが役目だ」

シェーンコップは急にユリアンの肩をつかみ、顔をちかづけた。ヘルメットが触れあうほどの距離である。

「おれはたったひとつだけ、ヤン提督に文句を言ってやりたいことがあるんだ。昨年、ブルームハルトが生命がけで提督を守ったのに、提督は逃げきれずに死んじまった。あれだけは、いくら奇蹟《ミラクル》のヤンでも、どじがすぎたな」

ふたつのヘルメットを透過して、ユリアンは感じとることができたように思う。シェーンコップが背負った沈痛さの重みを。

「ポプラン、マシュンゴ、ユリアンといっしょに行け。三人いっしょなら、どうにか一人前に闘えるだろうからな」

シェーンコップが、皮肉をよそおって指示すると、カスパー・リンツ大佐が口をはさんだ。

「そうさ、ここは薔薇の騎士《ローゼンリッター》の占領地だからな。お前さんたちみたいな軟弱者にいられちゃ迷惑でかなわんよ」

シェーンコップは唇の片端をつりあげて笑った。

「ま、そういうわけだ。薔薇の騎士は排他的な集団でな。よそ者はべつの場所で幸福を見つけてほしいとさ」

ユリアンは決意した。シェーンコップたちの好意と、なによりも時間をむだにしてはならなかった。

「わかりました。あとでまたお会いしましょう。かならず生きて……」

「むろん、そのつもりさ。ものわかりの悪い父親になって、娘の結婚をじゃまするという楽しみができたからな。さあ、さっさと行ってしまえよ、時間がない」

「ええ、ではおさきに」

一礼すると、ユリアンは、感傷をふりきり、若い一角獣《ユニコーン》のような速さで走りだし、ポプランとマシュンゴが、無言のままそれにつづいた。一瞬だけそれを見送ったシェーンコップが、視線を転じた。部下のヘルメットに、人影が映っている。ユリアンたちの背を、一丁のビーム・ライフルがねらっていた。シェーンコップは振りむこうとせず、そのままの姿勢で腰のブラスターを引きぬいた。

それは魔術としか思えない光景だった。シェーンコップは左脇の下から背面へ銃口を突きだし、後ろむきのまま帝国兵を射殺してのけたのである。帝国軍からは怒りと驚歎のうめき声があがり、〝薔薇の騎士〟たちは口笛を吹き鳴らして称賛した。

「おみごとですな、シェーンコップ中将」

「いや、一度やってみたかったのさ、子供のころからな」

笑うシェーンコップの鼻先を、閃光がかすめて、床面に光の剣を突きたてた。シェーンコップはとびすさり、あらたな血なまぐさい闘争にそなえて戦斧をにぎりなおした。

Ⅳ

シェーンコップの戦斧《トマホーク》が銀色の弧をえがき、人体と空気を切断した。人血が噴きあがり、悲鳴と怒号が天井に反響する。シェーンコップは死の使者というより、死そのものが具象化したようにみえた。それも、軍国主義者たちが理想とするような死だ。人血をもって記録された、いかにもはなばなしく見える死。

敵艦内で戦斧《トマホーク》をふるって闘うのは、シェーンコップにとっては、三年前に帝国軍のオスカー・フォン・ロイエンタール元帥と一騎打を演じて以来であった。

「ふん、あのとき三分間長く闘っていたら、ロイエンタール提督の首は、おれのものだったさ。そうしたら盾の表面に、あの金銀妖瞳《ヘテロクロミア》を宝石のように飾ってやったのにな」

青銅器時代の剣士めいたことを口にして、シェーンコップは、戦斧《トマホーク》に付着した人血を振り落とした。だが、すでに大量の血が乾いてこびりついており、戦斧は装甲服とおなじ白銀のかがやきを取りもどすことができなかった。赤黒い塗装が、罪の色であることをシェーンコップは知っていたが、それは彼の破壊力を減殺《げんさい》することがなかった。シェーンコップは敵兵を斬り裂き、撃ち倒し、なぎはらい、自分の先行者として、かぞえきれぬほどの敵兵を地獄へ送りこんだのである。

帝国軍の兵士たちは、臆病と称するにほど遠い男たちだったが、シェーンコップのあまりの驍勇にたじろいだ。床を踏み鳴らして後退し、銃口をむける。だが、白兵戦から銃撃戦への再移行を、シェーンコップは許さなかった。敵が後退するのに倍した速度で突進し、右に左に戦斧をふるった。血煙が湧きおこり、帝国軍の包囲網がくずれかける。シェーンコップは長身を反転させ、ふたたび戦斧をひらめかせて、あらたな戦死者を噴血の下に撃ち倒した。これほど華麗な、これほど凄惨な光景が、ブリュンヒルトの艦内に描きだされることを、誰が想像しえたであろうか。

「敵ながら、賞揚するにたる男だ」

艦内モニターの画面に映る雄姿に、グレーの瞳を固定させてつぶやいたのは、ウォルフガング・ミッターマイヤーであった。

「だが、それにしても、味方も腑甲斐ない。いっそ、おれが迎撃の指揮をとろうか」

もしミッターマイヤーがそれを実行していれば、シェーンコップは、銀河帝国軍の双璧といわれた二名の名将と、白兵戦技の優劣を競う名誉をにないえたであろう。だが、メックリンガーもミュラーも、顔を横にふった。ミッターマイヤー元帥は、つねに皇帝《カイザー》の傍にあるべきであった。短い低声のやりとりのすえ、メックリンガーが大本営代表として艦橋へおもむき、ほかの二将はそのまま部屋にとどまった。

衝立の裏で、皇帝の声がした。病人は、寝台に起きあがったようで、わずかな物音がたった。

「エミール、軍服に着かえる。てつだってくれ」

近侍の少年の声が狼狽をしめした。

「いけません、陛下、お熱がありますのに、お起きになってはいけません」

「銀河帝国の皇帝ともあろう者が、客人に会うのに、服装をととのえぬわけにはいくまい。たとえ招かれざる客であってもな」

エミールは、衝立の横から提督たちの顔を見やった。陛下をおとめください、ご病気なのに。視線でそう訴えたが、元帥の返答は予測に反した。

「陛下の御意にしたがえ、エミール・フォン・ゼッレ」

平静さの仮面の下に、沈痛さの素肌が見えた。提督たちは悟らざるをえなかったのだ。皇帝に残されたわずかな時間を束縛すべきではないと。そして、ラインハルト自身、幕僚たちの態度が意味するところを正確に知っていた。

全宇宙を軍靴の下に踏みつけた足が、いまや自分自身の体重をささえることすらおぼつかない。生命力と体力の減退は、もはや糊塗《こと》しえる段階ではなくなっていた。その双肩に、かつては巨大な恒星間帝国と数百億の人間が載っていたのだ。だが、いまや、着なれた軍服ですらが、彼の体力に負担をしいるかにみえるのであった。

ブリュンヒルト突入後、三〇分。

すさまじい流血のすえ、〝薔薇の騎士《ローゼンリッター》〟連隊は、人員的にはすでに中隊の規模すら確保しえなくなっている。もともと、ブリュンヒルト突入時において、大隊を編成する人数にすら達していなかった。しかも帝国軍の分断策によって各人が孤立し、各処でおいつめられている。

だが、〝薔薇の騎士〟隊員ひとりの死体を生産するために、帝国軍兵士三名以上の死体が必要だった。ことに、先代の連隊長ワルター・フォン・シェーンコップと現在の連隊長カスパー・リンツの両名にたいしては、どれほどの人的資源を消耗するのか、見当もつかなかった。

もはや幾度めのことか、シェーンコップの周囲にむらがった敵兵が四散《しさん》して、恐怖と敗北感にうちのめされつつ、彼を遠まきにした。

「ロイシュナー！　ドルマン！　ハルバッハ！　誰かまだずうずうしく生きのびている奴はいないか。いたら答えろ。ゼブリン！　クラフト！　クローネカー……！」

シェーンコップは戦斧《トマホーク》を片手にさげ、累々たる敵兵の死屍のただなかに立って、幾人かの部下の名を呼んだ。返答はなく、いくつめかの谺《こだま》のあとで、シェーンコップは、ヘルメットを拳でたたいた。

そのとき、床に倒れていた帝国軍兵士のひとりが、半身をおこした。二〇歳になるかならぬかの若い兵士だった。後頭部を戦斧の柄で一撃されて失神していたのだが、ようやく意識を回復したのである。薄い鼻血を流しながら、彼は戦斧をつかみ、狙いをさだめると、仰角六〇度の位置にある、広いたくましい背中めがけてそれを擲《なげう》った。全身の力をこめて。

衝撃につづく激痛がシェーンコップの背中で炸裂した。戦斧は装甲服を斬り裂き、皮膚と肉を破って、彼の左の肩甲骨を撃砕した。

シェーンコップは、背中から戦斧を生《は》やしたままふりむいた。復讐の一撃を予想して、兵士は両手で頭をかばったが、シェーンコップは彼を見おろしただけで、みずからの戦斧を撃ちおろそうとはしなかった。正確な帝国公用語が、旧帝国貴族の口から流れだした。

「若いの、名を聞いておこうか」

「知ってどうする気だ、叛乱軍め」

「なに、ワルター・フォン・シェーンコップに傷を負わせた奴の名を、知っておきたかっただけさ」

「……クルト・ジングフーベル軍曹だ」

「そうか、正直に名のったほうびに、ひとつ芸を見せてやろう」

言い終わるなり、右手を後ろにまわして、自分の背中から戦斧を抜きとり、それを投じた。銃をかまえてシェーンコップにとどめをさそうとこころみた敵兵のひとりが、胸に戦斧を受けて絶叫とともに横転した。

だが、その強烈な動作で、傷口が拡大したようだ。あらたな熱痛が螺旋状に全身をつらぬき、血が湧きだして、銀灰色の装甲服を内部から染めあげた。血は紅い滝となって装甲服の表面を流れくだり、ブーツの踵に達した。致命傷であることは敵の目にあきらかとなった。

負傷者をあなどったのであろう。帝国軍兵士のひとりが、シェーンコップの背後にまわり、荷電粒子ライフルのさきにつけた銃剣を突きこんだ。

シェーンコップの戦斧が一閃して、落雷が直撃したように兵士の頭部を吹きとばした。降りそそぐ人血をあびて、シェーンコップは、魔王のように敵兵を圧倒した。帝国軍はあえぎ、後退した。これほどの負傷、これほどの出血にもかかわらず、装甲服をまとったこの男に、敗北の影はなかった。クルト・ジングフーベル軍曹は、声もなく、床にはりついたままうごけない。功名心のかけらもなく、畏怖の念にとらわれて、心のなかで母の名を呼ぶだけだった。

「さて、誰が名誉を背負うのだ？　ワルター・フォン・シェーンコップが生涯で最後に殺した相手、という名誉をな」

シェーンコップは笑った。この男以外に誰もなしえない笑い、苦痛の一分子すらふくまないようにみえる不敵な笑いだった。装甲服は、真紅の巨大な蛇にまきつかれたようにみえた。なおも出血はつづいていたのだ。

彼は呼気を吐きだし、同時にわずかな量の血も吐きだした。不当な境遇におかれているとは感じなかった。ヤン・ウェンリーがそうであったように、シェーンコップも、自分ひとりの血では負債をまかないきれぬほど、大量の血で自己の人生を染めあげてきたのだ。いま負債を返すべき時期がきたようであった。

シェーンコップは、悠然たる足どりで歩きだした。常人ならとうてい立っていられないであろう出血と苦痛を、平然と無視したような姿に、帝国軍は声と息をのみ、狙撃すらなしえず、ただ見まもるだけであった。

眼前に出現した階段を、シェーンコップは、それが義務であるようにのぼった。一段一段に血の小さな池を残しながら最上段に達し、身体の方向を変えて、そこにすわりこんだ。

シェーンコップは、両ひざの上に戦斧を横たえ、階段下の帝国軍兵士たちを見おろした。いい眺めだ、と思った。なにかを見あげて死ぬのは、この男の好みではなかった。

「ワルター・フォン・シェーンコップ、三七歳、死に臨んで言い残せり――わが墓碑に銘は要《い》らじ、ただ美女の涙のみ、わが魂を安らげん、と」

わずかに表情をゆがめたのは、苦痛ではなく不満足感のためであった。

「ふん、どうもいまひとつ、修辞《しゅうじ》が決まらんな。アッテンボローの青二才に、代筆させたほうがまだましか」

階段下に、帝国軍の兵士たちがにじりよってくる。シェーンコップは、興味なさそうにその光景を見つめた。だが、彼の視覚をつかさどる脳神経の中枢は、記憶の暗い河をさかのぼって、べつのものを探しもとめていた。もとめていたものがえられたとき、シェーンコップは目をとじ独語した。

「……そうだ、あの娘だ、ローザライン・フォン・クロイツェルといった。ローザと呼んでほしいと言っていたな……」

ワルター・フォン・シェーンコップが絶命した正確な時刻は不明である。二時五〇分に、帝国軍兵士がおそるおそるちかづいて、この危険きわまる男の生死を確認したとき、シェーンコップは、階段にすわったままの姿勢を微動だにさせず、すでに、死者だけが通過を許される門を、ほとんど傲然《ごうぜん》と胸をそらしてくぐりぬけていた。

ほぼ同時刻、カスパー・リンツ大佐の前進も停止している。

二〇カ所をかぞえる傷が、リンツの全身を、はなばなしく飾りたてていた。装甲服と、彼自身の闘争力とによって、致命傷をさけえてはいたが、どうやらそれも限界に達したようであった。戦斧《トマホーク》はすでに失われ、疲労が装甲服の一〇倍の重量で両肩にのしかかった。リンツは方形の、ケーブル類を埋めこんだ柱にもたれかかり、そのまま柱の根本にすわりこんでしまった。

リンツは、自分の戦闘用ナイフを見た。それは刃の途中で折れて、柄元《つかもと》まで人血にそまり、リンツの手も、手首まで赤い絵具にひたしたようにみえた。疲労と諦念《ていねん》が彼の背にのしかかり、一秒ごとに成長して体重をましていた。彼は、充分すぎるほど奉仕してくれたナイフの平《ひら》に、愛情をこめて接吻すると、柱を背にしたまま、敵兵の姿をよそおった死が、もったいぶって近づいてくるのを、他人ごとのような平静さで待ちうけた。

V

ユリアン、ポプラン、マシュンゴの三人は、ブリュンヒルトの白い美しい床に鮮血の足跡を残しつつ前進をつづけていた。亜麻色の髪の若者を中央に、左に撃墜王《エース》、右に黒い巨人が肩を並べている。

この三人は、二年前には地球教の本部で、狂信者の群を相手に射撃と白兵戦の技倆《ぎりょう》をきそったトリオである。〝薔薇の騎士《ローゼンリッター》〟でさえ、すなおでない表現で敬意をはらったほど、敵にとって危険な三重奏の小楽団であった。その音符は人血で記され、絶鳴はフォルテシモで書きこまれていた。

彼らがいくつかのフロアを通過して、ホールのような場所にでたとき、いかにこのトリオでも手にあまるほどの人数が、敵意とともに殺到してきた。三人は無言のうちに方角を変え、快足をとばして走りだした。

猛烈な銃火が背後から襲いかかってきた。三人は床に転がり、壁面にへばりついて火箭を避けた。それがとぎれた瞬間、躍りでて疾走する。前方に、装甲服姿の敵が五、六名出現した。相互の距離が急接近し、戦斧《トマホーク》どうしが激突する寸前、後方からまたも火箭のシャワーがあびせられた。

「マシュンゴ！」

ユリアンは自分の叫び声を聴いた。ありうるべからざる光景が出現していた。黒い巨人の身長が、ユリアンより低くなっていたのだ。マシュンゴは床に両ひざをついていた。彼の広く厚い背中は、ダース単位でかぞえるほどの銃創でおおわれ、赤い板を背負ったようにみえた。自分の巨体で、ふたりの仲間への火箭を防ぎとおした黒い巨人は、ユリアンを見てわずかに口もとをほころばせ、その表情のまま、おもおもしく床に沈んだ。

ユリアンは、前方の敵へむかって突進し、ひとりの兵士がかまえたセラミックの盾の上部を、戦斧で一撃した。兵士の盾がやや下がった瞬間、翼のついたサンダルをはいたような軽捷《けいしょう》さで、ポプランが躍りだし、盾の上縁にそって戦斧を横に払った。戦斧はヘルメットと装甲服の継ぎ目に強烈な一撃をあたえた。頸骨《けいこつ》が折れる音がして、兵士の身体は横へ飛んだ。

こうしてつくられた間隙に、ユリアンとポプランは躍りこんだのである。マシュンゴを失った怒りと悲哀が、彼らの二重奏をより過激で血なまぐさいものにした。このときユリアンは、自分がなしている流血の意味を、完全に理解していたはずだが、激情が理性をうわまわり、復讐心の飢えが獲物をもとめていたことは否定できそうにない。

ユリアンとポプランが、肩をならべて流血の門を突破したとき、前方にあらたな人影があらわれた。黒と銀の華麗な軍服に身をかためた、若い高級士官。オリビエ・ポプランとほぼ同年輩に見える。片手には、ブラスターがあった。

ポプランは知らなかったが、それは皇帝ラインハルトの親衛隊長ギュンター・キスリング准将であった。緑色の瞳と琥珀《こはく》色の瞳が、敵意をこめて視線の刃を交差しあった。キスリングがゆっくりとブラスターを上げはじめる。

「行け、ユリアン!」

短く鋭い叫びで、ユリアンの背中を、ポプランは突きとばした。走るというより、床の上を飛ぶユリアンにむけて、キスリングの銃口がうごく。ポプランの手から戦闘用ナイフが飛んで、キスリングの顔面を襲った。キスリングは長身をのけぞらせ、ブラスターの銃身でナイフをはらい落とす。床に落ちたナイフがはね返ってきらめいたとき、キスリングはポプランの体あたりで横転していた。手からブラスターがとび、ふたりの青年士官は、とっくみあって床を転がり、やがてポプランが上になった。

「フライング・ボールの反則王を甘く見るなよ、マネキン野郎が……」

つぎの瞬間、〝マネキン野郎〟が劣勢をはね返し、侵入者の上になっていた。両者は激しくあらそいながら床を転がりつづけた。

ユリアンの記憶は混乱していた。ポプランから離れ、数人の敵とわたりあい、いくつかの通路と階段を通過した彼の前で、ドアがひらいた。彼は前のめりの姿勢で、ドアの奥へよろめきこみ、かろうじて身体の平衡をたもちつつ、広い室内を見まわした。

記憶と感覚が再整理されたとき、ユリアンは、まず自分の呼吸音と鼓動を意識した。肺と心臓が爆発しそうだった。全身の骨と筋肉が、限界を訴えてやまない。ヘルメットはどこかへ飛んで、乱れた亜麻色の髪がむきだしになり、額の傷から血が流れ落ちている。

ここは皇帝《カイザー》の私室であろうか。メカニックな装いはなく、むしろ古典的で端整な調度がそろえられていた。床も金属やセラミックではなく、装甲服のブーツに不似あいなカーペットが敷きつめられている。

黒と銀の軍服に身をつつんだ高級士官がふたり、ユリアンを凝視しつつ佇立している。ひとりの容姿には、記憶があった。一年ちかく前、イゼルローンを弔問におとずれたナイトハルト・ミュラー上級大将だ。もうひとりのやや小柄なほうは何者だろう。

「元帥……」

ミュラーが僚友に呼びかける声を、ユリアンは耳にした。ローエングラム朝銀河帝国軍で元帥と呼ばれる人物は、三名しかいない。義眼と半白の髪で知られるオーベルシュタイン元帥ではない。ロイエンタール元帥は故人である。ではこの人はミッターマイヤー元帥だ。〝疾風ウォルフ《ウォルフ・デア・シュトルム》〟と称される、銀河帝国軍最高の勇将だ。はじめまして、と言うべきだろうか。ユリアンはそう考え、つぎに自分の考えに奇妙なおかしさを感じて、小さく笑った。

よろめいて、ユリアンは床にひざをつき、戦斧にしがみついて身体をささえた。戦斧も装甲服も人血にまみれ、ユリアンの嗅覚は血の臭いにたいして飽和状態にあった。右の眼に血がはいって、視界のなかばも赤く染まり、ユリアンは虚無の力にひきずられかけた。

ミッターマイヤーと、ミュラーが同時にうごきかけたとき、玉座から声がとんだ。

「来させろ。まだその男は、予のもとに到着していないぞ」

その声は大きくも高くもなかったが、ユリアンの聴覚全体に鳴りひびいた。人を支配する力をもった声、すべての宇宙に覇をとなえようとする者の声であった。その音楽的なひびきをのぞいても、このような声をもつ者は、全人類のうちにただひとりしか存在しないはずである。

一年前、ヤン・ウェンリーが歩けなくなったのは、出血のためであった。いまユリアンが歩けなくなるとすれば、出血ではなく疲労のせいであろう。ユリアンは意地を張った。皇帝《カイザー》ラインハルトの前で倒れてはならなかった。ユリアンは、揺れるひざを必死で伸ばして立ちあがった。民主共和主義者は、専制君主にたいして屈するひざをもっていないのだ。一歩すすみかけて、ひざがくずれかけ、二歩行って腰が落ちかける。それを幾度かくりかえして、ユリアンはようやくラインハルトの正面に立った。

「立ったままで御意をえます、皇帝《カイザー》ラインハルト陛下」

「卿《けい》の名を聞こうか」

「ユリアン・ミンツと申します、陛下」

若者の視線のさきで、金髪の皇帝は背もたれの高い安楽椅子にすわっていた。肘かけに右肘をついてあごをささえ、左脚を右ひざの上にのせて、蒼氷色《アイス・ブルー》の瞳を、まっすぐ、侵入者の面上にすえている。

「で、卿は予になにを提案するために、ここまでやってきたのだ」

「陛下がお望みであれば、平和と共存を。そうでないときは……」

「そうでないときは?」

ラインハルトの問いかけに、ユリアンは、弱々しい笑いで応えた。

「そうでないものを。すくなくとも、一方的な服従を申しこむために、ここに参上したのではありません。ローエングラム王朝が……」

呼吸をととのえるため、言葉を切る。

「ローエングラム王朝が、病み疲れ、衰えたとき、それを治癒するために必要な療法を、陛下に教えてさしあげます。虚心《きょしん》にお聞きください。そうしていただければ、きっとわかっていただけます。ヤン・ウェンリーが陛下になにをのぞんでいたか……」

ユリアンは、自分の声が遠ざかるのを聞いた。視界にヴェールがかかり、それが二重に、さらに三重になったとき、彼の意識は空白に侵略された。ユリアンは無力な彫像のように床に倒れ伏した。深く重い沈黙が、室内を霧のようにみたした。

「大言を吐く奴だ。予に教えてやると?」

ラインハルトは肘かけから肘をはずし、怒気を発したふうもなくつぶやいた。

「それにしても予の前にたどりついて気絶したのは、これでふたりめだな、ミュラー」

「御意……」

「医師を呼んでやれ。予には無用のものだが、この者には役だとう。それと、ミッターマイヤー、この者の大言に免じて、戦闘をやめさせよ。ここまで生き残った者たちには、最後まで生き残る資格があろうから」

静止していた群像が、あわただしくうごきはじめた。ミュラーが軍医を呼び、ミッターマイヤーは大理石の卓から電話をとりあげて艦橋を呼びだした。

「私は宇宙艦隊司令長官ミッターマイヤー元帥である。皇帝陛下のご命令を伝える。戦うのをやめよ。和平こそが陛下の御意である」

その声が一分遅れていたとすれば、ユリアン・ミンツの知人は、さらに二名、この世から姿を消していたであろう。オリビエ・ポプランとカスパー・リンツは、眼前で、死の国が彼らに門扉を閉ざすのを見た。それぞれの場所で、立つこともできずに、血の臭気につつまれながら、彼らはスピーカーから流れでる声を聴いたのだ。

「……戦うのをやめよ！　和平こそが陛下の御意である」

第九章　黄金獅子旗《ゴールデン・ルーヴェ》に光なし

I

「講和成立。帝国軍とイゼルローン革命軍は戦闘を終了せり」

ユリアン・ミンツからその報がもたらされたとき、イゼルローン要塞は、歓喜の女神がふりまく花の群におおわれた。ほとんど孤戦《こせん》というかたちで戦闘に突入したイゼルローン艦隊である。完全な覆滅《ふくめつ》という結果も予想されたのだから。

だが、光には影がともなった。シヴァ星域の会戦によって、イゼルローン軍は二〇万余の戦死者を出したのである。会戦参加者の四〇パーセントが戦死するという惨状であった。ことに〝薔薇の騎士《ローゼンリッター》〟は生存者二〇四名、その全員が負傷するという凄絶な終幕を迎えていた。五年前、イゼルローン要塞攻略時には一九六〇名をかぞえたことを思えば、この動乱の時代に、彼らが魔王めいた勇名をとどろかせたのも当然であろう。

そして、ワルター・フォン・シェーンコップ、ウィリバルト・ヨアヒム・フォン・メルカッツ、ルイ・マシュンゴらおもだった戦死者の名が伝えられると、イゼルローンは粛然《しゅくぜん》とし、約一〇万人の留守部隊は一〇万種の感慨をいだいて彼らを悼《いた》んだ。シェーンコップの訃報は、とくに女性たちにとって悲歎の対象となったようであるが、統計調査はなされていないので、正確なところは誰にもわからない。

帝国軍の妨害もなくなり、イゼルローン要塞の超光速通信《FTL》は、ユリアンの姿を明確に受信することができた。彼の姿にむかって、フレデリカ・G《グリーンヒル》・ヤンは語りかけた。

「ユリアン、あなたはずるかったわね。ヤン提督が、あの人が生きていたら、きっとあなたを叱ったわ」

フレデリカがそう表現した意味を、ユリアンは正確に理解した。フレデリカがイゼルローン要塞という安全地帯にいるとき、ユリアンは帝国軍とのあいだに戦端を開くことになったのである。ある意味で、ユリアンは安堵したのだった。ヤン未亡人を、戦場につれださずにすんだからである。かつてヤン・ウェンリーが自由惑星同盟軍《フリー・プラネッツ》にとって不可欠の存在であったように、フレデリカ・G《グリーンヒル》・ヤンは、共和政府に必要な存在だった。そしてユリアンにとっては、不可侵の、守るべき女《ひと》だった。フレデリカは皮肉ではなく感謝の意をユリアンに伝えたのだ。

「それで、これからあなたはどうするの、予定を聞かせて」

「残兵を統率して、惑星ハイネセンへ行きます。帝国軍と同行して。そこで皇帝《カイザー》と会見することになるでしょう。そのとき、ぼくは皇帝《カイザー》に提案をおこなうつもりです」

「どんなことを提案するの？」

「いろいろなことをです」

ユリアンは彼がいだいていた構想の一端を、このときフレデリカに明かした。強大な銀河帝国と共存し、民主政治の精神と制度を回復させる方法。具体的には、帝国軍にイゼルローン要塞を明けわたし、できれば惑星ハイネセンあたりを自治区域として内政自治権を認めさせる。いつかは帝国に憲法を制定させ、議会を開設させ、憲法の修正をかさねて、帝国全体を開明的な方向へうごかしていく。長い年月と不断の努力が必要であろう。だが、ほかに方法はないのだ。武力を費いはたし、流血の海を泳いでようやく皇帝《カイザー》との会見という岸にはいあがった彼らとしては。

「……もしそうなれば、あの人もハイネセンに帰れるわね」

そういう表現で、フレデリカは、ユリアンの今後の外交戦略を承認した。イゼルローン共和政府の、固有名詞の部分に、フレデリカも固執しようとは思わない。しかし家庭の主婦むきじゃない〝オリビエ・ポプラン流に表現するなら、〝イゼルローンはまったく佳《い》い女だ。しかし家庭の主婦むきじゃない〟ということになるだろうか。その地理的な要件と、難攻不落の防御力は、イゼルローンを他に比類ない軍事拠点とした。だが、銀河帝国との共存を前提とすれば、〝雷神のハンマー《トゥールハンマー》〟もふくめた、強大な要塞の存在は、プラスに働かないだろう。イゼルローンは、民主共和政治にたいしての役割をはたしおえたと考えるべきであった。

ユリアンとの通信を終えると、フレデリカは、傍にいたアレックス・キャゼルヌ中将に告げた。

「キャゼルヌ中将、お聞きのように、イゼルローン要塞と別れる日が来そうですわ。事務的な処理をおまかせしてよろしいでしょうか」

「ああ、まかせておいていただこう、ヤン夫人、帝国軍が指先で埃をさがしてもけちのつけようがないほど、完璧に整理してやるさ」

旧自由惑星同盟《フリー・プラネッツ》軍にあって最高の軍官僚と称された男は、力強く請《う》けあった。フレデリカに話しかけられるまで、この能吏《のうり》らしからぬ能吏は、ややぼんやりとしていたのだ。死者の列に、かつてのイゼルローン要塞防御司令官の名を見いだしたとき、無言の数秒ののちに、彼はつぶやいたのだった――シェーンコップがね、あの男でも死ぬのかねえ、と。

フレデリカが、夫のよき先輩であり有能な幕僚であった人物に一礼してその場を去ろうとすると、キャゼルヌは思いだしたように彼女の背に声をかけた。

「あ、ヤン夫人。家内のことづけでね、今夜は夕食をごいっしょにどうぞ、ということだった。ご迷惑かもしれんが、家内にさからうとこわいよ。一九時にシャルロット・フィリスを迎えにやるからね」

「ありがとうございます、遠慮なくうかがわせていただきますわ」

キャゼルヌ一家の好意が胸にしみた。

フレデリカは部屋にはいった。彼女の夫、ヤン・ウェンリーが健在のころから使用していた、ふたりの部屋だった。フレデリカがミス・グリーンヒルではなく、ヤン未亡人でもなく、ヤン夫人であったころ、この部屋が、どこよりも長く、夫妻の生活の場となったのだ。もしイゼルローン要塞を帝国軍に明けわたすとなれば、当然、この部屋もひきはらうことになる。彼女ひとりの生活には、この部屋は広すぎた。たとえ故人の体温が、彼女をあたためてくれたとしても。

フレデリカ自身は、ヤンと前後四年間、生死をともにした戦艦ヒューベリオンの艦橋にたいする想いが強い。指揮卓の上に行儀悪くあぐらをかいて、無数の魔術と奇蹟を織りあげていった、歴史学者志望の青年の姿が、フレデリカの記憶には焼きついて、それを消すには、記憶そのものを破壊するしかなかった。

そのヒューベリオンも、シヴァ星域会戦において永遠に失われ、もうひとりの名将ウィリバルト・ヨアヒム・フォン・メルカッツの墓標となった。それでよかったのだ、と、フレデリカは思う。ヒューベリオンは失われ、イゼルローンは帝国軍の手にもどり、そしてフレデリカは懐妊せず、ヤンの血統は後世に残されない。だが、フレデリカは忘れないし、ユリアンも忘れない。ヤン・ウェンリーが生きて彼らの傍にいたことを。その表情を。その動作を。その生活を。

ベッドに腰をおろし、手にとった夫の写真に、フレデリカはそっとささやいた。

「ありがとう、あなた、わたしの人生をゆたかにしてくださって」

　戦艦ユリシーズは生き残った。ついに最後まで生き残ったのだ。ただし、六月三日現在の機能は、ほとんど病院船としてのものであった。ほかの艦艇に搭乗していた者も収容し、あらゆる部屋に傷病者が充満していた。高級士官のサロンも例外ではなかった。

「おれはうっかり死ぬこともできなくなってしまったぜ。地獄へ行ったらワルター・フォン・シェーンコップがでかい面《つら》で魔女どもを侍《はべ》らせているかと思うと、行く気になれやせん」

　生き残ったオリビエ・ポプラン中佐の述懐である。頭部と左下膊《かはく》部に包帯をまき、軍服の下ではゼリーパームが下着がわりになっていた。艦隊指揮に徹して、負傷だけはしなかったダスティ・アッテンボローが、ウイスキーをみたした紙コップを片手に、応じていわく、

「だったら、せいぜい長生きして、こちらの世界で覇《は》を唱えるんだな。シェーンコップの不良中年がいなくなったら、お前さんの天下だろうが」

　ポプランは即答しなかった。転がりこんできた天下などに興味はない、と言いたげであったが、口からこぼれたのはべつの台詞であった。

「オリビエ・ポプラン、宇宙暦《SE》七七一年一五月二六日生まれ、八〇一年六月一日、美女たちの涙の湖で溺死、享年二九歳。ちゃんと自分で墓碑銘まで撰《せん》したのに、死文になってしまって残念ですよ」

何気なさそうにうなずいたアッテンボローが、急に、嬉しそうな表情をつくった。

「あ、お前、さてはもう誕生日をすぎたな。もう三〇歳になっただろう。そうだろう」

「うるさい人だな。おれがかりに三〇歳になったとしたら、中将がなにか得をするんですか」

「得になることしか喜ばないとしたら、おれはまるで強欲なフェザーン商人じゃないか。それはそうと、われらが司令官どのはどこにいるんだ?」

「父親を亡くした、傷心の女の子をなぐさめに行きましたよ」

撃墜王《エース》はそう答えて、かるく紙コップをかかげた。〝傷心の女の子〟の父親にたいして、無言の敬意を表したようであった。半瞬おくれて、アッテンボローもそれに倣《なら》った。

II

カリンことカーテローゼ・フォン・クロイツェルの姿を探すのに、ユリアンは思ったより長い時間を必要とした。帝国軍との折衝《せっしょう》をひとまず終え、ユリシーズの艦内をさがしたのだが見あたらない。ポプランは故意にであろうが、そ知らぬ表情である。たずね歩いてスパルタニアンの格納庫まで来たとき、ユリアンは低い歌声を耳にした。綺麗な声で、だが音調はなめらかではなかった。歌う者に音楽の才が不足しているわけではなく、過剰な情感のためであろう。

いとしい者よ、あなたは私を愛するか
ええ、わたしは愛します
生命の終わりまで
冬の女王が鈴を鳴らすと
樹も草も枯れはてて
太陽さえも眠りに落ちた
それでも春になれば鳥たちは帰ってくる
それでも春になれば鳥たちは帰ってくる
…………

「カリン」

若者の呼びかけに、軍服姿の少女はふりむいた。表情の選択に困惑したのは、ふたりともおなじだった。歌い終えて、カリンは大きく息をついた。

「母が好きだったのよ、この歌。昔、ワルター・フォン・シェーンコップに聞かせてやったんだって。別れてからも、よくひとりでうたったたんだって」

「カリン、シェーンコップ中将は……」

「知ってるわよ」

カリンは頭をふった。薄くいれた紅茶の色の髪から、黒ベレーがふり落とされそうになるほど激しく。

「なによ、五回や六回殺されたってすぐに復活するような表情《かお》してたくせに。なんで死んじゃうのよ。あいつに復讐してやるつもりだったのに」

「復讐?」

「そうよ。わたしの産んだ赤ん坊を目の前に突きつけて、あんたの孫よ、お祖父ちゃん、と言ってやるつもりだったのに。それがあの不良中年には、一番効果的な復讐だったのに……」

少女の顔が下を向き、黒ベレーが床に落ちて音もなくはねた。ユリアンはこのとき、行動の選択を誤らなかった。黒ベレーをひろいあげたりせず、少女の身体を引きよせてだきしめた。少女はさからわなかった。若者の胸にしがみついて、おなじ言葉を何度もくりかえしながら泣きだしていた。

「お父さん、お父さん、お父さん……」

ユリアンはなにも言わなかった。つややかな薄くいれた紅茶の色の髪をなでながら、彼はふいにオリビエ・ポプランの言葉を思いだした。

「いいか、ユリアン、女の子の涙ってやつは、氷砂糖をとかしたみたいに甘くて綺麗なんだぜ」

時間が経過し、カリンが顔をあげた。涙が乾ききれない顔に羞恥《しゅうち》と感謝の表情があった。

「服をぬらしちゃった。ごめんね」

「すぐ乾くよ」

ユリアンが手わたしたハンカチを、すなおにカリンはうけとったが、急になにか内在《ないざい》する衝動が彼女をうごかしたらしく、真剣な口調で問いかけた。

「ね、わたしのこと好き？　もしそうだったら、黙ってうなずいたりしないで、はっきりおっしゃい」

「好きだよ」

カリンはハンカチで目もとをぬぐい、はじめて笑った。すると、雨があがりきれないうちに太陽の光がさしこんだように見えた。

「民主主義って、すてきね」

「どうして？」

「だって、伍長が中尉さんに命令できるんだもの。専制政治だったら、こうはいかないわ」

ユリアンは笑ってうなずき、もう一度カリンを抱きしめた。将来彼らがより成長して、結婚したとき、彼らの家庭にとって六月一日は忘れえぬ日になるだろう。それは彼らの父親たちが亡くなった日であり、あたらしい個人史のページが開かれた日でもあるのだった。

高級士官用のサロンにもどってきたユリアンを、アッテンボローの声が迎えた。

「口紅がついてるぞ、唇の右端に」

あわてて唇に手をあてたユリアンを見やって、アッテンボローが笑いだした。

「そうか、ちゃんと儀式をすませたか。けっこうけっこう」

「お人が悪いですよ、中将」

「しかし、お前、恋人が口紅をつけていないことも知らなかったのか」

「これから知るようにします」

ユリアンの返答に、アッテンボローはもう一度笑って、降参の身ぶりをしてみせた。

「ところで、皇帝《カイザー》とは、もう正式に会見の予定がたったのか」

「いえ、まだです。なんといっても皇帝《カイザー》の健康がもうすこし回復してからでなければ」

「それだがな、皇帝の健康がたしかに回復するという保証はあるのか。死病だというが」

アッテンボローの声は低くなり、表情には真摯さが影をおとした。ユリアンには、理性と感性の双方で、それがわかる。ラインハルト・フォン・ローエングラムは、ただ憎悪し否定するには巨大すぎる存在であった。彼が失われたときの喪失感は、想像するさえおそろしく思われる。敵であったとしても。あるいは敵であったからこそ。

「まあ悔いを残さないよう話しあってくれよな」

「ええ……」

「しかしなんだな、人間、いや人間の集団という奴は、話しあえば解決できるていどのことに、何億リットルもの血を流さなきゃならないのかな」

「愚かしいと思いますか？」

「さあな、おれには論評する資格はない。なにしろおれは伊達と酔狂で血を流してきた張本人のひとりだからな」

あるいは、たしかに愚かしいかもしれない。だが、その愚かしさを失ったとき、人類は進化をとげることができるのだろうか。ユリアンは、アッテンボローに、さとりきってほしくなどなかった。陽性の反骨と客気を、いつまでも持ちつづけてほしかった。

「ありがとうよ、お若いの。だが、夏には夏の歌、冬には冬の歌、というだろう。いつまでも夏服を着ていれば、冬には風邪をひくのが落ちさ。ま、季節にあわせて、似あいの服を考えよう」

さまざまな表現と態度で、イゼルローン軍は死者たちの記憶をとむらった。いっぽう、帝国軍のほうでは、やや事情がことなる。軍を代表する将帥たちは戦死をまぬがれたが、代償というには巨大すぎる兇事が彼らを襲っていた。全軍の大元帥たる皇帝《カイザー》ラインハルトが、不治の病に侵されたことが判明したのであるから。会戦終結後にその事実を知らされて、アイゼナッハは沈黙をたもったまま、わずかに手をふるわせて、ハンカチで顔をふいた。

それにたいして猛将ビッテンフェルト提督の反応は激烈であった。自失の時間がすぎると、むしろ彼は怒気を発して叫んだのである。

「なぜだ。なぜオーベルシュタインの野郎が死なないで、皇帝《カイザー》が亡くなるんだ⁉　この宇宙には正義も真実もないのか。大神オーディンは、貢物《みつぎもの》をむさぼるだけの役たたずか！」

「騒ぐな、ビッテンフェルト」

「これが騒がずにいられるか」

「理由があって、騒ぐなと言っているのだ。第一に、陛下はたしかにご病気ではあるが、亡くなるとはかぎらぬ。上級大将ともあろう者が先頭にたって騒ぎたてては、兵士たちによからぬ影響があろう」

ミッターマイヤーの声は沈痛さと厳格さをあわせもっており、僚友の激情を鎮静化させる力をそなえていた。

「第二に、皇妃《カイザーリン》およびアレク大公のことを考えろ。あの方たちこそ、卿《けい》よりはるかに哀しむ資格がおありなのだ。それをわきまえたほうがよいぞ」

「なるほど、そう言われると一言もない。おれが軽率だった」

率直に非を認め、ビッテンフェルトは激情を体内に封じこめた。その率直さが、ミッターマイヤーにとっては羨望に値した。神の不公正を呪ってやりたいのは、ミッターマイヤー自身がそうであったのだ。いとうべき六月一日以来、彼は痛切な思いに胸をかまれつづけている。シヴァ星域の会戦が思いがけぬかたちで終結して以来、彼は疲労しているのに、眠りにおちるのに酒が必要になっていた。彼はグラスをかたむけつつ、死者となった知己たちに語りかけた。

「キルヒアイス、ロイエンタール、それにケンプ、レンネンカンプ、ファーレンハイト、シュタインメッツ、ルッツ……頼む。頼むから、まだ皇帝《カイザー》を天上《ヴァルハラ》へおつれしないでくれ。皇帝はまだ現世にこそ必要な御方なのだ」

ミッターマイヤーは、ある夜、奇妙な空想にとらわれたことがある。つねの彼なら想像しないようなことだった。もし、鋭気と活力に富んだ皇帝《カイザー》ラインハルトが、天上《ヴァルハラ》の門をくぐったとしたら、彼はそこで生前の友人や部下たちを集め、天上《ヴァルハラ》全域の征服にのりだすのではないか。あのかがやかしい黄金の有翼獅子《グリフォン》には、そのような姿こそが似つかわしかった。永遠の征服者。恐怖と停滞を知らぬ無限への挑戦者。それこそがラインハルト・フォン・ローエングラムではなかったか。

「らちもない……」

苦笑しつつ、ミッターマイヤーの内心には、そのような夢想を是《ぜ》としたい欲求がある。人類の歴史上、最大の版図をえた最強の覇王が、病に斃れるとは、ミッターマイヤーにはたえがたい。人間に不老不死はありえぬと知りながら、ラインハルトには例外が許されるような気がしていた。そして、ラインハルトにつかえた六年間が、ミッターマイヤーにとっても、人生の最盛期、黄金と真紅にいろどられた日々であったことを痛感したのである。

Ⅲ

六月一〇日、銀河帝国軍の大艦隊とともに、ユリアン・ミンツは惑星ハイネセンに降りたった。ヤンの結婚式の夜、地球へ出発して以来の、母星への帰還であった。

ハイネセンも変わった、と、ユリアンが思ったのは、感傷のサングラスをとおして見た風景であったからだろうか。すくなくとも二年ほど前まで、この惑星は、宇宙の半分を支配統治する国家機構の中枢であり、人的な、また物的な資源が集中する、人類社会の要地であった。それがいま、たんなる辺境の一惑星に堕しつつある。なによりも、居住し往来する人々の表情に、活気も誇りもない。現状を無批判に受容する退廃の斜面に腰をおろしたまま、大帝国の辺境としての地位に甘んじて、歴史の深淵《しんえん》へすべり落ちていこうとしているようにみえた。

〝自由・自主・自律・自尊〟。アーレ・ハイネセンがとなえた民主共和政治の価値観はどこへ消えてしまったのか。深刻にうたがいつつ、まずユリアンは、病院へムライ中将をたずねた。

ムライ中将は、まだ入院生活を送っていたのだ。ラグプール刑務所事件でうけた傷を治療中、腹膜炎をおこして、一時、重態におちいっていたのだった。その危機もどうにかのりきって、病状は安定から回復への直線路をたどり、六月末には退院できるということであった。ユリアンを病室に迎えた中将は、喜んで彼の手をにぎり、さまざまなニュースを聞きたがった。

「そうか、イゼルローンを放棄することになりそうかね」

「たぶんそうなると思います。これから皇帝《カイザー》と話しあいますが、こちらの交換条件として、これ以外にはまずないでしょう」

「時代のひとつが終わったということだな。ささやかなものではあったが、きみや私にとって、イゼルローン時代というやつは、たしかにあった。私などにとっては最後のおつとめだったが、きみらにとってはつぎの時代へのステップであってほしいな」

ムライの口調は、あいかわらずお説教めいた印象もあるが、ユリアンにとっては不快ではなかった。この人の整然すぎる秩序意識があってこそ、ヤン艦隊は能力と個性を発揮しえたのだ。〝ヤン・ウェンリーとその一味〟という名のカクテルに不可欠な、この人は原酒の一種だった。

ひとりぐらいムライ中将のような人物がいてもいいのだ。と、ユリアンは思う。軍人というより職業人として、イゼルローンですべてをやりつくした人が。もはやムライに現役活動への復帰を依頼しようとは、ユリアンは思わなかった。

同日、ハイネセンに〝駐留〟したイゼルローン軍の待遇について、ユリアンは帝国軍のワーレン上級大将とのあいだに、交渉の席をもった。そのとき、ユリアンの顔に興味の視線を送って、ワーレンが言いだした。

「卿《けい》とは、たしか地球で会ったことがあるな。それとも記憶ちがいかな」

「いえ、記憶ちがいではありません。ワーレン提督とは、地球でお目にかかったことがあります」

「地球教の本部でだ、思いだしたぞ」

ワーレンがうなずいた。二年前、ユリアンはフェザーン籍の独立商人と身分をいつわって地球へおもむき、地球教団討伐の任をおびたワーレンと顔をあわせたのだ。

「申しわけありません、あのときはワーレン閣下をいつわることになってしまいました」

「なに、謝罪される筋のものでもない。人それぞれ、立場があってのことだ」

ワーレンは手をふった。それは地球討伐行の途中で失った左手であった。

「それにしても、おたがい、ずいぶん多くの知人を失ったものだな」

ワーレンの言葉はユリアンを粛然とさせた。それは、ナイトハルト・ミュラーと会話したときに、いちだんと増幅された。

「ヘル・ミンツ、卿と私とは、どちらが幸福なのだろうか。卿らはヤン・ウェンリー元帥が亡くなるまで、そのことを知らなかった。吾々《われわれ》は、陛下が亡くなるについて、心の準備をする期間をあたえられた。だが、卿らは哀しみがスタート地点から始まったのに、吾々はまずゴールを迎えて、それからまた心の飢えをみたすために出発しなくてはならない。生き残った者は……」

あえて述語を省略したミュラーの心は、ユリアンの心に共鳴現象を生じた。そうだ、生き残った者にとって、旅はつづく。いつか死者たちと合流する日まで。飛ぶことを許されず、その日まで歩きつづけなくてはならないのだ。

ナイトハルト・ミュラーら銀河帝国軍の名将たちと心の交流をもちえたことを、ユリアンは喜ばしいことに思う。だが、この事実も、後世においては痛烈な批判を招くかもしれない。〝数千万の屍体の上でかわされる血まみれの握手、大量殺人者どうしの恥知らずな抱擁〟と言われることもありえた。さらには、つぎのような声があがるかもしれない。

「こんなことなら、最初から仲よくしておけばよかったじゃないか。これまでに死んだ者たちは、いい面《つら》の皮だ。彼らはすべて予定調和を完成させるために、指導者たちが使いすてた道具であるにすぎないのか」

そのような批判も、甘受しなくてはならないだろう。とくに、戦死者たちの遺族からは、なんと罵倒されてもしかたないのだ。

ユリアンとしては、ほかに選択の途《みち》はなかった。今日の状態をえるためには、まず戦わなくてはならなかったのだ。もし自由惑星同盟《フリー・プラネッツ》の降伏後、銀河帝国の主導権に服従したままであったら、まずヤン・ウェンリーは謀殺され、民主共和政治は分子のひとかけらすら残されなかったであろう。そうユリアンは思うが、それはユリアンの価値観であって、それとことなる価値観をもつ人々も、多数、存在するはずであった。

さて、ここにひとり、独自の価値観を所有する人物がいて、ユリアンと再会をはたす前に、ホテルの自室でなにやら計算に余念がなかった。それを見た部下が奇異に思って問いかけた。

「なにをなさっているんです、船長《キャプテン》コーネフ」

「複利計算」

ボリス・コーネフの明快な返答に、部下のマリネスクが首をかしげた。

「複利計算て、なんの？」

「これまでイゼルローンの連中に提供した情報の代金さ」

「代金をとるんですか⁉」

「そりゃそうさ。だいいち、無料奉仕なんぞをしてもらったとあっては、イゼルローンの連中も気分がおちつかんだろう」

「そうでしょうかね」

「すくなくとも、おれはおちつかん。おれはダスティ・アッテンボローなんぞとちがって、伊達や酔狂で生命をかけてきたんじゃないんだ」

「そうでしたかね」

忠実かつ堅実な事務長は、反論寸前の位置で、論議に深入りするのを避けた。計算をすませると、ボリス・コーネフは、なにやら自分の将来に展望をもちえたように、ひとりうなずいた。

「決めた、マリネスク、イゼルローンの連中がこの苛酷なゲームに勝ち残ったら、おれは情報を売買して、あたらしい時代にふさわしい商人になってやるぞ」

「まあ、なんにしても、良質の製品を売って信用をえて事業を拡大するのは、いいことです」

マリネスクの返答は一般論にかたむいた。

ボリス・コーネフはイゼルローン軍首脳部の宿泊所へでかけた。ユリアンはアッテンボローらとともに、ハイネセンに〝生還〟した兵士たちを帰宅させる手つづきのため、帝国軍のワーレン提督に会いに行っており、安ホテルの談話室では、オリビエ・ポプランとカスパー・リンツが、おもしろくもなさそうな表情で三次元チェスを闘わせていた。ボリス・コーネフの顔を見たとたんに、ポプランがいやみを投げつけた。

「よう、フェザーンの辣腕家、お宅のルビンスキー氏は元気か」

「死ぬさ」

「なに……？」

「病院関係者からの情報だ。奴は脳腫瘍でもともと一年たらずの余命だというが、皇帝がハイネセンに帰着した前後から、食事を拒否しているらしい。もう時間の問題だな」

「ハンガー・ストライキか。しかし、そいつはなんだか黒狐らしくないぞ。あいつは、他人の食事をふんだくってでも生きのびる奴じゃないか」

それが一般の見解というものであった。その見解が公正であるか否か、短期間のうちに彼らは、あるていどの解答をあたえられることになる。たしかなことは、この日、ボリス・コーネフ氏が情報代のことを言いだす機会を失ったまま、三次元チェスで二勝二敗の成績をおさめたことであった。

Ⅳ

六月一三日二〇時。市内イングルウッド街の病院で、ひとりの患者が死去した。憲兵隊の監視下におかれていた脳腫瘍の患者は、姓名をアドリアン・ルビンスキーといい、享年四七歳であった。レーザー照射による治療も無為に終わったとはいえ、まだ余命があったはずなのだが、ルビンスキーは病床に拘束されて送る余命に、なんらの美も見いださなかったようであった。

ルビンスキーはみずからの手で生命維持装置をはずしたのである。担当の看護婦がそれを発見したとき、彼はすでに昏睡におちいっていた。ふてぶてしく、おちつきはらった表情は肉が削《そ》げてはいたが、奇異なほどの精気をはなっていたといわれる。

ルビンスキーの脳波が停止したのは、正確には二〇時四〇分である。訃報はただちに帝国軍にもたらされ、気の早い軍官僚たちは、ルビンスキーにかんする資料や記録を整理しようとした。皇帝病《カイザーやまい》篤し、という状況下では、ルビンスキーの死にたいして、さしたる感慨が刺激されるでもなかったが、じつは、それからが本番だったのだ。

鳴動が来た。病院の床が半瞬のうちに上下両方向に移動し、ついで強烈に横に揺すぶられた。

転倒者が続出し、車輪つきのベッドが走りだし、棚が倒れ、薬瓶が床に落ちて砕ける。

地震ではなかった。なにかが地下で爆発したのである。旧同盟時代からひきつづき、政治体制と無縁に活動している地質局の地震解析コンピューターが、それを実証した。報告はただちに帝国軍首脳部にもたらされ、彼らは、災害ではなく大規模な破壊行為への対応措置をとった。オスカー・フォン・ロイエンタール元帥が統帥本部総長であった当時から、帝国軍に確立された、それは体制であった。

「旧同盟の最高評議会のビルが崩壊した」という報が最初のものであり、周囲の地面が陥没して、ダース単位のビルが倒壊した。帝国軍治安部隊も、危険のため、接近することが不可能だった。災厄の夜は、なおはじまったばかりだった。ようやく戦いを終えて帰ってきた帝国軍は、地上でも右に左に走りまわって変事に対応せねばならなかった。

市街の各処で、火災が発生していた。爆発音がひびき、夜空へ炎が噴きあがり、拡大する煙が夜の暗さに厚みと濃密さをくわえた。人為的な災害であることは、現状によってさらに明白となった。しかも、皇帝《カイザー》が宿泊している国立美術館の迎賓館は、火災発生区域のほぼ中央に位置していたのである。

昨年三月一日夜にハイネセンで発生した爆発および火災を、帝国軍の将帥《しょうすい》たちは想起せずにいられなかった。消火、救急、治安維持、交通制御に駆けまわるいっぽうで、彼らは皇帝《カイザー》を救出する行動をとった。

火は国立美術館の仮設大本営にせまり、ビッテンフェルトが駆けつけたとき、ラインハルトはきちんと軍服を着てはいたが、近侍のエミール・フォン・ゼッレを傍において、居室の寝椅子《コウチ》に身体を投げだしていた。青白い秀麗な顔に、やや不分明な表情をたたえて、彼は〝黒色槍騎兵《シュワルツ・ランツェンレイター》〟司令官が退去をもとめるのを拒否した。

「ハイネセンで死なねばならないとしたら、ここで死ぬ。避難民のように逃げまどうのはいやだ」

冬バラ園を見はるかすこの寝室は、たしかにラインハルトにとって、惑星ハイネセンでもっとも気にいった場所であった。だが、だからといって、その場所で死ぬなどと幼児のようなわがままを口にしたのは、重病のためにラインハルトが精神的に安定を欠いていたことを証明するかもしれない。オレンジ色の髪の猛将は、このときむしろ憤然として、若い主君をどなりつけた。

「なにをおっしゃるのです。フェザーンでは皇妃と皇子が、陛下のお帰りをお待ちになっていらっしゃいます。ご無事でおつれするのが、臣下としての責務なれば、失礼つかまつる」

ビッテンフェルトが宣言し、部下の黒色槍騎兵たちに命令すると、屈強な六人の兵士が、寝椅子《コウチ》ごとラインハルトをもちあげ、貴重な美術品をはこぶように、サロンから冬バラ園へはこびだしてしまった。その間に、オイゲン少将が、地上車《ランド・カー》を用意し、猛火からの脱出路を確保していた。ラインハルトは、エミール少年らとともに安全地帯へはこばれた。

この件にかんして、〝芸術家提督〟メックリンガーが記述した文章が残されている。

「皇帝の身命が無事であったのは、ビッテンフェルトの功績であったが、彼が芸術、ことに美術造形にまったく興味がなかったからこそ、すべてが迅速に処理されたのであった。もし美術品の焼失を懸念したら、万事が遅滞して重大な結果を生じたであろう。まことに幸運というべきである……」

ビッテンフェルトが皇帝を救いだした功績を認めつつも、彼が美術品の搬出にまったく興味をしめさず、貴重な絵画や彫刻が焼失する結果となったことに、メックリンガーが無念の思いを禁じえないでいることが判然とする。ただ、この夜焼失したのは、芸術品だけではなかった。

それから三日間、ハイネセン市街は炎上をつづけ、ようやく鎮火したときには、市街地の三〇パーセントが焼失してしまっていた。焼死および行方不明となった者は五〇〇〇人をこえ、被害者はその五〇〇倍に達した。火は一時、中央宇宙港にまで迫り、豪胆なミッターマイヤーも、ハイネセンに着陸したばかりの艦艇群を空へ避難させようか、と考えたほどであった。

軍務尚書オーベルシュタイン元帥は、炎も遠まわりするような冷徹さで、自己の責務をはたした。軍務省関係の書類を整然と搬出させ、その間、憲兵隊をうごかして不審人物を検挙させた。そして、検挙された者のなかに、アドリアン・ルビンスキーの情婦であったドミニク・サン・ピエールがいたことが、事態の全容を解明する契機となった。六月一三日の爆発および火災は、ルビンスキーの死に連動するものであったのだ。

「そうか、この一件はアドリアン・ルビンスキーが皇帝《カイザー》にささげる血まみれの花束か……」

戦慄しつつも、憲兵隊は周密に事件の調査をおこなった。

後日、判明したことだが、ルビンスキーは、みずからの頭蓋骨のなかに、脳波による極低周波爆弾の制御装置を埋めこんでいたのである。彼が死亡し、脳波が停止すると同時に、旧自由《フリー・》惑星《プラネッツ》同盟最高評議会ビルの地下深くに設置した爆弾が作動するようになっていたのだ。ルビンスキーの〝自殺〟は、皇帝《カイザー》ラインハルトが惑星ハイネセンに滞在する時機に、極低周波爆弾を爆発させて、皇帝を道づれにすることをねらったものと推定された。ルビンスキーらしからぬ悪あがきのようにも思えるが、脳腫瘍の悪化による理性の減退が、ルビンスキーに、緻密な謀略家というよりは、捨身のテロリストに類する手段を採らせたもののようであった。ルビンスキーの遺体は、イングルウッド街の病院もろとも焼けてしまい、彼は葬儀の形式まで結着をつける結果となった。

「このようなかたちで銀河帝国にたいする挑戦が終わるということは、アドリアン・ルビンスキーにとって、さぞ不本意だったことでしょう。でも、わたしは同情しません。同情されても喜ぶような人ではありませんでしたから」

ドミニク・サン・ピエールは、淡々としてそう語った。騒ぐでもなく、泣くでもなく、自己弁護もせず、沈着さをたもった態度は、憲兵たちに強い印象を残したようで、幾人かの憲兵が彼女にたいする公的私的な記録を残している。そのひとつに、つぎのような文章がある。

「……尋問に同席していた軍務尚書が、ふいに尋ねたのは、故ロイエンタール元帥の遺児を産んだ女性の行方についてであった。サン・ピエール女史は、すこし、そしてはじめて、驚いたように軍務尚書を見返したが、知らないと答えた。軍務尚書はそれ以上、追及しようとはしなかった」

ドミニク・サン・ピエールが提供した資料によって、旧フェザーン自治政府、地球教団、故ヨブ・トリューニヒトの三者による地下協商《きょうしょう》の存在が、かなりあきらかにされた。それは要するに、三者それぞれのエゴイズムにもとづく相互利用計画であって、真の協調体制などとは呼びえないものであった。ことに、アドリアン・ルビンスキーの健康が悪化した時点から、三者の有機的な結合が、ねじれ、変質し、分離していった事実が追跡され、それは後世の歴史家や政治学者に、多くの興味深い研究課題をあたえることになった。そして一般に、この爆発炎上事件は、〝ルビンスキーの火祭り〟と呼ばれることになる。

なお、ドミニク・サン・ピエールは二カ月にわたって憲兵隊に拘留されたが、起訴猶予《ゆうよ》となり、釈放されたのち、消息をたった。

V

銀河帝国皇帝ラインハルト・フォン・ローエングラムとの正式な対面がかなった日のことを、ユリアンはのちのちまで忘れない。意識して忘れまいとつとめる必要もなかった。それは六月二〇日午後のことで、季節はカレンダーよりやや逆行し、夏服では肌寒く思われる薄曇りの天候だった。ユリアンは自由惑星同盟《フリー・プラネッツ》軍中尉の正式な服装で、名誉ある会見にのぞんだ。皇帝《カイザー》もまた軍服で彼にたいするであろうから。そして、故人となったヤン・ウェンリーも、軍服をもってラインハルトにたいしたのであったから。

ラインハルトはホテルの中庭で、六歳年少の客人を待っていた。楡《にれ》の樹下に白い円卓と椅子がおかれ、ユリアンは近侍のエミール少年によって、そこへ導かれた。呼吸と鼓動を調整しながら、ユリアンが敬礼すると、ラインハルトはすわったまま、身ぶりでユリアンに椅子をすすめた。ユリアンは黒ベレー帽をとり、会釈《えしやく》して、すすめられた椅子に腰をかけた。

「卿《けい》はたしか一九歳と聞くが」

「はい、さようです、陛下」

「一九歳のとき、予はまだゴールデンバウム王朝の大将だった。姑もローエングラムではなくて、自分はなんでもやれる、友人とふたりで、宇宙のすべてを征服できると思っていた……」

「陛下はそれを実現なさいました」

「……うむ」

ラインハルトはうなずいたが、それはかならずしも自覚的ではなかった。むしろ自分自身のうなずきで現実にひきもどされたように、彼は話題を転じた。

「卿《けい》とはじめて対面したとき、卿は大言壮語を吐いたな。ローエングラム王朝のために、よい策を献じると。それについて、卿が大言を証明する機会をあたえることにしたのだが」

「いえ、陛下、最初に陛下とお会いしたとき、私はただ陛下を見て、ため息をつくばかりでございました」

いぶかしげなラインハルトに、ユリアンは説明した。二年前、フェザーンで皇帝が地上車《ランド・カー》に乗った姿を拝見したことがある、と。ただ、これはラインハルトに記憶の確認をもとめてもむりなことであって、ユリアンひとりにしか意味がなかった。エミールがはこんできたコーヒーの香が、ふたりのあいだに、初夏の霞となってたゆたった。

「それで、卿は、銀河帝国が死病に侵されぬよう、どのような薬を調合してくれるのだ」

その質問に答えることこそ、ユリアンがここへやってきた目的であったのだ。ユリアンの意識野を、緊張の冷気が、むしろこころよくはしりぬけた。

「まず、陛下、憲法をおつくりください。つぎに議会をお開きください。それでかたちがととのいます。立憲政治という器が」

「器をつくったあとには、酒をそそがなくてはなるまい。どのような酒がふさわしい？」

「酒はよい味をだすまでに時間がかかります。立憲政治に似あう人材がそろい、それをもっともよく運営するまでには日数が必要でしょう」

その日数が、皇帝《カイザー》にはあたえられないことに気づいて、ユリアンが口を閉ざすと、ラインハルトはわずかに眉をうごかし、薄い磁器のコーヒーカップを白い指先ではじいた。

「卿が目的とするところは、いささかちがうだろう。銀河帝国という器に、立憲政治という酒をそそぐつもりではないのか。そうなれば、民主思想とやらが、銀河帝国を乗っとってしまうことになるかもしれぬな」

一瞬、ユリアンが返答しえずにいると、ラインハルトは低く笑った。するどい辛辣な笑いは、だが途中で性質を変えた。ユリアンの、したたかで強靭で弾力に富んだ政略に、興味をおぼえたようであった。ラインハルトは笑いをおさめ、話題を転じた。

「予はフェザーンに帰る。予を待っていてくれる者たちが幾人かいるのでな。最後の旅をする価値があるだろう」

ユリアンは返答ができなかった。皇帝《カイザー》は死を直視して、しかもそれを重視していなかった。これほど死にたいして自在である人を、ユリアンはほかにひとりしか知らない。その人は、すでに一年前に亡くなっている。

「卿もフェザーンへ来るがいい」

「よろしいのですか、陛下？」

「そのほうがよい。予よりもむしろつぎの支配者に、卿の抱負と識見を語っておくべきだろう。皇妃《カイザーリン》は予よりはるかに政治家としての識見に富む。具体的なことは、むしろ彼女と話しあうがよいだろう」

それは皇帝《カイザー》ラインハルトにとって最大ののろけではなかったか、と、後日になってユリアンは思ったのだった。その日は、ラインハルトが疲労をみせたこともあって、会見は三〇分ほどで終了し、ユリアンは、目的を達したという満足感をえられぬまま退出したのだった。

仮設大本営をでるとき、ユリアンは、玄関上に飾られた〝黄金獅子旗《ゴールデン・ルーヴェ》〟をふりあおいだ。全宇宙を征服した偉大な覇王の旗である。だが、ユリアンの目に、猛々しい黄金の獅子は、真紅の布地のなかでうなだれているようにみえたのだ。

主人の死を悼むかのように。


ダスティ・アッテンボローとオリビエ・ポプランが同日夜にかわした会話。

「これはもう、最後までなにか変事がつきまとうぞ。音もなく終幕とはいくまい」

「予測でなく願望でしょう、そいつは」

「とにかく、おれはユリアンにくっついてフェザーンまで行く。こうなれば最後の幕まで見とどけてやるさ」

「軍務はどうするんです」

「スーン・スールにまかせる。あいつはおれより独創性はないが、責任感は一・六倍ばかりあるからな。ラオにてつだわせよう。で、撃墜王どのは、ハイネセンに残るのか?」

「まさか。留守番は子供のころからきらいでね」

頭にまいた包帯を、ポプランはわずらわしげに指先でつついた。陽光の踊るような緑色の瞳に、活力がきらめくのを見て、アッテンボローは口もとをほころばせた。

「聞くところでは、ムライのおっさんは楽隠居してしまう気らしいが、おれたちはそうもいくまい。幕がおりて、劇場の収支が黒字になったことを確認するまでは、ユリアンにつきあおうや」

ほぼ同時刻、ユリアンはベルンハルト・フォン・シュナイダーから別れのあいさつをうけていた。彼は惑星ハイネセンに残留して、まず自分の傷をいやし、帝国から、また正統政府の発足から、故メルカッツ提督にしたがってきたわずかな生存者たちの身のふりかたを考え、その処理をすませたのち、時機をみて帝国本土に帰るという。

「メルカッツ提督のご遺族のところへ、いらっしゃるのですね」

「そういうことだ。メルカッツ提督は旅を終えられた。そのことを、ご遺族の方たちにお伝えして、おれの旅も終わる」

またいつか会おう。その言葉とともにさしだされた手を、ユリアンはかたく握った。生きての別れであれば、いつかまた会えるはずだ。シュナイダーの旅が実りある終わりかたをするよう、ユリアンは、心から願った。

……宇宙暦《SE》八〇一年、新帝国暦三年の六月二七日、銀河帝国皇帝ラインハルト・フォン・ローエングラムは、修復を完了した総旗艦〝ブリュンヒルト〟に搭乗して、帝都フェザーンへとむかった。ラインハルトにとって、最後の恒星間飛行が始まる。

第十章　夢、見果てたり

Ⅰ

皇帝《カイザー》ラインハルト一行が出立したあと、惑星ハイネセンの治安を担当する責任者となったのは、フォルカー・アクセル・フォン・ビューロー大将であった。イゼルローン軍の管理はマリノ准将が任にあたり、これをリンツ、スール、ラオらが補佐して、軍組織の解体準備をすすめた。

一時は混乱したハイネセンの治安も、七月にはいるとほぼ完全に回復した。故人となったアドリアン・ルビンスキーが、個人的な力量によって地下組織を運営していた事実は、そのようなかたちで証明されたのである。

七月八日、〝ルビンスキーの火祭り〟にまきこまれて負傷、入院していた人物のひとりが、身分証明書の偽造を発見され、帝国軍憲兵隊によって尋問された。これが、あたらしい波紋を宇宙の水面に描きだすこととなった。

「卿《けい》の名は？」

「シューマッハ。レオポルド・シューマッハだ」

いささか投げやりな返答が確認されると、憲兵たちはどよめいた。それはかつてランズベルク伯アルフレットとともに、前王朝の少年皇帝エルウィン・ヨーゼフ二世を〝誘拐〟したとされる国事犯の名だったからである。シューマッハの病室は本格的な尋問の場となったが、被尋問者が供述を拒否しなかったので、暴力も自白剤も使用されなかった。その尋問のなかで、シューマッハは、今年にはいってエルウィン・ヨーゼフ二世の死体とされたものは別人の死体だ、と語った。

「どういうことだ？」

「エルウィン・ヨーゼフ二世は行方不明になったんだ。昨年の三月に、ランズベルク伯の手から逃げだした。いまごろどこでどうしているやら、見当もつかないな」

精神の均衡を失ったランズベルク伯は、死体収容所から同年齢の男児の死体を盗みだしてそれを皇帝のものとしてあつかっていたのだという。彼が幼帝の死を記録して残した文章は、すべて妄念が生んだ創作であり、それは帝国の治安関係者に完全に信じこまれるほど、精緻《せいち》なものであったのだ。おそらく、ランズベルク伯アルフレットの生涯で、最高の創作品であったにちがいなかった。のちになって、帝国政府の公式記録に、〝皇帝エルウィン・ヨーゼフ二世、その終わるところを知らず〟と記述されたのは、このシューマッハの証言がもとになっている。

「それともうひとつ」

尋問の終わりに、シューマッハは告げた。

「地球教の残党は、まだ皇帝の生命をねらうことをあきらめてはいない。おれがルビンスキーの線《ライン》で聞いた話では、最後の実動集団がフェザーンに潜入したということだ。人数は三〇人にとどかないはずで、もうほかの組織は潰滅している。そいつらを処理すれば、地球教が再起することは、まずないだろう」

今後どのように身を処するつもりか、と問われて、シューマッハは淡々と答えた。

「べつになにもない。おれはフェザーンにもどって、アッシニボイヤ渓谷でもとの部下たちと農場をやるつもりだ。そちらの用がすんだら、フェザーンに行かせてもらいたい。それだけだ」

……後日のことになるが、シューマッハの希望は達成されなかった。一カ月後、恩赦によって釈放された彼は、フェザーンに帰ったが、アッシニボイヤ渓谷の集団農場は、すでに解体されて、彼の旧部下たちも四散していた。一時、彼は旧王朝時代の才識と経験をかわれ、シュトライト中将の推薦で、帝国軍准将となるが、宇宙海賊との戦闘中、行方不明になったのである。

シューマッハがもたらした情報は、フェザーンへむけて航行中の軍務尚書オーベルシュタイン元帥に伝達された。〝ドライアイスの剣〟と異名をとる冷徹無比の元帥は、顔面の細胞ひとつうごかさず通信文を読み終えた。そして、しばらく無言のままなにか考えこんでいた。

フェザーンへとむかう帝国軍総旗艦ブリュンヒルトの艦内で、ユリアン・ミンツはしばしばラインハルトと面談する機会をえた。ラインハルトは、ユリアンから、ヤン・ウェンリーの逸話を聞くことを好んだ。ときには熱心にうなずき、ときには笑い声をあげたが、ユリアンの回想するところによれば、「偉大な皇帝《カイザー》は、ユーモア感覚だけは、それほど豊穣《ほうじょう》ではなかった。ほぼ五回に二回の割合で、その冗談のどこがおもしろいのか、と、理づめで考えているように見えた」のである。もっとも、ユリアンは、帝国公用語についての彼の語学力が、皇帝《カイザー》にたいして満足なものではなかったという可能性についても併記している。

この間、今後の政治について、真剣な討議がなされたことも、むろんであった。

イゼルローン要塞を帝国軍にひきわたすこと。惑星ハイネセンをふくむバーラト星系を自治領として内政自治権をあたえること。以上の二点については、完全な合意をみた。帝国内務省には、惑星ハイネセンに人為的な災厄が続出するありさまを見て、〝難治《なんち》の地である〟と思う者が多かった。軍務省では、イゼルローン要塞の無血開城が喜ばれた。二省の関係者は、この合意を歓迎するであろう。

ただ、ラインハルトは、憲法制定と議会開設については、ユリアンに言質《げんち》をあたえなかった。立憲政治とやらの利点は考慮するが、確約はできない、嘘をつきたくない、というのであった。

「予と卿《けい》とで、すべてのことを定めてしまっては、のちの世代の人間がやるべきことがなくなってしまう。そうなれば、よけいなことをしてくれた、と、恨まれるだろう」

ラインハルトは冗談めかしたが、無制限あるいは無原則に民主主義の存続を認める意思はないということが明白であった。ユリアンは、ラインハルトが為政者として冷静な現実感覚を失っていないことを知らされた。

バーラト星系に内政自治権を認める、とは、大幅な譲歩にみえる。だが、ハイネセンはまず〝ルビンスキーの火祭り〟でうけた被害から再建をはたさなくてはならない。地理的な要件も、イゼルローン要塞と比較すれば、はるかに攻めやすく守りにくい。もともと消費社会としての性格が強い星系であったから、食糧なども他星系から輸入せねばならず、他星系は帝国の完全な支配下にある。軍事面から考えれば、むしろ条件は悪化するであろう。ラインハルトがユリアンにたいしてしめした寛大さは、両刃《もろは》の剣であったし、それをラインハルトもユリアンも承知していた。

ところで、ラインハルトの若い生命力を奪うにいたった病気の名が、一般に〝皇帝病《カイザーリッヒ・クランクハイト》〟と呼ばれるには、相応の理由がある。〝変異性劇症膠原病《ヴァリアビリテートウ・フルミナント・コラーゲネ・クランクハイト》〟などという病名を、まともに記憶し発音しえる者は、それほど多くないであろう。その病名を最初に耳にしたとき、ビッテンフェルト提督などは、侍医にむかって、「いやがらせか」と声を荒らげたほどであった。

高熱、臓器の炎症および出血、それにともなう痛み、体力の消耗、造血機能の低下、それによる貧血状態、意識の混濁、それらが症状としてあげられるが、ラインハルトは、高熱を発したときでも、これまで意識は混濁せず、錯乱におちいることもなかった。〝ルビンスキーの火祭り〟に際して病室からの退去を拒否した以外には、精神の不安定をしめす例もない。その容貌も、こころもち痩せて白皙の肌が蒼みをおびたかに見える、それ以外には病変らしいものがなかった。造物主が存在したとすれば、彼の生命を若くして絶つ代償として、ついに最後まで美を奪わなかったことに、他者より多くの恩寵があたえられたという証明をみるべきかもしれない。ユリアンは、毎日、克明にラインハルトにかんする記録を残した。ヤン・ウェンリーが生きてあれば、ユリアンを羨望したにちがいなかった。そしてそれを自覚していたからこそ、ユリアンは、記録者としての使命を、おろそかにできなかったのである。

七月一八日、銀河帝国軍の総旗艦〝ブリュンヒルト〟は惑星フェザーンに到着した。ラインハルトとしては、彼が宇宙の中枢として選定した場所を、終焉《しゅうえん》の地とすることになったわけである。到着は、医療用地上車《ランド・カー》によって迎えられ、ラインハルトはただちに妻子のもとへむかった。

柊館が地球教徒のテロによって焼失したため、皇妃《カイザーリン》ヒルダおよびアレク大公は、フェザーン医科大学附属病院を退院したのち、かつてゴールデンバウム王朝が高等弁務官官邸として利用していた邸宅にうつっていた。たんに地名をとって〝ヴェルゼーデ仮皇宮〟と呼ばれるこの建物が、ラインハルトの壮麗な人生の、ささやかな終着点となる。一階には官吏と軍人があふれ、二階には医師と看護婦がつめ、三階で皇妃《ヒルダ》と皇子《アレクサンデル》が彼を待っていた。

仮皇宮の質素さに、ユリアンはおどろいた。たしかに、庶民の目からみれば、宏壮であり豪華といえるであろうが、全宇宙を支配する覇王の住居としては、まことにつつましく、ゴールデンバウム王朝の新無憂宮《ノイエ・サンスーシー》などと比較して、一〇〇〇分の一の規模もないであろうと思われた。もっとも、ユリアンは、新無憂宮の外観を一度見ただけであるが。

ユリアンと同行者たち――ダスティ・アッテンボロー、オリビエ・ポプラン、カーテローゼ・フォン・クロイツェルは、仮皇宮から徒歩一〇分ほどの距離にあるベルンカステル・ホテルに投宿したが、ホテルの周辺を一個中隊規模の帝国軍陸戦兵に〝警備〟されることとなった。愉快ではないが当然のこととして、ユリアンは受容した。

「ま、このくらいは大目に見てやるさ」

と、万事に好戦的なはずのダスティ・アッテンボローも、寛容さをしめした。

ユリアンは想像する。将来、銀河帝国に立憲体制が布かれ、議会が開設されるとしたら、ダスティ・アッテンボローは進歩派の領袖《りょうしゅう》として昂然たる姿をみせることになるかもしれない。いささか奇妙なことながら、ユリアンの想像世界に住むアッテンボローの姿は、つねに野党の席にいる。与党に参加して権勢の座につく姿は、どうしても想像しえないのだ。野党勢力の代表として、権力者の腐敗を弾劾し、行政の不備を批判し、少数派の権利を擁護して論陣を張る。それこそがアッテンボローにはふさわしい。もっとも、年に二、三度は、議場で乱闘さわぎをおこすかもしれないが。

皇帝《カイザー》ラインハルトは、ある意味で民主共和政治に辛辣な試練をあたえた。戦争にたえて生き残った価値観が、平和のなかで腐食しないか、見とどけてやる、という印象であった。アッテンボローは、その腐食を防ぐため、生涯をついやして悔いることがないだろう。

いっぽう、オリビエ・ポプランにたいしては、ユリアンの想像は、まったく解析力をもたなかった。陽光が踊るような緑色の瞳をした撃墜王《エース》は、自分自身にどのような未来を準備しているのだろうか。

「宇宙海賊も悪くないな。おれはもう、ヤン・ウェンリーの下で服従心と忍耐心を費いはたした。これからさき、死ぬまで、誰にも頭をさげる気はないし、誰の家につながれるのも、ごめんこうむりたいね」

ポプランの本心は、つねに韜晦《とうかい》されていて、容易に真実をあきらかにしない。〝六月一日死去〟というポプラン自身が撰した碑銘は、あるいは本気だったのかもしれない、と、ユリアンは思う。かつて宇宙暦《SE》ではなく西暦《AD》が使用されていた遠い時代に、シリウス革命の元勲のひとりであったチャオ・ユイルンという人は、公職をしりぞき、子供たちに歌やオルガンを教えていたという。そのような後半生も、ポプランには案外、似あいそうにも思えるのだった。

カリンことカーテローゼ・フォン・クロイツェルの未来は？　これはユリアン自身の未来に大きくかかわってくるだろう。そう思うと、ユリアンは、表現しがたい気分である。あの世とやらで、ヤン・ウェンリーとワルター・フォン・シェーンコップがどんな表情をするであろうか。

いずれにしても、未来図を描くことができるのはよいことだ。そのような気にもなれない状況になっていたかもしれないのだから。

アドリアン・ルビンスキーの死とドミニク・サン・ピエールの告白によってあきらかになった事実のなかで、ユリアンを戦慄させたのは、ヨブ・トリューニヒトにかんする情報であった。トリューニヒトが構想していたのは、銀河帝国に立憲体制をしくことであったという。かたちとしてはユリアンの構想とまったくおなじであった。そしてトリューニヒトは、ルビンスキーとくんで人脈と金脈を帝国の政官界にじわじわと広げつつあったのだ。

もし、昨年末に、オスカー・フォン・ロイエンタール元帥がヨブ・トリューニヒトを射殺していなかったとすれば、銀河帝国の立憲政治への移行は、トリューニヒトの手によってすすめられたかもしれない。そしてトリューニヒトは、一〇年間の雌伏を経て、銀河帝国の首相に就任したかもしれないのだ。そのとき、トリューニヒトはいまだ五〇代であり、政治家としては充分に若く、前途はゆたかである。トリューニヒトは民主共和政治と故国と国民とを専制政治に売りわたし、宇宙の半分ではなく全体を支配する〝立憲政治家〟になりおおせたかもしれない。

ユリアンは悪寒を禁じえなかった。ヨブ・トリューニヒトは利己的な政治芸術の天才であったかもしれず、彼の手になる極彩色の未来図は、彼が不慮の死をとげた時点で、なかば完成していたのである。彼が描いた構図は、法律によっても軍事力によっても破砕されるものではなかった。正当な理由なく、ただ感情によってのみ放たれたビームの一閃が、トリューニヒトと彼の未来を、現実の地平から追放したのだ。ロイエンタール元帥は、私情によって、人類社会全体の未来図に修正をくわえたことになる。

〝運命〟という名詞が、じつに便利なものであることに、ユリアンは気がついた。このような事情を、ひとことで他者に納得させるには、〝運命〟といえばすむ。だからこそ、生前のヤンは、その言葉をなるべく使わないようにしていたのだろうか。

Ⅱ

七月二五日。フェザーン帰着一週間後。

ラインハルトの病状は急速にあらたまった。体温は四〇度Cをくだらず、ラインハルトはしばしば意識を失い、脱水症状におちいった。ヒルダとアンネローゼは、病人の看護と乳児の世話を交替でおこなった。どちらかひとりであれば、過労と心労で倒れていたであろうことは疑いない。

翌二六日、さらに容態は悪化し、一一時五〇分に呼吸一時停止、ただ、これは二〇秒後に回復し、一三時には意識がもどった。

この日、北方から強大な低気圧が南下して、北上してきたべつの低気圧と衝突し、帝都中心部は冷たい湿気と風にとざされた。昼間だというのに、厚く低くたれこめた雲が、人々の視界を暗灰色に閉ざし、いわば〝薄めた夜〟の印象をあたえた。

午後になると、雲の下端が雨と化して地上を殴りつけはじめ、気温はさらに低下し、フェザーンの市民たちは声をひそめて語りあった。どうだい、この奇妙な天気、皇帝《カイザー》は太陽の光まであの世にもっていくかもしれないぞ、と。

一六時二〇分、それまで軍務に従事していた帝国軍の将帥たちが、仮皇宮に参上した。軍務尚書オーベルシュタイン、宇宙艦隊司令長官ミッターマイヤーの両元帥をはじめ、六名の上級大将が一階東翼の談話室に招じいれられた。ただし、軍務尚書は所用と称して、五分後に一時、退室している。

談話室には七人の男が残された。窓外が青白色にかがやき、雷鳴がとどろいた。談話室はブラウン系統の配色で統一されていたが、雷光が消えさると、生気を欠く無彩色の世界に沈みこんでしまう。

自分たちが、歴史の重要な瞬間に立ちあおうとしている、その自覚は、彼らにとって最初の経験ではなかったが、今日ほど重く苦い精神上の泥濘《でいねい》にはまりこんだ気分は、かつて味わったことがなかった。ケスラーが低く独語した。

「全宇宙を征服なさった覇王が、地上に足どめされ、病室に閉じこめられている。おいたわしいかぎりだ」

彼らはラインハルト・フォン・ローエングラムの征戦にしたがって星々の大海を征《ゆ》き、ゴールデンバウム王朝の門閥貴族連合を討ち、自由惑星同盟《フリー・プラネッツ》を滅ぼし、宇宙を軍靴のもとに制圧してきたのである。常勝の名をほしいままにしてきた彼らだが、いま、皇帝《カイザー》の若い肉体をむしばむ〝変異性劇症膠原病〟という病魔を前にして、彼らは完全に無力であった。勇気も、忠誠心も、作戦指揮能力も、彼らの敬愛する皇帝《カイザー》を救うことはできない。ヤン・ウェンリーの奇略の前に敗北をかさねたとき、敗北感と賞賛の念とは一体のものであった。だが、いま、敗北感は忌まわしい害虫となって、彼らの気骨をむしばむのである。

「医師どもはなにをしているのだ。役たたずの穀《ごく》つぶしどもが！　手をつかねて陛下のお苦しみを放置したりすれば、ただではおかんぞ！」

最初に噴火したのは、僚友たち全員の予想どおりビッテンフェルトであった。この夜は、ただちに対抗者がでた。つねは重厚なワーレンが、忍耐心の限界線を走りでて、どなりかえしたのだ。

「きさまひとりわめくな！　いつもきさまが逆上するものだから、他の者が迷惑するではないか。おれたちは、きさまの鎮静剤ではないぞ！」

「なんだと！」

ビッテンフェルトが、やり場のない激情を僚友にむけ、ワーレンがそれに応じかけたとき、アイゼナッハが卓上の鉱水の瓶をつかみ、手首をひるがえした。ふたりの勇将は、ぬれた頭髪から軍服の肩へ、水滴をしたたらせ、呆然として、寡黙な加害者をながめやった。低い声をおしだしたのは、上席者たるミッターマイヤーであった。

「皇帝《カイザー》ご自身が身心の苦痛にたえていらっしゃる。吾々《われわれ》が七人がかりでたえられぬはずがなかろう。なさけない臣下をもったものだ、と、皇帝《カイザー》がお歎《なげ》きになるぞ」

このとき、病室では、意識を回復したラインハルトが皇妃《カイザーリン》ヒルダにいくつかの遺言をしていた。そのなかのひとつに、六人の上級大将にたいし、帝国元帥の地位をあたえること、ただしそれはラインハルトの死後、摂政《せっしょう》となるヒルダの名においておこなうべし、というものがあった。

ウォルフガング・ミッターマイヤー、ナイトハルト・ミュラー、フリッツ・ヨーゼフ・ビッテンフェルト、エルネスト・メックリンガー、アウグスト・ザムエル・ワーレン、エルンスト・フォン・アイゼナッハ、そしてウルリッヒ・ケスラー。この七名が、後世において、〝獅子《ルー》の泉《ヴェンブルン》の七元帥〟と称されることになる。〝生き残った幸運が、栄誉をもたらした〟との評もあるが、これほど巨大で苛烈な動乱の時代、戦場を縦横してついに生き残った事実は、彼らの非凡さを充分に証明するものであろう。

すでに元帥となっているウォルフガング・ミッターマイヤーは、とくに〝帝国首席元帥〟の称号をうける予定であった。帝国軍の至宝にふさわしい称号であったが、たとえそれを知っていたとしても、喜ぶ心境には、ミッターマイヤーはなかった。

一八時三〇分、女官のひとりが、ミッターマイヤー元帥を呼びに来た。諸将は、胃壁に霜がおりるのを感じ、ソファーから立ちあがったまま硬直して、〝疾風ウォルフ《ウォルフ・デア・シュトルム》〟が部屋をでていく姿を見送った。ミッターマイヤーが呼ばれた理由は、だが、彼らが想像していたものではなかった。病室で彼を迎えた皇妃《カイザーリン》ヒルダが、彼に依頼したのだ。

「嵐のなかを恐縮ですけど、ミッターマイヤー元帥、ここへ奥さまとお子さまをおつれくださいまし」

「よろしいのですか、私の妻子などをつれてまいっても……」

「皇帝《カイザー》がそうお望みなのです。どうか急いでください」

そう言われれば否やはない。ミッターマイヤーは地上車《ランド・カー》に飛びのり、鉛色の豪雨と透明な強風のなかを、自邸へ急いだ。

ほぼ同時刻、ベルンカステル・ホテルにも皇宮からの使者が到着していた。皇帝《カイザー》の高級副官シュトライト中将が、大型地上車《ランド・カー》に乗って姿をあらわしたのである。TV電話《ヴィジホン》で連絡するのではなく、使者を派遣したのは、賓客にたいする礼であった。

「皇帝《カイザー》が、卿《けい》らを仮皇宮にお呼びするように、とおおせになりました。悪天候のなか恐縮ですが、おこしください」

ユリアンは三名の同行者と顔を見あわせ、急激に狭くなった咽喉から、むりに声をおしだした。

「……あぶないのですか？」

「どうかお急ぎを」

間接的な返答をえて、ユリアンは他の三名とともに、でかける準備をした。

ヤン提督、ぼくはあなたの代理として、この時代に冠絶した巨大な個性の終焉をたしかめます。提督が来世においでなら、どうかぼくの目をとおして、歴史の重大な瞬間を確認してください……。心のなかでそう語りかけたのは、ひとつにはヤンにたよらなくては平静がたもてそうになかったからである。ポプランやアッテンボローも、冗談口をたたこうとはせず、黙然と服装をととのえた。

風雨のなか、ようやく仮皇宮に到着したユリアンは、ホールで、ひとりの美しい金髪の貴婦人が階上の回廊を歩く姿を見て、それが皇姉アンネローゼであることをシュトライトの口から確認した。

あの女《ひと》が皇帝ラインハルトの姉君、アンネローゼ・フォン・グリューネワルト大公妃殿下か。ユリアンの胸裡を、夢幻めいた感慨がよぎった。彼はラインハルトの生涯の全容を知悉しているわけではないが、この姉君がいてこそ、ラインハルト・フォン・ローエングラムという巨星が銀河系にかがやきえたのだ、ということは聞きおよんでいる。ある意味で、あの女《ひと》が今日の歴史を造形したのだ。そう思えば、無関心ではいられなかった。

アンネローゼは、むろんユリアンの視線に気づかなかった。

病室にはいったアンネローゼが、ヒルダに会釈して弟の枕もとの椅子に腰をおろすと、それに感応したかのようにラインハルトは目をあけて姉の顔を見あげた。

「夢を見ていました、姉上……」

ラインハルトの蒼氷色《アイス・ブルー》の瞳に、やわらかな光がたゆたっていた。アンネローゼが見たことのない光だった。それはアンネローゼに弟の死を確信させた。ラインハルトはつねに、みたされない心を埋めるものをもとめて戦ってきたはずだった。自分が戦う意味を自覚した一〇歳のとき以来、権力をえる前も、権力をえてからも、彼は戦ってきた。いつからそう変わったのか、あるいは最初からそれが本質であったのか、ラインハルトは戦いそれじたいを生の目的とするようにみえはじめた。

〝皇帝の為人《ひととなり》、戦いを嗜む〟そして〝獅子帝ラインハルト《ラインハルト・デア・ルーヴェナルテイグ・カイザー》〟。それは彼の矜持《きょうじ》をあらわす異称であり、歴史に彗星《すいせい》の光芒を投げかけた若者にふさわしい表現であった。だが、ついに炎は彼自身を灼いた。ラインハルトの柔和さは、彼の身心が灼きつくされたあと、残された白い灰の温かさであるようだった。冷えさる直前の余熱。暗黒に帰する寸前の余光。

「まだ夢を見たりない？　ラインハルト」

「……いえ、もう充分に見ました。誰も見たことのない夢を、充分すぎるほど」

ラインハルトの表情は、あまりに柔和すぎた。アンネローゼは、胸が氷結し、亀裂がはいる音を聴いた。それは澄明すぎるひびきを、彼女の全神経にひろげた。弟の烈気と鋭気がやわらげられたとき、弟は死ぬ。剣は剣以外に存在する意義をもたない。彼女の弟にとって、満足と終焉はおなじ意味であった。何者かが、彼の生命をそう造形したのだ。

「姉上、いろいろありがとうございました」

弟は言ったが、感謝の言葉など、アンネローゼは聞きたくなかった。若くして世を捨てた姉など無視し、星々の海に巨大な翼をひろげて翔けさってほしかった。ジークフリード・キルヒアイスの死後、それだけがアンネローゼの願いであり、彼女と現世とをつなぐ水晶の細糸であったのに。

「姉上、このペンダントを……」

ラインハルトの白い、肉づきの薄くなった掌が、姉にむかってさしのべられた。銀のペンダントは、もうひとつの掌に移され、透けるようなかがやきで姉弟を照らした。

「もう私には必要がなくなりました。姉上にさしあげます。そして……キルヒアイスもお返しします。ずっとお借りしっぱなしで、申しわけありませんでした」

アンネローゼが返答するより早く、ラインハルトは瞼をとじ、ふたたび昏睡に落ちた。

嵐はますます勢いをまし、一九時には、仮皇宮前の道路が冠水した。風雨のなかで、急報がもたらされた。市外の液体水素タンクが何者かに爆破されたこと、現場に遺棄された死体から、地球教徒の識別標が発見されたこと、であった。皇帝の死を目前にして息をひそめていた帝国軍は、動揺を禁じえなかった。

帝都防衛司令官兼憲兵総監ウルリッヒ・ケスラー上級大将は、報告をうけると、動揺する部下たちを叱りつけた。

「うろたえるな。火災や爆発事故をおこして陽動するのは、地球教徒どもの常套手段だ。奴らの狙いは皇帝ご一家以外にはない。仮皇宮の守りをのみ心がけよ」

フェザーンにおける地球教徒の組織は潰滅した。その点、ケスラーには自信がある。彼は他の将帥たちにかるく一礼すると、談話室をでて、玄関ホールに立ち、そこを指令中枢として、憲兵たちの指揮をとった。精勤ではあったが、ケスラーほど剛毅な男であっても、皇帝《カイザー》の死をただ待つことにたえられず、職務に逃避した一面は、否定しえないであろう。ミッターマイヤーはいまだ自邸から帰らず、談話室に残された五人、ミュラー、ビッテンフェルト、メックリンガー、アイゼナッハ、ワーレンは、焦燥と不安で、血管が破裂するような思いをあじわうことになった。

一九時五〇分。いちど軍務省にもどっていたオーベルシュタイン元帥が、ふたたび姿を仮皇宮にあらわした。終幕ちかく、また一場の幕があがったのだ。

Ⅲ

ミッターマイヤーとケスラーを除く〝五元帥〟と、軍務尚書オーベルシュタイン元帥とのあいだに、発火寸前の鬼気がゆらめいていた。地球教徒の最後の残党が、皇帝《カイザー》の生命を絶《た》つべく、やがて仮皇宮へ侵入してくるであろう。そう軍務尚書が告げたのである。疑問を呈したのは、大本営幕僚総監メックリンガー上級大将であった。なぜ地球教徒はそのような暴挙にでたのか、いますこし待てば、彼らの兇手を必要とせず、事態は変わるのに、と。オーベルシュタインの返答は、無情なほど明快であった。

「私が奴らをおびきよせたのだ」

「軍務尚書が⁉」

「陛下のご病状は回復にむかい、ご健康となられた暁には、地球教の信仰対象たる地球そのものを破壊なさるであろう、と。それを阻止するために奴らは軽挙にでてきたのだ」

室内の空気は凍《い》てついた。低温の極、かえって焼けるほどに冷却した。

「卿《けい》は皇帝《カイザー》の御身を囮にしたというのか⁉　いかに手段をえらぶ余裕がないとはいえ、それが臣下たる者のなすことか！」

メックリンガーの弾劾は、冷然とはね返された。

「皇帝《カイザー》はもはやご逝去をまぬがれぬ。だがローエングラム王朝はつづく。王朝の将来にそなえ、地球教の狂信者どもを根絶する、そのために陛下にご協力いただいただけのことだ」

ビッテンフェルトが無意識に右手をにぎりしめ、半歩すすみだした。両眼に、血が泡だっている。惑星ハイネセンでの破局が、拡大再生産されようとした、その寸前、

「とにかく地球教徒どもを掃滅するほうがさきです。指揮系統が分散しては、かえって狂信者どもの術中に陥《おちい》るかもしれません。吾々もケスラー総監の指示をうけて行動しましょう」

必死の努力で自我を抑えながらミュラーが発言した。かろうじて破局は回避された。

こうして、二〇時から二二時にかけて、荒れくるう夏の嵐のなかで、仮皇宮は内外の敵と深刻きわまる争闘を展開することになった。ほとんど無言のうちにそれがおこなわれたのは、三階で死を迎える皇帝《カイザー》の安らぎを侵さないためであった。嵐のため、機械的な警備システムは無力化し、ケスラーの部下たちは雨と風と泥のなかをはいまわって、侵入者たちを探しもとめ、二〇時一五分に最初のひとりを射殺した。

建物一階の西翼の部屋で待機していたユリアンたちも、それに無関係ではいられなかった。

「ぼくたちは、地球教徒に感謝しなくてはならないのかもしれない。地球教徒にたいする共通の憎悪によって、銀河帝国と民主主義が共存の道を見いだすことができたのだから……」

だが、むろんそれは一種の反語であって、ユリアンの本意ではない。地球教徒、とくにその

指揮官たちは、ヤン・ウェンリーを暗殺した仇敵である。多少なりと帝国軍に協力するため、カリンを部屋に残し、ユリアン、アッテンボロー、ポプランの三人は廊下へでた。

「皇帝《カイザー》を、守るために、フェザーンで、地球教徒と、戦う……」

ポプランは、奇妙に音節を区切った。

「いくつかの文章を文節ごとに分解して、ちがう文節をくみあわせる遊びがあるだろう。あれを思いだすぜ。こんな場所でこんなことをするなんて、つい五〇日前には想像もしなかった。生きてると退屈しないでいいな」

ポプランの述懐は、ユリアンの同意を呼んだが、すぐに関心は他の方向にむかった。ダスティ・アッテンボローが、廊下の隅に倒れ伏した黒衣の男の姿を見いだしたのだ。撃たれて、ここまで逃げてきたらしい。雨と泥と血にまみれた男の手に、ブラスターのにぶい光沢があった。

「ブラスターを借りておこう。武器がないとどうにもならん」

アッテンボローが死者の手から銃をとりあげたとき、廊下の照明が消えた。一瞬、三人は反射的に壁に身体をはりつかせた。遠くの廊下で光条がきらめき、足音がひびく。闇に慣れかけた三人の前に、あきらかに帝国軍兵士ではない男の姿があらわれた。アッテンボローの手もとから光条がほとばしり、男は胸の中心をつらぬかれて床にくずれ落ちた。

これはアッテンボローが名射手だったというより、火箭のさきに地球教徒が躍りでた結果であったかもしれない。だが、いずれにしても侵入者がひとり倒れ、ユリアンたちがまたひとつ武器を手に入れたことはたしかであった。自家発電装置がはたらいたのか、ふたたび照明が点じられた。風雨と雷鳴のなか、仮皇宮の内外で、帝国軍兵士たちと地球教徒とのあいだに、凄惨な攻防がつづいているようだ。

小さな爆発音が、ユリアンの鼓膜をたたいた。さしてユリアンは気にとめなかったが、その爆発には重要な結果がともなったのだ。原始的な手製の爆発物は、中庭を見おろす二階の一室で炸裂し、軍務尚書オーベルシュタイン元帥の腹から胸へ破片を突き刺し、引き裂いたのである。

これが二〇時二五分のことであった。

爆破を成功させた地球教徒の一団が、建物の西翼をまわって外へのがれようとした。その姿が、雷光のなかに影絵さながらに浮きあがる。細い閃光が夜と雨をつらぬいて水平に飛び、教徒のひとりが両手を広げて倒れた。他の男たちが、泥の飛沫をはねあげつつ、方向を変えようとする。

「どこへ行く気だ、地球教徒」

若々しいその声に、ブラスターの火線が集中した。バルコニーテラスの柱が悲鳴をあげ、大理石の破片が飛散し、ガラスがくだける。

ユリアンはバルコニーテラスで身体を二転、三転させ、静止した一瞬に引金《トリガー》をひいた。つづけて二度、閃光がほとばしり、ふたりの地球教徒が低いうめき声とともに倒れた。泥と血のしぶきをあげ、地にころがったが、わずかに痙攣してうごかなくなる。

三人めの、そして最後の男は、身をひるがえして逃げようとしたが、その前にアッテンボローが立ちふさがった。さらに方向を転じたが、ユリアン以上に危険な眼光をたたえたポプランと相対することになった。雨と夜が二重のカーテンとなって、彼らを小さな別世界に封じこめた。

「殺す前にぜひ尋きたいことがある」

ユリアンはバルコニーテラスから歩みでた。たちまち雨滴にたたかれ、全身と服の表面は水の通路になってしまう。

「総大主教《グランド・ビショップ》は？　総大主教はどこにいる!?」

「総大主教？」

男はつぶやいた。ユリアンにとっては意外な反応であった。地球教徒として、当然、畏敬の念が返ってくると思ったのに、湧きおこったのは、自分自身をふくめた万人を嘲弄する笑い声だった。

「総大主教は、それ、そこに転がっている」

男の指先が、死体と化した仲間のひとりをしめした。ポプランが非礼にも靴先で、うつ伏せになった死体をひっくり返した。一瞬、するどい視線を、醜怪な老人の顔にはじけさせたが、無言でかがみこむと、その顔面の皮膚をめくりあげた。それは精巧につくられた軟質ゴムの仮面であったのだ。小柄でやせた、だが意外に若い男の顔が、暗闇のなか、わずかな照明をうけて浮かびあがった。

「こいつが総大主教《グランド・ビショップ》だと？」

「その男は、自分が総大主教だと思いこんでいた。白痴だが、一種の暗記機械でな」

「どういうことだ⁉」

「ほんものの総大主教は、地球で、巨大な岩盤の下に埋もれている。一〇〇万年もたてば、化石になって発掘されるかもしれんな」

男の嘲弄めいた口調は、いつ終わるともしれなかった。事実は、それほど長い時間ではなかったのだが、一種の、心理排泄衝動にかられたように男はしゃべりつづけた。地球教の総大主教の死は、信徒たちに秘匿《ひとく》され、白痴の男が身がわりに立てられたこと、地球教の実動隊員も、彼自身をふくめて今夜ここに侵入した二〇名しか残っていないこと。それらを、栓を失った水道のようにたれ流しつづけた。

それらを聞くうちに、ユリアンの記憶が再構成され、復讐心のジグソー・パズルを完成させた。地球教の本部でこの男を見たことがある。名前と地位も知っていた。地球教の大主教ド・ヴィリエ。

記憶の再現は、行動に直結した。

「ヤン提督の讐《かたき》だ！」

閃光はユリアンの声をのせて飛び、ド・ヴィリエの胸の中央部に炸裂した。地球教の若い大主教は、目に見えぬ巨人に突きとばされたように後方へ一転した。噴きあがった血液が、紅い雨滴となって床に散ったとき、ド・ヴィリエは、恐怖よりも怒気と失望をこめてユリアンをにらんだ。彼の弁舌《べんぜつ》が中断されたことにたいして、真剣な怒気と失望を感じたようであった。ユリアンは知りようもなかったが、その表情は、ヨブ・トリューニヒトが死の直前に見せた表情を、いくらか兇暴化したものであった。大主教は血と呪詛《じゅそ》をひとかたまりにして吐きだした。

「私を射殺してもむだだ。いつかかならずローエングラム王朝を倒そうとする者があらわれるぞ。これですべてが終わったと思うな……」

大主教の捨て台詞は、ユリアンに、一ミリグラムの感銘もあたえなかった。大主教は、自分が地球教団について有していた知識を、帝国治安機構に提供することで、生命を確保できるものと信じていたのであろう。だが、ユリアンには、大主教の狡猾な方程式を成立させてやる義務などはなかった。

「勘ちがいしないでほしいな。ぼくは、ローエングラム王朝の将来になんの責任もない。ぼくがきさまを殺すのは、ヤン・ウェンリーの讐だからだ。そう言ったのが、聴こえなかったのか」

「…………」

「それに……パトリチェフ少将の讐。ブルームハルト中佐の讐。ほかのたくさんの人たちの讐だ。きさまひとりの生命でつぐなえるものか!」

ド・ヴィリエの身体は、たてつづけに閃光につらぬかれ、二度、地上で瀕死の魚のようにはねた。三度めには、もはやうごかなかった。

「主演俳優ひとりで、あまりはりきらんでくれ。おれたちの出番がなかったじゃないか」

アッテンボローが苦笑まじりにつぶやいたとき、帝国公用語の雑然たる会話が近づいてきた。三人は銃を投げだし、ド・ヴィリエ大主教の、祝福されざる遺体から一歩しりぞいて、憲兵たちの処置を待った。

いっぽう、ド・ヴィリエ大主教よりはるかに公然たる、そして巨大な名声と非難をうけている人物も、死への至近距離にあった。

軍務尚書は、不合理さを咎めるような視線で、自分の腹にあいた赤黒いクレーターをながめていた。階下の一室でソファーに重傷の身を横たえ、軍医の治療をうけていたが、緊急に軍病院での手術が必要であると言われて、オーベルシュタインはそれを拒否した。

「助からぬものを助けるふりをするのは、偽善であるだけでなく、技術と労力の浪費だ」

そう冷然と言って、周囲の人々を鼻白ませたあと、彼はつけくわえた。

「ラーベナルトに伝えてもらいたい。私の遺言状はデスクの三番目の抽斗にはいっているから、遺漏《いろう》なく執行すること。それと、犬にはちゃんと鳥肉をやってくれ。もうさきが長くないから好きなようにさせてやるように。それだけだ」

ラーベナルトという固有名詞が人々の不審をひきおこしたことに気づくと、軍務尚書は、それが忠実な執事の名であることを説明し、説明を終えると、そっけなく両眼を閉ざして、人々の視線を遮断した。三〇秒後、その死が確認された。軍務尚書オーベルシュタイン元帥は、四〇歳であった。

後日、生き残った地球教徒の告白によると、オーベルシュタインがいた部屋を皇帝《カイザー》の病室と信じこんで爆発物を投じたということであった。軍務尚書は、皇帝《カイザー》の身代わりとなって爆死したのである。ただ、それが、すべてを計算しつくしたうえでの殉死《じゅんし》であったのか、たんなる計算ちがいであったかについては、彼を知る者の意見は二つに分かれ、しかも、いっぽうの意見を主張した者も完全な自信をもちえなかったのである。人々が、皇帝《カイザー》の臨終をひかえて、軍務尚書の急死に関心をもちつづけていられなかったことについては、オーベルシュタインにとっては、むしろ望ましいことであったかもしれなかった。けっきょく、死にいたるまで、オーベルシュタインの存在は、ラインハルトの影にかさなったのである。

Ⅳ

二二時一五分。嵐がやんだように人々は感じ、建物の外に視線を送った。風はとまり、雨はやみ、濃藍色の空は異様なほど澄みわたって満天の星をきらめかせた。これは低気圧の中心が、仮皇宮の上空を通過したためであった。

一時的にもせよ天候が回復し、またテロリストが一掃されたため、ミッターマイヤー元帥夫人は、夫にともなわれてようやく仮皇宮に姿をあらわすことができた。地上車《ランド・カー》が出水のなかでうごけなくなり、妻子に風雨のなかを歩かせるわけにもいかず、〝疾風ウォルフ《ウォルフ・デア・シュトルム》〟はむなしく車内に閉じこめられていたのである。

「よく来てくださいました、ミッターマイヤー夫人《フラウ・ミッターマイヤー》、こちらへどうぞ」

フェリックスをだいたエヴァンゼリンが案内されたのは、皇帝《カイザー》の病室で、国務尚書マリーンドルフ伯をはじめ、閣僚や提督たちが居並んでおり、天井の高い宏壮《こうそう》な室内には、沈痛さの微粒子が渦まいていた。エヴァンゼリンは、幼児をだいたまま立ちすくんだが、夫に手をとられて、皇帝の枕元に立った。

「よく来てくださった、ミッターマイヤー夫人。わが子アレクサンデル・ジークフリードに友人をつくっておいてやりたいのだ。あなたがたのお子さんを……」

病床に半身をおこした金髪の人が言った。

「帝国などというものは、強い者がそれを支配すればよい。だが、この子に、対等の友人をひとり残してやりたいと思ってな。勝手な願いだが、承知していただけるだろうか」

皇妃《カイザーリン》ヒルダの腕のなかで、赤ん坊が身じろぎした。黄金色の髪と青玉《サファイア》色の瞳を所有する赤ん坊は、泣きもせず、大きく目を見はって、ミッターマイヤー一家を見つめた。

「フェリックス、アレク大公殿下《プリンツ・アレク》に、いや、皇帝《カイザー》アレク陛下に忠誠を誓約しなさい」

ミッターマイヤーが息子に低声で命じた。

それは奇妙な風景であったかもしれないが、誰ひとり笑わなかった。一歳二カ月の幼児と生後二カ月の乳児が、たがいに視線をあわせたのだ。いかにも不思議そうに。そして、フェリックスが小さな手を伸ばして、もっと小さなアレクサンデル・ジークフリードの手をとった。

友誼《ゆうぎ》にも、さまざまなかたちがある。さまざまな始まり、さまざまな持続、さまざまな終わり。アレクサンデル・ジークフリード・フォン・ローエングラムと、フェリックス・ミッターマイヤーとのあいだには、どのような友誼が成立するのだろうか。ラインハルト・フォン・ローエングラムとジークフリード・キルヒアイスのような、あるいは、オスカー・フォン・ロイエンタールとウォルフガング・ミッターマイヤーのような。ミッターマイヤーは、思いをはせずにはいられなかった。一歳年少の皇子の手をにぎって、フェリックスが離そうとしない。気にいったのであろうか、笑顔をつくっている。父親が非礼をおそれて引き離そうとすると、機嫌をそこねて泣きだし、皇子もそれを模倣して泣きだした。

活気にみちた騒々しさが二〇秒ほどでおさまると、ラインハルトは全身の力で微笑した。

「よい子だな、フェリックス、これからもずっと皇子と仲よくしてやってくれ」

こういうとき、親の言葉は非個性的なものになる。ラインハルトも例外ではなかった。ラインハルトは、おこしていた半身を倒し、枕に頭をのせると、一座を見まわして、不審をおぼえたようであった。

「軍務尚書が見えぬようだが、あの男はどこにいる？」

皇帝の問いに、一座の者たちは困惑の顔を見あわせた。皇妃《カイザーリン》ヒルダが、夫の額の汗をタオルでぬぐいながら、あわてることなく答えた。

「軍務尚書は、やむをえない事情で座をはずしております、陛下」

「ああ、そうか。あの男のやることには、いつももっともな理由があるのだったな」

納得とも皮肉ともつかぬ感想をもらすと、ラインハルトは、手をあげて、タオルをもったままの皇妃の手に、自分のそれをかさねた。

「皇妃《カイザーリン》、あなたなら、予より賢明に、宇宙を統治していけるだろう。立憲体制に移行するなら、それもよし。いずれにしても、生ある者のなかで、もっとも強大で賢明な者が宇宙を支配すればよいのだ。もしアレクサンデル・ジークフリードがその力量をもたぬなら、ローエングラム王朝など、あえて存続させる要はない。すべて、あなたの思うとおりにやってくれれば、それ以上、望むことはない……」

高熱と呼吸困難に妨害されながら、時間をかけてようやくそう言い終えると、ラインハルトは疲労しきったように手をおろし、瞼をとざして、そのまま昏睡に落ちた。二三時一〇分、水をもとめるように唇がうごき、ヒルダが、水と白ワインをふくませたスポンジを、皇帝《カイザー》の唇にあてた。唇がうごいて水を吸った。やがてラインハルトはわずかに目をあけ、ヒルダにささやきかけた。あるいは、誰かとまちがえたのかもしれない。

「宇宙を手に入れたら……みんなで……」

声がとぎれ、瞼が落ちた。ヒルダは待った。だが二度と瞼は開かず、唇はうごかなかった。

新帝国暦三年、宇宙暦《SE》八〇一年七月二六日二三時二九分である。

ラインハルト・フォン・ローエングラムは二五歳。その治世は、満二年余という短期間のものであった。

……空気が音を伝える機能を放棄したかと思われるような沈黙は、ローエングラム王朝第二代皇帝アレクサンデル・ジークフリードの小さな泣き声によって破られた。死者の枕もとにいたふたりの女性のうち、ひとりが立ちあがった。いまや銀河帝国の摂政皇太后として、宇宙の頂点に立ったヒルデガルド・フォン・ローエングラムである。マリーンドルフ伯、ミッターマイヤー元帥らが粛然としてたたずむなか、彼女の低い声が室内を回流していった。

「皇帝《カイザー》は病死なさったのではありません。皇帝は命数《めいすう》を費いはたして亡くなったのです。病に斃れたのではありません。どうかそのことを、皆さん、忘れないでいただきとう存じます」

ヒルダは深く頭をさげた。そのとき、彼女の白い頬に、はじめて涙が流れた。死者の枕もとにいる女性が低く嗚咽《おえつ》をもらした。

「……かくて、ヴェルゼーデは聖なる墓となった」(エルネスト・メックリンガー)

V

「星が落ちたよ、カリン」

ユリアン・ミンツの声には、星々の深い淵をのぞきこんだような慄えがあった。カリンことカーテローゼ・フォン・クロイツェルは、だまって彼の腕につかまった。彼女自身の足もとに深淵が開き、千億の星が彼女をのみこもうとしているかのような錯覚にとらわれたからである。ユリアンの髪と服にはまだ湿気が残っていたが、カリンには問題ではなかった。

彼らの前には、皇帝《カイザー》の勅使ナイトハルト・ミュラーがたたずんでいた。彼はたったいま、旧敵国の代表たちにこう告げたのである。

「皇帝《カイザー》ラインハルト陛下は、たったいま逝去なさいました。ご長男アレク大公殿下が、国葬ののちに即位なさいます」

ナイトハルト・ミュラーの口からは、慄える声とともに、抑制の限界に達しようとする悲哀の念が沁《し》みだしてきていた。全身で、ユリアンはそれを実感していた。一年前、彼もそれに似た思いを味わったのだから。

「惑星ハイネセンをふくむバーラト星系に内政自治権を認める件については、ラインハルト陛下と帝国政府の名誉にかけて、これを履行《りこう》します。いっぽう、イゼルローン要塞を帝国軍にひきわたす件については……」

「どうぞご心配ないよう願います。私たちイゼルローン共和政府も、民主共和主義者として、かならずご生前の皇帝《カイザー》との約束は、はたさせていただきます」

ユリアンはミュラーの砂色の瞳を直視して、声調をととのえた。

「それから、思想や立場にかかわりなく、この時代に生きた者として、皇帝《カイザー》ラインハルト陛下のご逝去にお悔みを申しあげます。ヤン・ウェンリーもおなじ思いでおりましょう」

「かたじけない。皇妃《カイザーリン》によくお伝えしておきます」

ミュラーは深く答礼し、国葬への出席を依頼して、きびすを返した。

客間のドアが閉ざされると、カリンは大きく息を吐きだし、薄くいれた紅茶の色の髪をかきあげた。皇帝《カイザー》ラインハルトの軍隊と戦うとき、カリンは「くたばりなさい、皇帝《カイザー》!」と叫んだものだ。それはラインハルトの生命力が輝いていたからこそ、民主主義擁護の叫びとして有効だったのである。だが、その言葉も、永遠に、役割を終えたのだ。ふと、思いついたようにカリンがユリアンの横顔を見やった。

「ね、ユリアン、とにかくバーラト星系は民主主義の手に残るのね」

「そう」

「たったそれだけなのね、考えてみると」

「そう、たったこれだけ」

ユリアンは、かすかに笑った。

たったこれだけのことが実現するのに、五〇〇年の歳月と、数千億の人命が必要だったのだ。銀河連邦《USG》の末期に、市民たちが政治に倦まなかったら。ただひとりの人間に、無制限の権力をあたえることがいかに危険であるか、彼らが気づいていたら。市民の権利より国家の権威が優先されるような政治体制が、どれほど多くの人を不幸にするか、過去の歴史から学びえていたら。人類は、よりすくない犠牲と負担で、より中庸《ちゅうよう》と調和をえた政治体制を、より早く実現しえたであろうに。〝政治なんておれたちに関係ないよ〟という一言は、それを発した者にたいする権利剝奪の宣告である。政治は、それを蔑視《べっし》した者にたいして、かならず復讐するのだ。ごくわずかな想像力があれば、それがわかるはずなのに。

「ユリアン、あんたは政治指導者にはならないの。ハイネセン臨時政府の代表になるとか、そういうことはないの？」

「ぼくの予定表にはないね」

「あんたの予定は、それじゃ、どうなってるの」

「軍人になって専制主義の帝国と戦う、そしてその任務が終わったら……」

「終わったら？」

カリンの問いに、直接ユリアンは答えなかった。

歴史家になり、ヤン・ウェンリーの事蹟を記録し、いつかはこの灼熱した数年間の記憶を後世に残したい。そうユリアンは思うのだ。それはたしかにヤン・ウェンリーの影響であったが、同時に、この時代を生き、多くの歴史的な人物に接してきた彼自身の意識の目ざめでもあった。後世の人々に判断と考察の機会をより多くあたえるのは、この時代を生きた者の義務であり責任であると、ユリアンは思うようになっていたのだ。

オリビエ・ポプランがユリアンたちのところへ、長い脚をもてあましたような足どりで歩み寄ってきた。

「ユリアン、いつフェザーンを出立することになりそうだ?」

「そうですね、なにやかやで……あと二週間というところでしょうか」

「じゃあ、それでお別れだな」

「ポプラン中佐!」

「おれはフェザーンに残るよ。いや、なにも言うな、ユリアン、そう決めたんだ。まあどうせフェザーンに永住するようなこともないだろうが……」

ユリアンはなにも言わなかった。カリンも同様だった。ふたりには理解できたのだ。ポプランの身心が、組織から離れて、孤独ではあるが自由な道を歩きたがっているということが。彼をとめることはできない。とめてはいけない。それがポプランにとって、おそらく唯一の、この時代にたいする訣別《けつべつ》の方法なのだから。やがて、ユリアンは最大の好意をこめて答えた。

「わかりました、盛大にお別れパーティーをやりましょうね」

するとポプランは両腕をまわして、ユリアンとカリンの肩をだいた。緑色の瞳に踊る陽光が、ふたりの現在と未来を照らしだした。

「いいか、早死するんじゃないぞ。何十年かたって、おたがいに老人になったら再会しよう。そして、おれたちをおいてきぼりにして死んじまった奴らの悪口を言いあおうぜ」

「すてきですね」

心から、ユリアンはそう答えた。自分はなんという魅力的な仲間たちと、これまでの人生を共有することができたのだろう、と思った。ポプランはふたりの肩から手を離し、片目をつぶってみせると、両手をスラックスのポケットに突っこんで歩きさった。後ろ姿を見送ったカリンが、ユリアンの左腕をかかえる力を強くした。わたしはいつまでもあんたといっしょにいるわ――その言葉が音波にはならず、ユリアンの身体から心へ伝わってきた。

皇帝の葬儀に出席したあと、ハイネセンへ帰り、さらにイゼルローン要塞を帝国軍に返還する。そしてフレデリカ・G《グリーンヒル》・ヤンやキャゼルヌ一家やバグダッシュ大佐らと合流して惑星ハイネセンへおもむき、ヤン・ウェンリーやほかの人々を埋葬して、そして……。

そこから、長い長い建設と守成《しゅせい》の時代がはじまるだろう。外は強大な帝国政府と折衝をつづけ、内には自主と自立の体制をととのえる。冬は長く、しかも春の到来は必然のものではない。それでもユリアンや彼の仲間たちは、民主主義をえらんだのだ。ラインハルト・フォン・ローエングラムのような数世紀にひとりの天才に全権をゆだねることなく、凡人の集団が試行錯誤をかさねながら、よりよい方法をさぐり、よりよい結果を産みだそうとする途《みち》を。それはアーレ・ハイネセンがえらび、ヤン・ウェンリーがうけついだ長征の途《みち》であった。

「さあ、アッテンボロー提督といろいろ話しあって予定をたてなきゃ」

ユリアンは、まだ彼に残された貴重な友人の名を口にした。


ウォルフガング・ミッターマイヤー元帥は、フェリックスを肩に抱いたまま、仮皇宮の庭にでていた。嵐は完全に去り、夏らしからぬ寒気だけがわだかまって、星々の光を凍らせている。夜が明ければ皇帝《カイザー》の崩御が公表され、国葬の準備がはじまる。軍務尚書オーベルシュタイン元帥の葬儀もおこなわれるだろう。多忙になる。だが、多忙のほうがよい。なにか多量の激務を背負わねば、胸郭を食いあらす悲哀と喪失感にたえられそうになかった。

ふと、〝疾風ウォルフ《ウォルフ・デア・シュトルム》〟は、彼の耳もとで呼びかける声を聴いた。

「父さん《ファーター》……」

ミッターマイヤーが、やや呆然としていると、彼の息子は、もどかしげに父親の蜂蜜色の頭髪につかみかかりながら、ふたたび呼んだ。

「父さん《ファーター》！」

帝国軍の至宝と称される勇将は、偉大な、敬愛する主君が死去した夜に、喜びにちかいおどろきを経験することができた。想像もしえないことであったが、ミッターマイヤーは笑顔に似た表情をつくった。皇帝《カイザー》の心がこの幼児の心にはいりこんで、生まれてはじめてのことばを発しさせたように思えた。むろんそれは錯覚であるにすぎなかったが、ミッターマイヤーはそう信じたかった。彼は息子を肩の上にのせなおし、星空を見あげた。

「見えるか、フェリックス、あの星々が……」

あれらの星々は、いずれも数億年、数十億年の生命を閲《けみ》している。人類が誕生するはるか昔から輝きつづけ、人類が死滅しきったのちも輝きつづけるだろう。人の生命は、星の一瞬のきらめきにもおよばない。そんなことは古来からわかりきったことである。だが、星の永遠と、人の世の一瞬とを認識するのは、人であって星ではない。

お前もいつか感じるようになるだろうか。凍てついた永劫《えいごう》と、一瞬の燃焼と、人はどちらを貴重なものと見なすのか、ということを。一瞬だけかがやいた流星の軌跡が、宇宙の深淵と人の記憶とに刻印されることがあるということを。

いつか、お前《フェリックス》も星々をながめて、その彼方に思いをはせ、それを征服し、そのかがやきのなかに身を投げたいとの望みに身を灼くことがあるだろう。そのような日が来たとき、お前は、自分ひとりで旅立つのか。父親をともなって行くのか。それとも、一歳にして忠誠を誓約したアレクサンデル・ジークフリードと行をともにするのだろうか……。

「あなた、ウォルフ」

彼を呼ぶ声がして、エヴァンゼリンが星の光を頭髪にうけながらちかづいてきた。彼女の夫は、妻のほうへなかば身体をむけなおした。

「フェリックスがしゃべった。おれのことを父さん《ファーター》と呼んでくれたよ」

「あら、まあ、まあ……」

エヴァンゼリンは、やや混乱したように、夫にちかづき、自分の腕に幼児の小さな温かい身体をだきとった。彼女の肩に、夫が手をまわした。彼らは、おそろしいほど繚乱《りょうらん》たる星空に視線をむけ、数秒のあいだ、無言のままその場に立ちつくした。

フェリックスが星空にむかって手をあげ、星をつかみとる動作をした。幼児は自覚してそれをおこなったのではない。それは人類全体の歴史を貫流する、手のとどきえぬものへの憧憬《どうけい》を、一身にあらわしたのではないだろうか。

「屋内《なか》へはいりましょう、あなた」

エヴァンゼリンがやさしくすすめ、ミッターマイヤーはうなずいて、妻の肩に手をまわしたまま、星空の下を歩きだした。仮皇宮の建物の内部は、皇帝《カイザー》の死にたいする悲哀と、皇帝《カイザー》の死を儀式化するための奇妙な活力とにあふれている。そこへむかって、ウォルフガング・ミッターマイヤーは、歩いていくのだった。


……伝説が終わり、歴史がはじまる。

解説

北上次郎

〈本の雑誌〉のM嬢の結婚パーティに出席したら、東京創元社のK氏が近寄ってきて、『銀河英雄伝説』、お読みになっていませんか」と言う。「読んでいないんですよ」「お読みになりますか」「読みたいですねえ」「じゃあ、送ります」という会話があって、K氏からトクマ・ノベルズ版全十巻が送られてきた。本が届いた翌日、本の雑誌社に行って、「いやあ、世の中には親切な人がいるよねえ」という話をしたら、営業のS君が「それ、仕事じゃないですか普通」と言うのだ。えっ、仕事なの？

しばらくしてK氏から電話がきたので、「これ、何かの仕事なの？」と尋ねると、「文庫の解説です」と言う。それまで私、『銀河英雄伝説』が文庫で復刊されている途中だとは知らなかったのである。

という私事を枕にふったのは、二十年前に書かれたこの不朽の名作をこれまで未読だったということを、まず正直に書いておきたかったのである。そんなやつに解説を書く資格なんてないとお叱りを受けるだろうけど、まあ待ってくれ。いま現在、初めてこの大長編小説を読むとどうなのか。

発表当時は話題になった作品を、あとから、たとえば二十年たって読んでみると、どうして当時の読者がそこまで興奮したのかわからないという作品が、結構あったりする。特にエンターテインメントは時代とともにあるものだから、歳月の変化とともに風化する例がないではない。それは作品の罪ではなく、時代と併走するエンターテインメントの宿命でもある。では、この『銀河英雄伝説』はどうなのか。そのことについて書く資格があるのは、これまで未読だった者だけだ。いや、強引に理屈をつくっただけなんですが。この現在、いま読むとこの大長編小説はどうなのか。それを書くことで解説に代えたいと思う。

これがすごい。私、久々にぶっ飛んでしまった。締切はまだ大分先だから、ぼちぼち読むかと思っていたのだが、一巻目を開いたらもうだめだ。全十巻を一気読みである。ラインハルトはどうするのか、ヤン・ウェンリーはどう動くのか、それを早く知りたくて、どんどんページをめくるのである。もう止まらないのだ。

最大のキモは、ラインハルトの独裁国家では公正な社会が実現しているのに、ヤン・ウェンリーの民主国家では賄賂《わいろ》が横行し、そのために不平等社会になっていることだろう。この皮肉な設定が効いている。公正な社会は、ラインハルトの際立った個性によって成り立っているだけで、トップに立つ者が変わればすぐに変わりうる。だから制度そのものを変えないかぎり人類の真の幸せはあり得ない――とヤン・ウェンリーは考えるのだが、しかし現実のラインハルトの政治に不満がないのも事実なのだ。この絶妙な設定が、本シリーズの最大のキモになっているのは、そのために戦いの質が決定されることである。

ラインハルトもヤン・ウェンリーも、そしてそれぞれの部下の男たちも、雄々《おお》しく戦うことを目的にしている。いや、ヤン・ウェンリーはいつも策略をめぐらせて戦うから、この男は少し異なってはいるのだが、しかしラインハルトと共通する心情がないではない。

つまり卑劣な戦いはしたくない、という心情が全編の底を太い芯として流れるのである。したがって爽快感が貫く。これは『銀河英雄伝説』の最大の美質といっていい。話を中国歴史小説に変えれば、『三国志《さんごくし》』がどうにも好きになれなかったのは、何度も裏切りが、しかも同じようなパターンの裏切りが頻出《ひんしゅつ》することで、それがたとえ現実の映し絵であったとしても、爽快感に欠けることが不満であった。ようするに後味が悪い。だから私は断然、『水滸伝《すいこでん》』派だ。その『水滸伝』も、どうしてこいつがリーダーなのかと、優柔不断の宋江《そうこう》の性格がわからないという欠点はあるが、そういう中国版への不満は、北方謙三『水滸伝』を読めばいい。話を『銀河英雄伝説』に戻せば、ここにも裏切りがないではない。しかし裏切り者に対するラインハルトの扱いを見られたい。宿命のライバルと戦わなければならないけれど、しかし卑劣な戦いはしたくないという感情が一貫しているのだ。それで紙上のリアリティをそこねることなく、むしろそのモラルが緊迫感を生み出しているのが素晴らしい。

二巻のラストで○○（これから読み始める読者がいるかもしれないので、ここは伏せ字にしておく）が早々と物語から退場したことにまず驚いた。しかし、驚きはそれだけではない。五巻で一応の決着は見るけれど、まだ物語は半分残っているんだし、一方の雌伏の日々が始まって、ふたたび雌雄決するときが来るんだろうなと思っていると、あの八巻だ。あれには、ホント、のけぞってしまった。すでにお読みになった方には説明不要だろうが、おいおい、本当かよ、こんな展開になるのかよ、とびっくり仰天。こういう長大な物語には、お約束のパターンというものがあり、だいたい先行きを予測できることが少なくないのだが、このシリーズは驚きの連続で、それが二巻と八巻に現れている。特に、八巻の衝撃はまだ忘れられない。

こんな凄い物語が二十年以上も前に書かれたことは驚異だ。SFだろ、スペオペだろと手に取らずに生きてきたことが恥ずかしい。『銀河英雄伝説』は永遠の物語である。冒険小説界にいまもなお、燦然《さんぜん》と輝くこの大傑作をまだ未読の方はこの機会にぜひとも手に取られたい。絶対にぶっ飛ぶ、と断言したい。

本書は一九八七年にトクマ・ノベルズより刊行された。九二年には『銀河英雄伝説9　回天篇』と合冊のうえ四六判の愛蔵版として刊行。九八年、徳間文庫に収録。二〇〇一年から〇二年、徳間デュアル文庫に『銀河英雄伝説 VOL.19, 20［落日篇上・下］』と分冊して収録された。創元SF文庫版では徳間デュアル文庫版を底本とした。

検　印
廃　止

著者紹介　1952年，熊本県生まれ。学習院大学大学院修了。78年「緑の草原に……」で幻影城新人賞受賞。88年《銀河英雄伝説》で第19回星雲賞を受賞。《創竜伝》《アルスラーン戦記》《薬師寺涼子の怪奇事件簿》シリーズの他，『マヴァール年代記』『ラインの虜囚』『月蝕島の魔物』など著作多数。

銀河英雄伝説10　落日篇

2008年8月29日　初版
2023年2月3日　17版

著者　田《た》中《なか》芳《よし》樹《き》

発行所　（株）東京創元社
代表者　渋谷健太郎

162-0814/東京都新宿区新小川町1-5
電話　03・3268・8231-営業部
　　　03・3268・8204-編集部
URL　http://www.tsogen.co.jp
振替　00160-9-1565
DTP　フォレスト
暁印刷・本間製本

乱丁・落丁本は，ご面倒ですが小社までご送付ください。送料小社負担にてお取替えいたします。

ISBN 978-4-488-72510-5　C0193

パワードスーツ・テーマの、夢の競演アンソロジー

ARMORED

この地獄の片隅に

パワードスーツSF傑作選

J・J・アダムズ 編

中原尚哉 訳

カバーイラスト＝加藤直之

創元SF文庫

◆

アーマーを装着し、電源をいれ、弾薬を装塡せよ。
きみの任務は次のページからだ――
パワードスーツ、強化アーマー、巨大二足歩行メカ。
アレステア・レナルズ、ジャック・キャンベルら
豪華執筆陣が、古今のSFを華やかに彩ってきた
コンセプトをテーマに描き出す、
全12編が初邦訳の
傑作書き下ろしSFアンソロジー。
加藤直之入魂のカバーアートと
扉絵12点も必見。
解説＝岡部いさく

ヒューゴー賞・ネビュラ賞・ローカス賞の三冠

NETWORK EFFECT◆Martha Wells

マーダーボット・ダイアリー

ネットワーク・エフェクト

マーサ・ウェルズ◎中原尚哉 訳

カバーイラスト=安倍吉俊　創元SF文庫

◆

かつて大量殺人を犯したとされたが、その記憶を消されていた人型警備ユニットの“弊機”。

紆余曲折のすえプリザベーション連合に落ち着くことになった弊機は、恩人であるメンサー博士の娘アメナらの護衛として惑星調査任務におもむくが、その帰路で絶体絶命の窮地におちいる。

はたして弊機は人間たちを守り抜き、大好きな連続ドラマ鑑賞への耽溺にもどれるのか？

『マーダーボット・ダイアリー』待望の続編にしてヒューゴー賞・ネビュラ賞・ローカス賞受賞作！